W0226023

LE TEMPS DES HÉROS

MICHELLE PAVER

LE TEMPS DES HÉROS

Traduit de l'anglais (Royaume-Uni)
par Blandine Longre

hachette

L'édition originale de cet ouvrage a paru en langue anglaise
chez Puffin, an imprint of Penguin Books Ltd.,
sous le titre :

GODS AND WARRIORS

Text copyright © 2012, by Michelle Paver.
All rights reserved.

Traduit de l'anglais (Royaume-Uni)
par Blandine Longre.

Cover design © Puffin Books.
Front cover photographs © Shutterstock, Arcangel and I-Stock images.

© Hachette Livre, 2012, pour la traduction française.
Hachette Livre, 43 quai de Grenelle, 75015 Paris.

CHAPITRE UN

La flèche était noire, empennée de plumes de corbeau, mais Hylas ne pouvait en voir la pointe, fichée dans son bras.

Tout en la tenant fermement, il dégringola la pente. Il n'avait pas le temps de l'arracher : les guerriers noirs devaient être tout proches.

Il mourait de soif, et il était si fatigué qu'il n'avait pas les idées claires. Le Soleil tapait. Les broussailles épineuses n'offraient aucune cachette ; il se sentait affreusement exposé au danger. Cependant, il y avait pire encore : l'inquiétude qu'il éprouvait pour Issi, le chagrin mêlé d'incrédulité qui le saisissait au souvenir d'Ouste.

Il trouva la piste qui descendait de la Montagne et, à bout de souffle, marqua une pause. Le chant des cigales retentissait à ses oreilles. Le cri d'un faucon résonna dans le défilé, en contrebas. Aucun bruit de poursuite. Avait-il réussi à les semer ?

Il ne parvenait toujours pas à comprendre ce qui avait pu se passer. La veille au soir, Issi et lui avaient campé dans une grotte, sous le pic de l'est. À présent, sa sœur avait disparu, son chien était mort et lui, Hylas, était en fuite : un garçon maigre, sans vêtements ni couteau, qui ne possédait qu'une petite amulette crasseuse accrochée à son cou par une lanière de cuir.

Son bras lui faisait atrocement mal. Sans lâcher la flèche, il avança, titubant, au bord du sentier. Des cailloux roulèrent vers la rivière le long de l'escarpement vertigineux. La gorge était si profonde et la pente si abrupte que ses orteils se trouvaient à la même hauteur que la cime des premiers pins. Devant lui se dessinaient les lointaines montagnes de la Lykonia, et derrière lui se dressait la plus imposante de toutes : le mont Lykas, aux cimes étincelantes de neige.

Hylas pensa au village, un peu plus loin dans la gorge, et à son ami Telamon qui vivait dans la forteresse du Gouverneur, de l'autre côté de la Montagne. Les guerriers noirs avaient-ils incendié le village et assiégé Lapithos ? Mais alors, pourquoi n'y avait-il aucune fumée visible ? Pourquoi n'entendait-il pas les cornes de bélier sonner l'alerte ? Pourquoi le Gouverneur et ses hommes ne se défendaient-ils pas ?

La douleur lui dévorait le bras. Il ne pouvait la supporter plus longtemps. Il cueillit une poignée de thym, puis arracha une feuille grise et soyeuse de molène, aussi douce et épaisse qu'une oreille de chien. Le garçon se rembrunit. *Cesse de penser à Ouste.*

Ils étaient ensemble dans les moments qui avaient précédé l'attaque. Le chien était appuyé contre lui, ses longs poils constellés de graines de bardane. Hylas en avait ôté une ou deux avant de repousser le museau de l'animal et de lui ordonner d'aller surveiller les chèvres. Ouste s'était éloigné d'un pas tranquille, en remuant la queue et en lui lançant un dernier regard, comme pour lui dire : *Je sais ce que je fais. Je suis un chien de berger, voilà à quoi je sers.*

Ne pense plus à lui, se dit Hylas avec véhémence.

Les dents serrées, il empoigna la flèche. Inspira. Et tira.

La douleur fut si violente qu'il manqua de s'évanouir. En se mordant les lèvres, il se balança d'avant en arrière, luttant contre les vagues rouges qui lui soulevaient le cœur. *Ouste, où es-tu ? Pourquoi ne viens-tu pas lécher cette plaie pour me guérir ?*

En grimaçant, il broya le thym entre ses doigts et l'appliqua sur la blessure. D'une seule main, non sans mal, il parvint enfin à la panser en utilisant la feuille de molène ; il maintint celle-ci en place avec un brin d'herbe qu'il noua, puis serra à l'aide de ses dents.

La pointe de la flèche gisait dans la poussière, là où il l'avait laissée tomber. Elle avait la forme d'une feuille de peuplier et son extrémité était effilée. Jamais il n'en avait vu de pareille. Dans les montagnes, les gens fabriquaient les pointes de leurs flèches avec du silex – ou, s'ils étaient riches, avec du bronze. Mais celle-ci était différente. C'était de l'obsidienne noire, luisante. Hylas avait reconnu ce matériau car la sybille du village, Iphia, en possédait un éclat. D'après elle, il s'agissait du sang de la Mère, craché des entrailles flamboyantes de la terre et transformé en pierre. Toujours selon la sybille, cette pierre venait d'îles lointaines, situées de l'autre côté de la Mer.

Qui étaient les guerriers noirs ? Et pourquoi le pourchassaient-ils ? Hylas n'avait pourtant rien fait de mal.

Avaient-ils découvert Issi ?

Derrière lui, des pigeons jaillirent vers le ciel dans un grand bruissement d'ailes.

Il fit volte-face.

Depuis l'endroit où il se trouvait, la piste descendait en pente raide avant de disparaître dans un virage, derrière un éperon rocheux au-dessus duquel s'élevait un nuage de poussière rouge. Hylas perçut le bruit sourd de pas cadencés et le cliquetis des flèches dans les carquois. Son estomac se noua.

Ils étaient de retour.

◊◊◊

Il grimpa au-dessus du sentier et, comme une chauve-souris, s'agrippa à un arbuste.

Le martèlement se rapprochait.

Fouillant le sol de ses orteils, il trouva une corniche. Il se glissa sur le côté, sous un surplomb, le visage plaqué contre une racine. Il jeta un coup d'œil vers le bas, ce qu'il regretta aussitôt : la vue sur la cime des arbres était vertigineuse.

Ses poursuivants couraient à un rythme probablement exténuant. Hylas distingua des frottements de cuir et flaira la puanteur de leur transpiration, de même qu'une odeur âcre qui lui parut affreusement familière. Il l'avait déjà sentie la nuit précédente : la peau des guerriers était maculée de cendre.

La saillie le dissimulait mais, à sa gauche, la piste prenait un virage et dominait la gorge. Il les entendit d'abord arriver ; puis, à travers une nuée de poussière rouge, il les vit apparaître : des armures noires de cuir brut et rêche, cauchemardesques, une forêt de lances, de dagues et de boucliers. Leurs longues capes noires flottaient derrière eux, pareilles à des ailes de corbeau ; sous leurs casques, leurs visages étaient gris.

L'un d'eux lança un appel, si près d'Hylas que celui-ci en fut terrifié.

Il retint son souffle. Le guerrier qui avait crié se trouvait juste au-dessus de lui.

Plus haut sur le sentier, les autres firent demi-tour. Dans la direction d'Hylas.

Il perçut les crissements des cailloux sous les semelles d'un homme qui revenait sur ses pas. Il ne semblait pas pressé. Hylas devina qu'il s'agissait du chef. De son armure s'échappait un tintement dur, étrange.

— Regarde, dit celui qui avait appelé. Du sang.

Hylas se figea. Du sang ? *Tu as laissé du sang sur la piste.*

Il attendit.

Le chef resta muet.

Ce silence parut déconcerter le premier homme.

— C'est sûrement celui du pâtre, s'empressa-t-il d'ajouter. Désolé. Tu le voulais vivant.

De nouveau, aucune réponse.

La sueur ruisselait le long des flancs d'Hylas. Tout à coup, il se souvint de la pointe de flèche, restée à terre. *Pourvu qu'ils ne la remarquent pas.*

Il tendit le cou et vit une main se poser sur une grosse roche, au bord du sentier.

C'était une main robuste, mais elle paraissait comme morte, enduite de cendre, les ongles tachés de noir. Le protège-poignet qui couvrait l'avant-bras était rouge sombre, comme un coucher de Soleil courroucé, et son éclat si lumineux qu'Hylas en fut ébloui. Il savait ce que c'était, même s'il n'en avait jamais vu de si près : du bronze.

La transpiration mêlée de poussière coulait lentement dans ses yeux. Il osait à peine ciller. Les deux guerriers étaient si proches qu'il les entendait respirer.

— Débarrasse-toi de ça, ordonna le chef.

Sa voix sonnait creux. Pour Hylas, elle évoquait des endroits froids, hors de portée du Soleil.

Quelque chose de lourd fut lancé par-dessus la corniche et faillit atteindre Hylas avant de s'écraser dans un arbre épineux à moins d'un mètre de lui ; l'objet oscilla un instant, puis s'immobilisa. En voyant de quoi il s'agissait, le garçon manqua vomir.

Ce qui avait été un être humain n'était à présent plus qu'une chose atroce, un amas de sang noir et d'entrailles bleues, déchiquetées, tel un nid de vers. Hylas l'avait reconnu. Skiros. Pas un ami, non, mais un pâtre, comme lui. Un peu plus âgé que lui et impitoyable au combat.

Le cadavre était trop près ; il aurait presque pu le toucher. Il perçut son fantôme, furieux, qui luttait pour se libérer. Si celui-ci découvrait Hylas, s'il se glissait dans sa gorge…

— C'est le dernier d'entre eux, affirma le premier guerrier.

— Et la fille ? demanda le chef.

Hylas sentit la peur l'étreindre.

— Elle n'a pas d'importance, pas vrai ? dit le guerrier. Ce n'est qu'une…

— Et l'autre garçon ? Celui qui s'est enfui.

— Je l'ai blessé. Il n'ira pas loin…

— Dans ce cas, nous n'en avons pas terminé avec eux, coupa le chef d'un ton glacial. Pas tant que cet autre garçon sera en vie.

— D'accord, répondit l'homme d'une voix craintive.

Des cailloux crissèrent : ils gravissaient de nouveau la piste. *Pourvu qu'ils poursuivent leur route*, songea Hylas.

Dans le lacet, à l'endroit où le sentier surplombait la gorge, le chef s'arrêta. Le pied en appui sur un rocher, il se pencha pour observer de nouveau la pente.

L'homme qu'Hylas aperçut ressemblait à un monstre de ténèbres et de métal. Des jambières de bronze protégeaient ses mollets puissants. Une carapace, de bronze elle aussi, recouvrait son pagne de cuir noir. Son plastron de bronze martelé était surmonté de protège-épaules du même métal, d'une largeur redoutable. Il n'avait pas de visage, mais ses yeux étaient visibles, entre le protège-cou qui masquait sa bouche ainsi que son nez et le casque peint en noir, fabriqué à partir d'éclats de défense de sanglier, muni d'un couvre-joues et surmonté d'un cimier noir en crin de cheval. Seuls ses longs cheveux lui donnaient une apparence humaine. Ils étaient tressés à la manière des guerriers, en mèches pareilles à des serpents, chacune assez épaisse pour faire dévier une lame.

Le chef allait peut-être finir par se sentir observé, pensa Hylas, sans pourtant parvenir à détourner le regard. Même s'il savait que les yeux invisibles, simple fente dans le visage de l'homme, fouillaient l'escarpement à sa recherche, le garçon ne pouvait s'empêcher de fixer cette tête casquée.

L'espace d'un instant, la tête pivota vers l'amont.

Fais quelque chose, se dit Hylas. *Distrais son attention. S'il jette un coup d'œil en arrière et qu'il te voit...*

◆◆◆

Hylas rassembla ses forces ; sans un bruit, il ôta une main de l'arbuste, la tendit vers l'arbre couvert d'épines où reposait Skiros et repoussa celui-ci. Le cadavre frémit, comme si ce contact lui était déplaisant.

La tête casquée se retourna.

Hylas, en équilibre, exerça une nouvelle pression sur Skiros. Le corps chuta, roula en rebondissant dans l'escarpement, en direction de la gorge.

— Vous avez vu, glousse l'un des guerriers. Il a pris la fuite !

Des rires discrets parcoururent la troupe. Le chef, lui, resta silencieux. Il regarda le cadavre s'écraser en contrebas, puis s'écarta de la cachette d'Hylas.

Les yeux remplis de gouttes de sueur, le garçon écouta leurs pas qui s'éloignaient sur le sentier.

L'arbuste commençait à s'affaisser sous son poids. Hylas voulut se rattraper à une racine.

Et la manqua.

CHAPITRE DEUX

Hylas roula le long de la pente, jusqu'à la rivière. Des cailloux pleuvaient sur lui – en revanche, aucune flèche.

Il atterrit la tête la première dans un buisson de genêt ; il s'efforça cependant de rester immobile, car il savait qu'un chasseur est capable de repérer le moindre mouvement en un rien de temps. Il était couvert de bleus et d'égratignures, mais il ne s'était apparemment rien cassé et n'avait pas perdu son amulette.

Des mouches bourdonnaient à ses oreilles. Le Soleil lui brûlait le dos. Il finit par lever les yeux et scruta les alentours. Les guerriers noirs étaient partis.

Le corps de Skiros, lui, gisait un peu plus loin sur l'escarpement. Du moins ce qu'il en restait. Ses entrailles jonchaient les rochers, tel un filet de pêche mis à sécher. Des vautours décrivaient déjà des cercles au-dessus de lui et le visage du pâtre était tourné vers eux, comme s'il cherchait à les observer.

Son fantôme aurait besoin d'aide pour passer dans l'au-delà. Pourtant, Hylas ne pouvait se risquer à l'enterrer, ni à accomplir les rites.

— Désolé, Skiros, marmonna-t-il. Ce sont les règles de la survie. On ne porte pas secours à quelqu'un qui ne pourra t'aider en retour.

Des saules et des châtaigniers surplombaient la rivière. Quel soulagement de se retrouver à couvert ! D'un pas trébuchant, Hylas entra dans l'eau peu profonde, y tomba à genoux et s'y désaltéra. Il s'éclaboussa le corps, frémissant au contact des gouttes froides sur sa peau brûlante, éraflée. Il jeta un regard à son reflet déformé sur la surface de l'onde : ses yeux plissés, ses traits tirés par la tension, ses longs cheveux qui lui balayaient le visage.

Boire l'avait calmé et, pour la première fois depuis l'attaque, il parvint à organiser ses pensées. Il lui fallait de la nourriture, des vêtements et un couteau. Et surtout, il lui fallait se rendre au village. Sachant que c'était le lieu le plus sûr, Issi avait dû s'y réfugier. *C'est forcé*, se dit-il, non sans virulence.

Les criaillements des vautours emplissaient la gorge ; Skiros avait disparu sous un amas grouillant de longs cous et d'ailes poussiéreuses. Afin que le fantôme du pâtre ne soit pas tenté de le suivre, Hylas se hâta de cueillir des feuilles d'ail des bois et de les éparpiller dans son sillage – les fantômes se nourrissent des odeurs de nourriture ; plus elles sont agréables, plus ils s'en régalent. Puis il partit en courant dans le défilé, longeant la rivière.

Il se sentait épié par les arbres et les rochers. Le trahiraient-ils ? Il avait grandi dans ces montagnes. Il connaissait leurs sentiers détournés et les habitudes des créatures sauvages – le cri de cet épervier, le lointain rugissement de ce lion. Il connaissait les ravines noircies par le feu qu'il fallait éviter à cause des Furieux.

Cependant, plus rien n'était comme avant.

Nous n'en avons pas terminé avec eux, avait déclaré le chef des guerriers. Il savait Hylas encore en vie. Et qu'avait-il voulu dire par « eux » ?

Soudain, il prit conscience que Skiros n'avait pas seulement été un pâtre. Mais aussi un Paria.

Tout comme Hylas. Et Issi. Aucun d'eux n'était né au village. Neleos, le chef, les avait trouvés dans la Montagne quand ils étaient petits et les avait mis au travail. L'été, les enfants gardaient ses chèvres sur les pics ; l'hiver, ils s'occupaient d'elles dans la gorge.

Pourquoi les guerriers noirs s'en prendraient-ils aux Parias ? Cela n'avait aucun sens. Personne ne se souciait d'eux : ils étaient méprisés de tous.

Le Soleil chevauchait à présent vers l'ouest, et les ombres rampaient le long des parois du défilé. Quelque part, dans le lointain, un chien ne cessait d'aboyer. Il paraissait inquiet. Hylas aurait voulu qu'il se taise.

Il arriva devant une petite table d'offrande en argile munie de trois pieds. Installée sous un arbre pour le dieu de la Montagne, elle était couverte d'une peau de lièvre moisie dont Hylas s'empara. Il la noua autour de ses hanches. À la vue d'un lézard qui l'observait froidement, le garçon marmonna quelques mots d'excuse – il se pouvait que l'animal soit un esprit ayant pris une autre apparence.

Il était content de ne plus être nu ; il avait cependant si faim que la tête lui tournait. La saison n'était pas assez avancée pour qu'il puisse trouver des figues. Tout en courant, il cueillit au passage quelques fraises des bois que des souris avaient déjà grignotées. Plus loin, il aperçut un buisson épineux où une pie-grièche conservait ses proies : sur les épines, l'oiseau avait empalé trois cigales et un moineau. Hylas lança une excuse rapide à la pie-grièche, où qu'elle soit, et engloutit le tout avant de recracher plumes et bouts de carapace.

Bientôt, il croisa des oliviers et des lopins de terre aménagés le long des pentes. L'orge était prête pour la récolte, il n'y avait cependant personne alentour. Tout le monde avait dû se réfugier au village – à moins que les guerriers noirs ne l'aient incendié.

Au grand soulagement du garçon, le village était toujours là, même si un calme sinistre régnait sur les lieux. Pareilles à des moutons effrayés, les huttes en pisé se blottissaient derrière leur palissade d'épines. Hylas sentit une odeur de fumée, mais n'entendit aucune voix. À l'extérieur, il ne vit aucun âne, ni même aucun des cochons habituellement occupés à renifler le sol à la recherche de restes. Rien. Et les portes des esprits étaient fermées.

Elles avaient été enduites d'ocre rouge ; pendu aux cornes d'aurochs fixées à la traverse, l'Ancêtre scrutait le seuil. Il avait pris l'apparence d'une pie, mais c'était assurément un Ancêtre – bien qu'il ne soit pas l'un de ceux d'Hylas.

Devant l'entrée, le garçon répandit l'orge qu'il avait volée en chemin. L'Ancêtre resta indifférent à son offrande. Il savait qu'Hylas n'avait pas sa place en ce lieu. Les portes des esprits avaient pour rôle de protéger le village et d'empêcher les Parias d'y pénétrer.

Dans un grincement, les portes s'entrebâillèrent et des visages crasseux apparurent. Hylas avait beau connaître les villageois depuis des années, ceux-ci le regardaient d'un air hostile, comme si le garçon était soudain devenu un étranger. Certains tenaient des torches crépitantes, faites avec des tiges de férule ; tous avaient à la main des haches, des faucilles ou des lances.

En poussant des aboiements surexcités, les chiens sortirent brusquement et se ruèrent vers Hylas. Leur meneur, un chien de berger du nom de Flèche, était aussi large qu'un sanglier ; il pouvait, sur un simple ordre, égorger un homme. Le poil hérissé, il s'arrêta devant le garçon et le fixa en gardant la tête basse, un signe de menace. Lui aussi savait que l'accès du village était interdit à Hylas.

Celui-ci préféra ne pas bouger. S'il reculait, Flèche attaquerait.

— Laissez-moi entrer ! cria-t-il.

— Que veux-tu ? gronda Neleos, le chef. Tu es censé garder mes chèvres dans la Montagne !

— Laissez-moi entrer ! Je veux voir ma sœur.

— Nous ne l'avons pas vue. Qu'est-ce qui te fait croire qu'elle serait ici ?

Hylas cligna des yeux, surpris.

— Mais alors... où est-elle ?

— Sans doute morte. Quelle importance ?

— Tu mens, répliqua Hylas, même si, au fond de lui, il sentait la panique l'envahir.

— Tu as laissé mes chèvres ! rugit Neleos. Ta sœur n'oserait pas revenir sans elles ! Et tu aurais fait de même à moins d'avoir envie d'une bonne correction.

— Issi sera bientôt là. Laissez-moi entrer ! Ils sont à ma poursuite !

Neleos plissa les yeux et se gratta la barbe de sa main calleuse. C'était un paysan aux jambes arquées et aux épaules voûtées à force de tirer sa charrue, mais il était plus rusé qu'une belette, sans cesse à manigancer pour obtenir beaucoup à partir de peu. Hylas comprit que Neleos était tiraillé entre l'envie de le punir pour avoir abandonné les chèvres et le désir de le garder en vie pour le faire travailler encore plus.

— Ils ont tué Skiros, ajouta le garçon. Et je vais subir le même sort. Vous devez enfreindre la loi et m'autoriser à me réfugier chez vous.

— Chasse-le, Neleos ! cria une femme d'une voix perçante. Il ne nous a apporté que des ennuis depuis le jour où tu l'as trouvé !

— Lâche les chiens sur lui ! s'exclama une autre villageoise. S'ils l'attrapent ici, nous serons en danger !

— Elle a raison. Que les chiens se chargent de lui. S'il était innocent, les guerriers ne seraient pas sur ses traces.

— Qui sont-ils ? demanda Hylas. Et pourquoi s'en prennent-ils aux Parias ?

— Je l'ignore et je m'en moque, rétorqua Neleos, hargneux.

Cependant, Hylas lut la peur dans ses yeux.

— Tout ce que je sais, poursuivit le chef, c'est qu'ils viennent de l'est et qu'ils traquent les Parias. Quelle importance ? Tant qu'ils nous laissent tranquilles, ils peuvent faire ce qu'ils veulent !

Les autres paysans clamèrent leur approbation.

Hylas passa la langue sur ses lèvres.

— Et la loi qui vous oblige à offrir asile ? Si quelqu'un est en péril, vous devez le laisser entrer !

Un bref instant, Neleos hésita. Puis son visage se durcit.

— La loi ne vaut pas pour les Parias, cracha-t-il. Allez, passe ton chemin ou je lâche les chiens !

◇◇◇

Il ferait bientôt nuit. Et il n'avait nulle part où aller.

Parfait, j'ai compris, songea Hylas, furieux contre les villageois. *Puisque vous refusez de m'aider, je me débrouillerai seul.*

Il tourna brusquement entre les pins et se dirigea vers l'arrière du village. L'endroit était désert : tout le monde était encore aux portes des esprits.

Peut-être s'imaginaient-ils qu'Hylas n'était jamais entré dans le village. Ils se trompaient. Lorsque l'on est un Paria, il faut apprendre à voler pour survivre.

Il se faufila dans un interstice du mur d'épines et se glissa vers la hutte la plus proche, qui appartenait à une vieille veuve sournoise du nom de Tyro. Son feu était couvert et, dans la pénombre rougeoyante, enfumée, le garçon trébucha sur le petit bol de lait réservé au serpent domestique. Dans un coin, sur une paillasse, un ballot de haillons laissa échapper un grognement.

Hylas se figea, puis, en silence, décrocha un quartier de porc fumé.

Sur sa paillasse, Tyro remua et se mit à ronfler.

Le garçon s'empara d'une tunique qui pendait à une poutre, mais laissa les sandales car, l'été, il allait toujours pieds nus. Tyro grogna de nouveau. Il quitta aussitôt l'endroit, sans oublier de replacer correctement le bol du serpent – ces animaux communiquent entre eux, et il suffit d'en contrarier un seul pour se les mettre tous à dos.

La hutte voisine, celle de Neleos, était vide. Hylas attrapa une outre, une cordelette de cuir pour s'en faire une ceinture et un sac d'herbe tressée dans lequel il fourra du boudin, un fromage de lait de brebis et des olives. Il but quelques gorgées de vin dans la jarre du vieil homme, puis jeta une poignée de cendres dans ce qui restait pour se dédommager de toutes les corrections infligées au fil des années.

Il entendit les portes des esprits se refermer ; des voix approchaient. Il repartit discrètement par où il était entré – et s'aperçut, trop tard, qu'il avait oublié de voler un couteau.

La Lune s'était levée et les grillons nocturnes avaient entamé leurs stridulations lorsque Hylas atteignit le bosquet d'amandiers situé à l'écart du village ; l'endroit était plongé dans l'ombre. Le garçon s'empressa d'enfiler la tunique et de nouer la cordelette à sa taille.

Quelques abeilles s'affairaient encore autour des ruches. Hylas avisa une table d'offrande placée dans l'herbe. En espérant qu'elle avait été dressée depuis assez longtemps pour que les créatures envoyées par les dieux aient pu se rassasier, il engloutit deux gâteaux au miel et une galette de pois chiches fourrée d'une succulente bouillie de lentilles, de perche séchée et de fromage émietté. Il en laissa un petit morceau pour les abeilles et les supplia de veiller sur Issi. Elles bourdonnèrent – réponse que le garçon ne sut interpréter.

Issi n'avait pas dû emprunter ce chemin, songea-t-il tout à coup, car elle aurait mangé cette galette. Fallait-il l'attendre ici ou essayer de se rendre à Lapithos ? Peut-être sa petite sœur était-elle partie chercher Telamon. Mais la forteresse se trouvait quelque part de l'autre côté de la Montagne, et ni Hylas ni Issi n'y étaient jamais allés. Tout ce qu'ils savaient de l'endroit, ils l'avaient appris grâce aux vagues descriptions de Telamon.

Dans le lointain, le chien qu'il avait entendu un peu plus tôt continuait d'aboyer. Il semblait découragé, comme s'il s'était résigné à ce que plus personne ne vienne. Hylas aurait voulu qu'il s'arrête. Ces appels lui rappelaient trop Ouste.

Il n'avait pas envie de penser à lui. Dans son esprit se dressait un mur, derrière lequel se pressaient d'affreux souvenirs attendant de pouvoir refaire surface.

Dans les montagnes, la chaleur baisse vite dès le coucher du Soleil et, malgré sa tunique de laine rêche, le garçon frissonnait. Il était épuisé. Il décida de s'éloigner du village et de trouver un endroit où dormir.

Bientôt, il se rendit compte que le chien avait cessé d'aboyer et poussait maintenant de longs hurlements offensés ; au détour d'un virage, ils se firent soudain tout proches.

L'animal était plus petit qu'Ouste, mais son pelage tout aussi fourni. Son maître l'avait attaché à un arbre, près d'un abri en rondins de pin, et lui avait laissé un bol d'eau, à présent vide. Le chien était jeune, apeuré ; il fit à Hylas un accueil enthousiaste, se dressant sur ses pattes arrière, tirant sur sa corde, agitant ses pattes avant dans tous les sens.

Le garçon eut l'impression qu'un poing s'était refermé sur son cœur et le serrait. Une image traversa son esprit : Ouste étendu à terre, une flèche fichée dans le flanc, mort.

Le chien jappa avec impatience en tortillant l'arrière-train.

— Tais-toi ! ordonna Hylas.

L'animal inclina la tête et gémit.

Hylas s'empressa d'ouvrir son outre, remplit le bol d'eau et jeta le boudin au chien, qui but à grandes lampées avant d'avaler la viande. Ensuite, d'un coup de pattes, il renversa le garçon et se mit à lui lécher les joues. Hylas, accablé de chagrin, enfouit son visage dans la fourrure de l'animal, inspira son odeur chaude. Puis, avec un cri, il le repoussa et s'écarta, hors de portée.

Le chien, remuant la queue, émit quelques *ou-wou-wou* implorants.

— Je ne peux pas te libérer, répondit Hylas. Tu me suivrais et je me ferais repérer !

L'animal le suppliait des yeux.

— Tu es très bien où tu es. Celui qui t'a laissé ici se soucie assez de toi pour t'avoir donné à boire, il sera bientôt de retour.

Il avait raison, n'est-ce pas ? De toute façon, il ne pouvait emmener l'animal avec lui : les guerriers noirs étaient sur ses traces. Et les chiens ne comprennent rien quand il s'agit de se cacher. Malgré lui, il trahirait la présence d'Hylas.

Et s'ils tuaient ce chien, comme ils avaient tué Ouste ?

Avant de changer d'avis, Hylas ramassa le bol, détacha l'animal, l'entraîna un peu plus loin, en vue du village, et l'attacha à un autre arbre ; il versa un peu plus d'eau dans le récipient et vérifia que la corde nouée autour du cou du chien n'était pas trop serrée.

— Tout ira bien, murmura-t-il. Quelqu'un te trouvera très vite.

Le chien s'assit et le regarda s'éloigner en gémissant doucement. Lorsque le garçon jeta un coup d'œil derrière lui, l'animal bondit et lança un *ou-wou* plein d'espoir.

Hylas serra les dents et s'enfuit dans la nuit.

◇◇◇

Des nuages cachaient la Lune, et Hylas perdit son chemin. Il ployait sous le poids de l'outre et du sac de vivres. Dans la pente boisée d'une colline, il finit par trouver un petit édifice de pierre. Le silence qui y régnait lui indiqua qu'il n'était plus habité depuis longtemps.

Il se pencha pour franchir le seuil, marcha sur des tessons de poteries et flaira un effluve de terre humide. L'intérieur était froid et sentait mauvais, comme si quelque chose s'était glissé là pour y mourir – mais au moins, c'était un abri.

Le garçon se blottit dans l'obscurité, dos au mur. Il avait encore l'odeur du chien sur lui. Il se remémora les derniers instants passés avec Ouste. Il l'avait repoussé... lui avait-il cependant caressé les oreilles ? Lui avait-il gratté le ventre, ce que l'animal avait tant aimé ?

Il n'arrivait pas à croire qu'il ne le reverrait plus. Qu'il ne sentirait plus son gros corps chaud et poilu contre lui. Ni son museau moustachu lui reniflant le cou pour le réveiller.

Il ôta le bouchon de l'outre et but une gorgée. Fouilla dans son sac à la recherche d'olives. Ses mains se mirent à trembler. Il lâcha les olives. À tâtons, il gratta le sol pour les ramasser. En vain.

Le mur qui se trouvait dans son esprit s'effondra. Et tout revint à la surface.

Issi et lui avaient campé dans une grotte, sous le pic de l'est. Sa sœur était partie déterrer des racines d'asphodèle, tandis qu'Hylas écorchait un écureuil et le mettait à rôtir au-dessus du feu.

— Je vais au ruisseau pour me rafraîchir, avait-il annoncé à la petite. Surveille l'écureuil, ne le laisse pas brûler.

— Comme si cela m'était déjà arrivé ! avait-elle crié, indignée.

— Si, avant-hier.

— Ce n'est pas vrai !

Sans répondre, Hylas s'était engagé sur le sentier.

— Il n'était pas *brûlé* ! avait hurlé sa sœur derrière lui.

Une fois au ruisseau, il avait posé son couteau et sa fronde sur un rocher, avait ôté sa tunique et s'était glissé dans l'eau. Le cri d'un épervier avait résonné depuis le sommet : *hy hy hy*. Il s'était vaguement demandé s'il s'agissait d'un présage.

Ouste s'était soudain mis à japper furieusement : *Viens vite ! Danger ! Viens vite !*

Puis Issi avait hurlé.

Hylas n'avait pas pris le temps de renfiler sa tunique. Il s'était emparé de son couteau et s'était précipité sur le sentier. Était-ce un ours ? Un loup ? Un lion ? Pour qu'Issi pousse un tel hurlement, la situation devait être grave.

En approchant de leur campement, il avait entendu des hommes parler à voix basse, d'un ton résolu, et flairé une odeur de cendre, âcre et nauséabonde. Accroupi derrière un bosquet de genévriers, il avait observé la scène.

Il avait vu quatre chèvres étendues à terre, égorgées. Les autres avaient fui. Il avait vu des guerriers – oui, de *vrais* guerriers – qui fouillaient les alentours. Il avait vu Ouste. En un battement de cœur, il avait vu, horrifié, son pelage couvert de graines de bardane, ses grosses pattes et la flèche fichée dans son flanc.

Puis il avait aperçu Issi, dissimulée dans la grotte ; son petit visage anguleux était blême. Il fallait qu'Hylas détourne l'attention des guerriers ; sinon, ils découvriraient la cachette de sa sœur.

Il avait laissé sa fronde au bord du ruisseau. Ne lui restait que son couteau de silex – qui ne lui aurait été d'aucune utilité. Un garçon de douze étés ne ferait pas le poids contre sept hommes armés jusqu'aux dents.

Il était sorti du buisson et avait crié :

— Par ici !

Sept visages gris de cendre s'étaient tournés vers lui.

Zigzaguant entre les arbres, il les avait éloignés de sa sœur. Il ne s'était pas risqué à appeler Issi, mais elle était intelligente : elle en profiterait pour quitter la grotte.

Des flèches avaient sifflé. L'une d'elles s'était plantée dans son bras. Avec un cri, Hylas avait lâché son couteau...

Tapi dans la cabane de pierre, Hylas se balançait d'avant en arrière, les bras serrés autour des genoux. Il avait envie de se mettre en colère, de crier, de hurler. *Pourquoi* les guerriers noirs les avaient-ils attaqués ? Que leur avaient-ils fait, Issi, Ouste et lui ?

Il sentit ses yeux le piquer. Une boule se forma dans sa gorge. Furieux, il la ravala. Cela ne l'aiderait pas à ramener son chien à la vie. Ni à retrouver Issi.

— Je refuse de pleurer, déclara-t-il à voix haute. Je ne les laisserai pas m'infliger ça.

Un rictus s'afficha sur son visage. Il plaqua son poing sur le mur pour réprimer ses larmes.

◆◆◆

Hylas fut réveillé par la clarté de la Lune, qui entrait dans la cabane ; un instant, il se demanda où il se trouvait. Allongé sur le côté, il lutta contre la panique. Puis tout lui revint en mémoire, et ce fut pire encore.

Dès l'aube, se dit-il, *tu partiras pour Lapithos afin de rejoindre Telamon. Issi est forcément avec lui. Sinon, tu la trouveras. Elle est résistante et elle connaît bien les montagnes. Elle survivra jusqu'à ton arrivée.*

Peut-être était-elle morte. Il préféra ne plus y penser.

Ses yeux s'habituèrent peu à peu à la pénombre ; près du seuil, il distingua quelque chose qui ressemblait à un brasero d'argile, sur lequel s'empilaient des os calcinés. Un couteau dont la lame de silex était cassée et une rangée de flèches soigneusement brisées en deux étaient posés à côté.

Un frisson de peur parcourut Hylas, qui se redressa. Des flèches brisées ? Il n'y avait qu'une seule explication possible.

Le cadavre était couché sur le dos, contre le mur du fond. Un linge couvrait son visage, mais, à sa tunique d'étoffe grossière et à ses pieds calleux, Hylas comprit qu'il s'agissait d'un paysan.

Ses proches avaient dû être tiraillés entre la terreur que leur inspiraient les guerriers noirs et la nécessité d'apaiser le fantôme courroucé du mort ; malgré tout, ils avaient accompli les rites funéraires. Ils l'avaient étendu sur une natte de roseaux avec sa faucille et sa lance, après avoir tué les deux armes en les brisant en deux, afin que son esprit ne puisse s'en servir. Pour la même raison, ils avaient cassé son bol et son gobelet, puis étranglé son chien, qui gisait non loin, prêt à lui emboîter le pas dans l'au-delà. Ce paysan avait dû être riche, car le corps d'un esclave était recroquevillé dans le coin le plus éloigné. Comme le chien, cet homme avait été tué afin qu'il continue à servir son maître.

Un tombeau, comprit Hylas. *Tu t'es réfugié dans un tombeau.*

Comment avait-il manqué les signes ? Les villageois avaient laissé une offrande près des ruches pour que les abeilles prennent part au festin funéraire. Le tombeau était resté ouvert pour que l'esprit puisse quitter les lieux.

Hylas avait enfreint toutes les règles. Il ne s'était pas approché de l'endroit par l'ouest en plaçant le poing sur son front ; il n'avait pas demandé aux Ancêtres la permission d'entrer.

Sans oser respirer, le garçon tendit la main vers son sac. L'esclave mort ouvrit alors les yeux et fixa Hylas.

CHAPITRE TROIS

Le cadavre avait le teint pâle et cireux de ceux qui viennent de mourir et, dans le clair de Lune, ses yeux scintillaient.

Hylas recula contre le mur. Il vit les lèvres grises s'entrouvrir. Il entendit des sons en sortir.

Une voix aussi lointaine que la mort. Des mots pareils au cri lointain des éperviers dans un ciel froid – prononcés dans une langue qu'il ne comprenait pas.

Non, pensa-t-il. *C'est impossible.*

L'esclave poussa un long râle.

— Aaah... Reste ici...

Hylas eut un hoquet de surprise. Les paroles du mort avaient agité de la poussière autour de sa bouche. *Un souffle. Ce cadavre a un souffle.*

— Tu es vivant... chuchota le garçon.

Un affreux sourire déforma les traits du cadavre.

— Plus... pour très longtemps...

Bien que frappé d'horreur, Hylas se rapprocha de lui. Sur le sol, il sentit quelque chose de poisseux. Flaira l'odeur du sang.

L'homme qui agonisait était jeune et n'avait pas de barbe. Ce n'était pas un esclave, comme Hylas l'avait d'abord cru ; ses cheveux bruns étaient longs, emmêlés, étalés sous lui. Et ce n'était pas non plus un paysan, la plante de ses pieds était trop lisse. Il portait un pagne de lin qui lui arrivait aux genoux et dont le bord était orné de spirales brodées, ainsi qu'une large ceinture de cuir qui serrait sa taille fine. Un poignard y était accroché, dans un fourreau richement ouvragé. À son cou, il avait une belle amulette sculptée dans de l'os blanc : un minuscule poisson en plein bond, au sourire énigmatique. Le poisson nageait sur sa poitrine, au centre d'une flaque de sang noir, luisant.

— Cache-moi… murmura-t-il.

Hylas voulut s'écarter de lui, mais les doigts glacés du jeune homme s'agrippèrent aux siens.

— Je viens de Keftiu… reprit-il d'une voix saccadée, dans une langue qui, à l'évidence, n'était pas la sienne. Une grande île… de l'autre côté de la Mer…

Son visage se crispa.

— À l'aube… ils vont venir fermer le tombeau. Ils me trouveront… et jetteront mon corps aux vautours. Aide mon esprit à partir en paix, ajouta-t-il, tandis que ses yeux angoissés cherchaient ceux d'Hylas.

— Je ne peux pas, répondit le garçon. Je dois m'enfuir. S'ils m'attrapent…

— Il te faut un couteau, chuchota le mourant. Prends mon poignard. Je l'ai volé. Il est précieux. Garde-le, mais surtout ne le montre à personne.

Un frisson parcourut le dos d'Hylas.

— Comment sais-tu que j'ai besoin d'un couteau ?

Un nouveau rictus s'afficha sur le visage du Keftien.

— Un homme se réfugie dans un tombeau pour y mourir. Alors qu'un garçon s'y réfugie pour survivre. Crois-tu que notre rencontre soit le fruit du hasard ?

Hylas ne savait que faire. La Lune allait bientôt disparaître et le chant des grillons nocturnes se modifiait déjà. Il lui fallait quitter cet endroit avant l'arrivée des villageois.

— Cache-moi... le supplia le Keftien.

La dernière volonté d'un homme n'est pas à prendre à la légère. Hylas ne pouvait se résoudre à l'ignorer.

Il s'empressa de fouiller le tombeau ; il était plus vaste qu'il ne l'avait imaginé et, dans l'obscurité, il se cogna à des sarcophages d'argile empilés les uns sur les autres. Certains aussi petits que des chaudrons, pour des enfants, d'autres plus massifs. Dans le coin le plus sombre, il en trouva un de bonne taille ; lorsqu'il souleva son couvercle, une odeur d'ossements moisis s'en échappa.

Rien n'aurait pu convaincre Hylas de les toucher. Il préféra ramasser une flèche brisée, avec laquelle il repoussa sur le côté le crâne et les os les plus gros pour faire de la place.

— Je n'arriverai pas à te porter, dit-il au Keftien. Il va te falloir y grimper seul.

Ce fut horrible : il traîna le mourant jusqu'au sarcophage et le hissa tant bien que mal par-dessus le rebord, puis replia ses bras et ses jambes de sorte que l'homme gisait, recroquevillé comme un bébé dans un ventre de terre cuite. Ces mouvements avaient dû être un vrai supplice, mais le Keftien avait à peine gémi.

— Comment es-tu arrivé jusqu'ici ? demanda Hylas, essoufflé. Et qui a voulu te tuer ?

L'homme ferma les yeux.

— Ils viennent de l'est, de Mycènes. Ce sont des... je ne connais pas le mot dans ta langue. Ces oiseaux qui crient ainsi...

Il poussa un faible croassement.

— Des corbeaux ?

— Oui. C'est ainsi que nous les appelons : les Corbeaux. Parce qu'ils sont avides de pouvoir et qu'ils se repaissent de la mort.

Hylas pensa aux guerriers noirs et à leurs capes de même couleur, claquant comme des ailes.

Un autre sourire grimaçant se dessina sur les lèvres du Keftien.

— C'était la nuit... Pour ne pas être reconnu, je m'étais enveloppé dans une cape grossière en peau de lièvre, celle d'un paysan. Ils m'ont pris pour un... Paria. Que signifie ce mot ?

— On désigne ainsi ceux qui ne sont pas nés dans un village, répliqua Hylas. Si tu es un Paria, tu n'as pas d'Ancêtres pour te protéger. Tu es obligé de vivre à l'extérieur des villages. Tu n'as pas le droit de participer aux sacrifices, ce qui veut dire que tu ne peux pas manger de viande, à moins de trouver un moment libre pour chasser, ou bien de tuer un mouton dans la Montagne et de faire croire ensuite que la bête est morte dans un éboulement. Tout le monde te méprise. Voilà ce que c'est, un Paria.

— Tu en es donc un, chuchota le Keftien en l'observant. Oui, j'en suis certain. Tu as l'air différent... tes cheveux... Tu appartiens au Peuple Sauvage, n'est-ce pas ? Y a-t-il beaucoup de Parias en Lykonia ?

Hylas secoua la tête.

— D'après ce que je sais, seulement quelques-uns.

— Et... as-tu une famille ?

Le garçon ne répondit pas. Lorsque Neleos les avait découverts dans la Montagne, Issi et lui, ils ne possédaient rien, à l'exception de la peau d'ours sur laquelle ils étaient étendus ; plus tard, le vieux paysan leur avait raconté que leur mère les avait abandonnés. Mais Hylas n'avait pas cru à cette histoire, pour deux raisons :

d'une part, il ne croyait jamais Neleos, quoi qu'il dise ; d'autre part, ce récit ne correspondait pas à l'unique souvenir qu'il gardait de sa mère. Elle les avait aimés, Issi et lui, il en était convaincu. Jamais elle ne les aurait abandonnés.

— Sur mon île, murmura le Keftien, les gens comme toi, nous les appelons le Peuple Sauvage. Ils se peignent le corps. Tu n'es pas… Comment les villageois font-ils pour vous reconnaître ?

Hylas porta la main à son oreille gauche.

— Nous avons une entaille sur le lobe. C'est Neleos qui l'a faite après nous avoir trouvés.

Il déglutit. Il n'avait pas oublié les hurlements d'Issi quand son tour était venu.

— Rendez-vous un culte à la Déesse ? demanda le Keftien dans un souffle.

— Comment ça ? s'étonna Hylas. Nous… nous vénérons le dieu de la Montagne et la Mère des Créatures Sauvages. Mais quel rapport cela a-t-il avec…

— Ah, c'est une bonne chose…

— Parle-moi des Corbeaux, l'interrompit le garçon avec impatience. Qui sont-ils ? Pourquoi s'en prennent-ils aux Parias ?

— La Déesse… Elle porte des noms différents, dans de nombreux territoires. Pourtant, il s'agit toujours de la même Déesse…

Hylas s'apprêtait à répondre lorsqu'une huppe lança un appel depuis la colline : *oopu-pu-pu-pu*. L'aurore approchait.

— Je dois partir.

— Non ! Reste ! Je ne veux pas mourir seul !

— C'est impossible.

— J'ai peur ! le supplia le Keftien. Sur mon île, nous enterrons les morts près de la Mer… Ici, je n'ai rien qui vienne de la Mer ! Jamais je ne rentrerai chez moi !

— Tu as ce poisson autour du cou...

— Ce n'est pas un poisson, mais un dauphin. Et il est en ivoire, il ne vient pas de la Mer ! Je t'en prie...

Hylas ferma son cœur et rassembla ses affaires. Puis, avec un grognement hargneux, il retourna près du sarcophage.

— Tiens, grommela-t-il en arrachant son amulette et en plaçant la petite bourse dans la main du jeune homme. Elle ne m'a jamais servi à grand-chose, mais elle te sera peut-être utile puisque toi, tu es mourant. Elle contient un éclat de cristal de roche que j'ai ramassé sur la Montagne, pour la force, quelques poils de la queue d'un lion que j'ai pris sur l'un de ces animaux mort dans une grotte, pour le courage, et un coquillage. Je ne sais pas ce qu'il représente, mais je sais qu'il vient de la Mer.

— La Mer ! murmura le Keftien, dont le visage s'illumina. Tu connais donc la Mer !

— Non, je n'y suis jamais allé. Quelqu'un m'a donné ce coquillage, mais je n'ai pas...

— La Mer t'apportera les réponses que tu attends ! Et le Peuple des Nageoires te trouvera...

Il saisit soudain le poignet d'Hylas et obligea celui-ci à se pencher vers lui. Les yeux sombres du Keftien le transperçaient avec une telle intensité que le garçon s'en alarma.

— Ils sont au courant de ton arrivée, chuchota-t-il. Ils te cherchent dans les profondeurs de leur monde bleu... ils te trouveront...

Hylas poussa un cri et se dégagea brusquement.

— Le Peuple des Nageoires t'emportera sur son île... là où les poissons volent, où les grottes chantent... les collines qui marchent... les arbres de bronze...

Le jeune homme délirait. La lumière grise de l'aube se faufilait déjà dans le tombeau. Hylas passa son outre en bandoulière et ramassa son sac de victuailles.

— Et quand tu atteindras la Mer... poursuivit le Keftien.

— Je n'ai pas l'intention d'y aller...

— ... tu devras leur donner une mèche de mes cheveux.

— Je n'irai pas, je viens de te le dire !

— Coupes-en une maintenant...

Les dents serrées, Hylas s'empara d'une pointe de flèche et trancha une mèche des longs cheveux bruns et crépus qu'il fourra dans sa ceinture.

— Voilà ! C'est la dernière chose que je fais pour toi !

Le Keftien lui sourit : ce n'était plus un rictus effrayant, mais un véritable sourire qui transfigura ses traits.

— Quand tu seras au bord de la Mer, tu demanderas au Peuple des Nageoires d'aller chercher mon esprit... Tu les verras venir à toi, bondissant tous ensemble au-dessus des vagues... tant de force... tant de beauté... et ils m'emporteront vers la Lumineuse, et, avec Elle, je serai en paix, pareil à une goutte d'eau ne faisant plus qu'une avec la Mer...

— Je te le répète : je n'irai pas !

Le Keftien resta muet.

Ce silence intrigua Hylas, qui se retourna pour lui jeter un coup d'œil.

L'homme avait le regard fixe de celui qui jamais plus ne verrait.

Malgré lui, Hylas effleura du bout des doigts la joue creuse du cadavre. Il sentit la chaleur quitter le corps du Keftien, aussi rapidement que l'eau est avalée par la poussière. Ce qui, un instant plus tôt, avait été un être humain n'était plus qu'une enveloppe vide.

Sur la colline, la huppe lança un nouvel appel.

Aussi vite que possible, Hylas replaça le couvercle et marmonna une brève prière.

Dans les premières lueurs du jour, il distingua, empilés le long des murs, les autres sarcophages ornés de peintures rouge et jaune représentant des gens qui dansaient et se livraient à des sacrifices. Il aperçut la cape en peau de lièvre du Keftien, restée sur le sol, et la dissimula dans un coin. Une large tache sombre indiquait l'endroit où l'homme était resté allongé. Hylas la recouvrit de terre. Il ne pouvait faire davantage.

Au loin s'élevait un air joué par des flûtes de roseau. Les villageois arrivaient. En dépit de la terreur que devaient leur inspirer les guerriers noirs, il leur fallait offrir du vin et du miel à celui de leurs proches qui était mort, désormais un Ancêtre.

Il n'y avait pas un instant à perdre. Hylas se dirigea vers la sortie.

Le poignard. Le Keftien avait dit qu'il pouvait le prendre. Mais il était resté accroché à sa ceinture, à l'intérieur du sarcophage. Hylas regarda derrière lui. L'arme gisait sur le sol, bien en vue.

Malgré sa surprise, le garçon devina que l'homme avait dû la glisser hors de son fourreau et la lâcher juste avant d'entrer dans la tombe d'argile. Il n'y avait pas d'autre explication possible.

Garde-le... mais ne le montre à personne.

Le poignard de bronze était tout simple, sans ornements. Trois rivets lisses joignaient le pommeau à la lame droite et effilée, laquelle était deux fois plus longue que la paume d'Hylas ; alors que sa partie supérieure était large et carrée, elle se terminait par une pointe acérée. Son tranchant luisait faiblement dans la lumière de l'aurore. Hylas n'avait jamais rien vu d'aussi beau.

Il le ramassa. Il était lourd. Le pommeau lui parut d'abord froid, mais, en un battement de cœur, la chaleur de son corps se communiqua au métal.

Le son des flûtes se rapprochait.

L'arme serrée dans son poing, Hylas s'enfuit.

CHAPITRE QUATRE

Hylas réussit à se dissimuler à flanc de colline juste avant l'arrivée des villageois.

À son grand soulagement, ils ne remarquèrent rien d'anormal. Ils entassaient déjà de grosses pierres devant l'entrée du tombeau. Parmi eux, il repéra le chien croisé la veille, qui se tenait près d'un petit garçon. Hylas était content qu'il ne lui soit rien arrivé, mais il eut de la peine en voyant l'animal renifler la paume de l'enfant. Ouste avait l'habitude de faire de même.

Après avoir cueilli des feuilles de nerprun qui éloigneraient le fantôme du Keftien, Hylas rangea dans son sac la mèche de cheveux et le poignard. Il lui fabriquerait un fourreau plus tard ; pour l'instant, l'arme devait rester cachée. Les Parias n'avaient pas le droit de posséder d'objets en bronze. Si on le voyait avec le poignard, on l'accuserait de l'avoir volé. Il partit en courant vers l'est, en tâchant de se rappeler ce que Telamon lui avait raconté à propos de Lapithos.

Les pins épars ne lui offraient aucun refuge et des chardons aux tiges aussi hautes qu'un homme l'égratignaient de leurs piquants longs comme des défenses de sanglier. Cependant, il ne décela aucun signe des guerriers noirs, ni de qui que ce soit d'autre. Cette pensée traversa son esprit alors qu'il contournait un éperon rocheux : il faillit tomber sur un char.

Horrifié, Hylas avisa deux chevaux et un guerrier casqué de cuir qui lui tournait le dos. Les animaux piaffèrent et l'homme fit volte-face. Le garçon n'attendit pas d'en voir davantage : il détala aussi rapidement qu'un lièvre en direction d'une crête où le char ne pourrait pas le suivre.

Dès qu'il eut atteint le sommet, il dévala l'autre versant et se dirigea vers le ruisseau qui coulait en contrebas. Dans un nuage de poussière, le char arriva à vive allure au pied de la colline. Son conducteur hurlait pour se faire entendre au-dessus du vacarme des roues. Hylas s'élança dans l'eau, l'outre et le sac de victuailles cognant dans son dos.

Derrière lui, il entendit un grand fracas ; les chevaux hennirent. Le guerrier le poursuivait à pied. Hylas se mit à zigzaguer. L'autre l'imita. Une main lui attrapa l'épaule. Le tira vers l'arrière. Ils tombèrent ensemble dans le ruisseau. Le guerrier passa le bras autour du cou d'Hylas, mais celui-ci le fit basculer vers l'avant et lui enfonça la tête sous l'eau. L'homme battit frénétiquement l'air de son poing et frappa le bras blessé d'Hylas, qui s'écarta en poussant un grondement. Son adversaire parvint à se dégager ; il se redressa en crachant de l'eau. Le garçon lui décocha un coup de poing dans l'entrejambe. Le guerrier tomba à la renverse en hurlant de douleur : il réussit cependant à se relever et, d'un coup de pied, atteignit Hylas à la mâchoire. Celui-ci vacilla. Le guerrier le poussa en arrière, s'agenouilla sur sa poitrine et, à deux mains, saisit ses cheveux et le secoua tant et si bien que les dents d'Hylas s'entrechoquèrent.

— Hylas ! C'est moi, Telamon ! Ton ami !

◇◇◇

— Je n'arrive pas à croire que tu ne m'aies pas reconnu, dit Telamon, à bout de souffle.

— Je te l'ai déjà dit, répondit Hylas, pantelant, je n'avais pas bien vu ton visage à cause de cette chose que tu as sur la tête.

Assis au bord du ruisseau, ils s'aspergeaient d'eau froide pour soulager leurs corps meurtris. Les chevaux, attachés non loin, se désaltéraient tranquillement.

— Excuse-moi de t'avoir frappé ainsi, marmonna Telamon.

— Excuse-moi d'avoir failli te noyer, renchérit Hylas.

Telamon pouffa de rire.

— Qu'est-il arrivé à ton bras ?

— Une flèche.

Il avait perdu son bandage de fortune et la blessure, douloureuse, palpitait.

— Tu as mal ? demanda Telamon.

— D'après toi ? répliqua Hylas en lui jetant de l'eau à la figure.

Avec un grand sourire, Telamon l'imita avant de se relever d'un bond.

— Viens. Nous devons filer d'ici.

D'emblée, il s'était rangé du côté d'Hylas et semblait considérer cela comme allant de soi. Le garçon ne trouva pas les mots pour le remercier.

Ils se connaissaient depuis quatre étés, mais se voyaient seulement en secret, car le père de Telamon lui avait interdit de se prendre d'amitié pour un Paria. Telamon réussissait parfois à s'éclipser à l'insu des siens pour aller voir Hylas et Issi, même s'il éprouvait de profonds remords à l'idée de devoir tromper son père.

Au début, Hylas s'était méfié de lui. Que lui voulait ce garçon qui venait d'une famille riche ? Et puis, très vite, il avait compris que Telamon n'attendait rien de lui, hormis son amitié. Ils étaient pourtant très différents. Peut-être était-ce pour cette raison qu'ils parvenaient à s'entendre. Lorsque Telamon avait une décision à prendre, il pesait soigneusement le pour et le contre avant de passer à l'action ; en revanche, Hylas réfléchissait vite et agissait vite – il le fallait bien, sinon, il n'aurait pu survivre à la Montagne. Telamon vivait selon le code de l'honneur guerrier, dont Hylas se moquait ouvertement, même si ces lois piquaient sa curiosité. Surtout, Telamon avait un père qu'il aimait et qu'il respectait. Hylas était incapable d'imaginer ce que cela pouvait représenter. Jamais il n'avait connu son père. Jamais il n'avait respecté quiconque.

Cela faisait désormais quatre ans qu'ils étaient amis, sans que personne n'en sache rien – à l'exception d'Issi, évidemment, qui adorait Telamon. Ensemble, ils avaient construit leur premier radeau et appris à nager. Un jour, Telamon avait sauvé Hylas, attaqué par un taureau furieux ; une autre fois, Hylas avait aidé Telamon à s'enfuir de la grotte d'une lionne en colère. Telamon avait un an de plus et il était plus grand car il mangeait davantage de viande, mais Hylas se débrouillait mieux au combat. Telamon avait en horreur les larcins d'Hylas – qu'il jugeait déshonorants ; cependant, jamais il n'avait trahi son ami ni ne l'avait laissé tomber.

À présent, tout en observant Telamon qui vérifiait si son char avait subi quelque dommage, Hylas fut de nouveau frappé par le gouffre qui les séparait.

Telamon était le fils du Gouverneur de Lapithos et tout, dans son apparence, l'indiquait. Les manches et l'ourlet de sa tunique étaient ornés de rayures rouge vif ; ses bottes, qui lui arrivaient aux mollets, étaient huilées, à l'instar du fourreau accroché à sa ceinture, dans lequel était rangé son couteau de silex effilé. Comme ceux d'un guerrier, ses longs cheveux bruns étaient nattés et, à leurs extrémités, de petits disques d'argile empêchaient les mèches de se défaire ; à son poignet pendait son sceau en jaspe rouge et poli, sur lequel était gravé un petit sanglier dont on distinguait les soies en relief. Son père le lui avait offert au printemps dernier, quand il avait eu treize ans et qu'il s'était mis à chasser le sanglier. Il lui fallait collecter suffisamment de défenses pour pouvoir fabriquer son propre casque – pour cela, il devait tuer douze de ces bêtes. Il refusait toutefois qu'Hylas l'assiste, car, pour devenir un guerrier, il fallait apprendre à ne compter que sur soi-même.

— Telamon, que se passe-t-il ? demanda tout à coup Hylas. Pourquoi les Corbeaux pourchassent-ils les Parias ?

— Les Corbeaux ? s'étonna son ami en levant les yeux vers lui.

— Mais oui, les guerriers noirs ! Pourquoi ne s'en prennent-ils qu'aux Parias ?

Telamon se rembrunit.

— Aucune idée. Dès que j'ai appris la nouvelle, je suis venu t'avertir. J'ai... trouvé ton campement.

— Ils ont tué Ouste.

— Je sais. Je l'ai enterré. Ça a été horrible. J'ai d'abord cru qu'ils t'avaient tué, toi aussi. Et puis j'ai découvert tes empreintes sur le sol, mais j'ai perdu ta trace. J'ai ensuite suivi celle d'Issi...

— Elle a réussi à s'enfuir ? s'écria Hylas.

— Elle se dirigeait vers l'ouest… j'ai aussi perdu sa piste.

— Vers l'ouest ! Et moi qui pensais qu'elle irait se réfugier au village, ou bien qu'elle partirait à ta recherche…

— Nous la retrouverons, Hylas, ne t'en fais pas.

— Elle a seulement neuf étés.

— Ils ne traqueront pas une fillette.

— Mais pourquoi nous traquent-ils, justement ?

— Je te le répète, je n'en ai aucune idée !

— Aucune, vraiment ? s'emporta Hylas. Ton père est l'homme le plus puissant de la Lykonia !

— Hylas…

— Il est le Gouverneur ! Il est censé s'opposer à ces pillards ! Comment peut-il les laisser pourchasser des gens qui vivent sur ses terres ?

Telamon plissa ses yeux sombres.

— Doutes-tu de mon père ? s'enquit-il, autoritaire.

Son beau visage s'était figé et son poing s'était refermé sur le manche de son couteau. Son sens de l'honneur primait sur tout le reste. Il aurait puni sans hésitation quiconque aurait porté la plus petite atteinte à la réputation de sa famille.

— Non, rétorqua sèchement Hylas. Je ne doute pas de ton père.

— Parfait.

Un silence glacial s'installa. Telamon s'en fut examiner les sabots des chevaux pour s'assurer qu'aucun caillou ne s'y était glissé. Hylas resta au bord de l'eau. Il savait son ami capable de ruminer pendant des heures. Telamon n'était jamais le premier à rompre ce genre de silence. Hylas se demanda s'il pouvait lui montrer le poignard de bronze ; mais alors, il lui faudrait expliquer qu'il s'agissait d'un objet volé et qu'il avait aidé un jeune inconnu à se cacher dans un tombeau. Telamon en serait horrifié. Hylas se ravisa.

— Peux-tu me prêter ton couteau ? lança-t-il à son ami.

Sans un mot, Telamon jeta l'arme dans sa direction. Hylas découpa une bande dans sa tunique. Il cueillit des feuilles d'épiaire, qu'il mâcha pour en faire un cataplasme ; il étala celui-ci sur sa blessure avant de la panser avec le morceau de tissu. Puis il s'approcha du char et rendit son couteau à Telamon. Celui-ci l'accepta sans sortir de son mutisme.

Au bout d'un moment, estimant que cela avait trop duré, Hylas reprit la parole :

— Ce sont donc des chevaux ?

Telamon répondit par un grognement.

Aucun cheval ne vivait dans la Montagne. Avant ce jour, Hylas n'en avait aperçu que de très loin. Celui qui se trouvait près de lui était un véritable géant, avec une robe d'un marron lustré et une crinière aussi noire que de la poix de pin. Le garçon tendit la main pour le caresser, mais l'animal rabattit les oreilles vers l'arrière et fit mine de le mordre.

L'autre cheval, plus amical, frotta son nez contre la poitrine d'Hylas et souffla doucement dans l'oreille du garçon. Ses grands yeux sombres étaient aussi doux que des prunes et son encolure était tout en muscles.

— Ce sont les tiens ? demanda-t-il.

— Qu'est-ce que tu crois ? ronchonna Telamon. Ils appartiennent à mon père. Et je n'ai pas le droit de les emmener hors de la cité.

Hylas eut un petit sifflement admiratif.

— Ne me dis pas que tu les as volés...

Son ami s'empourpra.

— Seulement empruntés.

Telamon triturait son sceau de pierre, comme cela lui arrivait quand il était préoccupé.

— Ce ne sont pas des pillards, Hylas. Ils viennent de l'est, de la Haute Cité de Mycènes. Et ils ne s'appellent pas les « Corbeaux ». Ils appartiennent à un clan important, celui de la Maison de Koronos, qui emploie de nombreux soldats. Seuls les paysans ignares confondent le clan et ses guerriers, et les surnomment tous « Corbeaux ».

Hylas lui jeta un regard perçant.

— Tu sembles en savoir beaucoup à leur sujet.

— Je suis le fils du Gouverneur, rétorqua Telamon. Il est normal que je connaisse certaines choses.

— Eh bien, en ce qui me concerne, les Corbeaux sont des Corbeaux. Ils ont tué Ouste et ont essayé de nous tuer, Issi et moi !

— Je comprends, mais…

Telamon rougit de plus belle avant de poursuivre :

— Mon père n'a rien à leur reprocher.

— Rien ? s'écria Hylas en le fixant. À ces pillards qui viennent sur son territoire pour traquer ses sujets ?

— Hylas… reprit son ami, hésitant. Il est le Gouverneur. Ce qui signifie qu'il ne peut pas toujours choisir… ses alliés.

— Et toi ? Tu n'as « rien » à leur reprocher non plus ?

Telamon fronça les sourcils.

— Je ne sais pas pour quelle raison ils s'en prennent aux Parias, mais rassure-toi, je ferai de mon mieux pour en apprendre davantage. Je suis ton ami, ajouta-t-il avec insistance en regardant Hylas droit dans les yeux. Nous retrouverons Issi et je t'aiderai à sortir de cette mauvaise passe. Je le jure, sur mon honneur. À présent, tais-toi un peu et partons d'ici.

Il s'empara des rênes et sauta dans le char. Les chevaux se cabrèrent ; il eut du mal à les apaiser.

— Tu es certain de savoir conduire cette chose ? demanda Hylas en grimpant à côté de lui.

— Accroche-toi bien, marmonna Telamon, et plie les genoux.

Les chevaux s'élancèrent sans prévenir ; le char fit une brusque embardée et Hylas faillit basculer à terre.

— Je t'ai dit de bien t'accrocher ! hurla Telamon.

Tandis qu'ils roulaient dans un grand fracas sur le terrain caillouteux, la légère nacelle d'osier cahotait si violemment qu'Hylas crut qu'elle allait se briser. La bâche de cuir sur laquelle son compagnon et lui se tenaient s'affaissait de manière alarmante sous leurs pieds et Hylas devait garder les yeux mi-clos pour éviter d'être aveuglé par les gravillons que projetaient les sabots. Mais les chevaux étaient vraiment rapides, plus rapides que ce qu'il avait pu imaginer : le paysage défilait à toute allure autour de lui et ses longs cheveux flottaient dans le vent chaud. Le rire d'Hylas fusa.

Telamon lui adressa un large sourire.

Soudain, Hylas se rendit compte qu'ils n'allaient pas dans la bonne direction. Il saisit les rênes et obligea l'attelage à s'arrêter.

— Il faut faire demi-tour et aller vers l'ouest !

Telamon était furieux.

— Qu'est-ce qui te prend ? s'écria-t-il, bataillant pour garder le contrôle des chevaux. Les sentiers rocheux sont impraticables avec un char ! De plus, les guerriers montent la garde près du col, jamais nous ne pourrons le franchir ! Nous devons contourner les montagnes ! J'ai tout prévu. Nous allons nous diriger vers le sud, jusqu'à la Mer, et ensuite nous...

— La Mer ? s'exclama Hylas.

— Nous emprunterons un bateau, nous longerons la côte et nous débarquerons de l'autre côté des montagnes. Ce n'est pas si loin, tu sais. Nous retrouverons Issi, je te le promets.

La Mer, pensa Hylas. *Et quand tu atteindras la Mer...* avait dit le Keftien... il avait eu l'air si sûr de lui.

— Alors, quelle direction choisis-tu ? demanda Telamon. Décide-toi vite. Je ne pourrai pas les retenir longtemps.

Hylas se mordilla la lèvre.

— Tu as raison, finit-il par répondre. Partons vers le sud et contournons les montagnes.

— Merci de m'avoir écouté, répliqua Telamon, ironique.

Il fit claquer les rênes sur la croupe des chevaux, qui s'élancèrent de nouveau, laissant dans leur sillage des nuages de poussière.

Hylas n'eut pas le temps de changer d'avis. Au détour d'un virage, de larges plaines se déployèrent tout à coup sous ses yeux : une terre plate, boisée, parsemée de lopins d'orge dorée et d'oliviers argentés et, au-delà, à une distance telle que c'en était terrifiant, une succession de cimes acérées, lesquelles paraissaient soutenir le ciel.

Hylas n'était jamais allé aussi loin à l'est. L'espace d'un instant, son courage défaillit. Jusqu'à présent, le mont Lykas avait formé son seul horizon : la Montagne, la gorge, le village. Il n'avait eu qu'une idée floue de ce qui s'étendait au-delà.

Il savait que le père de Telamon devait ses richesses aux récoltes abondantes des plaines et que la Lykonia était la région la plus au sud d'un immense territoire appelé l'Akea. Il était vaguement conscient que, plus loin encore, il y avait d'autres provinces akéennes – la

Messenia, l'Arkadia et Mycènes – et que de l'autre côté de la Mer s'étendaient des terres peuplées de monstres, mais Hylas n'avait jamais vraiment pensé à ces endroits. Jusqu'à aujourd'hui. En réalité, le monde était incroyablement vaste. Une idée qui lui donnait l'impression d'être aussi insignifiant qu'une fourmi, et aussi facile à écraser.

Ils atteignirent une rivière bordée de roseaux et Telamon arrêta les chevaux afin qu'ils s'abreuvent. Les deux garçons descendirent du char. Telamon s'appuya contre un rocher et se massa les épaules en gémissant. Même à terre, il sembla à Hylas que le char continuait de vibrer sous ses pieds. Les roseaux, trois fois plus hauts qu'un homme, leur offraient un abri sûr, mais le garçon n'était pas tranquille. Et si les guerriers noirs étaient tapis là et se faufilaient vers lui à son insu ?

Telamon prit un sac en cuir de veau dans le char, fouilla dedans et lança à son ami un morceau de foie de mouton séché ainsi qu'une corne de vache que fermait un bouchon de bois.

— Qu'est-ce que c'est ? demanda Hylas.

— Cette gourde contient du brou de noix. Pour te teindre les cheveux. Personne n'est blond comme toi, tu es aussi visible qu'un feu de camp. Il ne faut plus que tu te fasses remarquer ainsi.

Après avoir avalé la viande, Hylas étala le brou de noix sur sa chevelure, qui avait la couleur du sable mouillé ; bientôt, elle fut striée de brun foncé.

— C'est mieux, déclara Telamon.

Il s'en fut explorer les alentours, tandis qu'Hylas restait auprès des chevaux.

Le plus gentil des deux s'appelait Fumée, l'autre, Malice. Le premier se tenait tranquille, pesant de tout son poids sur l'un de ses postérieurs ; en revanche, le second ne cessait de s'ébrouer et de secouer sa crinière. Avec son nez maigre et son regard mauvais, il était moins beau que Fumée, mais Hylas se doutait qu'il était plus futé. De plus, il avait raison d'être en colère : il devait sans doute détester être attelé à un char.

Le garçon le lui dit. Malice pivota les oreilles pour l'écouter avant d'essayer de lui mordre la main. Hylas sourit.

— Tu ne fais confiance à personne, c'est bien, tu es intelligent.

Au même instant, les deux chevaux dressèrent les oreilles et poussèrent des hennissements aigus.

D'autres hennissements leur répondirent dans le lointain.

Telamon émergea soudain des roseaux.

— C'est eux ! annonça-t-il, essoufflé. Vite ! Il y a une piste, droit devant !

Hylas grimpa dans le char et tendit la main à son ami pour l'aider à monter à son tour, mais, à son grand étonnement, Telamon lui jeta son sac de victuailles et lui donna les rênes.

— Va vers le sud, ordonna-t-il. Suis la rivière et trouve un bateau…

— Quoi ? Tu ne viens pas ?

— Je vais les attirer dans une autre direction. Ensuite, je franchirai le col et je te rejoindrai de l'autre côté…

— Je refuse de partir sans toi !

— Il le faut, c'est ta seule chance !

— Ça m'est égal !

— C'est toi qu'ils traquent, pas moi ! Allez, file !

CHAPITRE CINQ

Les chevaux étaient dotés d'une puissance incroyable. Hylas, agrippé aux rênes, avait du mal à ne pas basculer du char.

Il jeta un coup d'œil par-dessus son épaule et comprit qu'il ferait mieux de changer de tactique : il laissait dans son sillage un tel nuage de poussière que même un aveugle aurait été capable de le suivre. Puis, devant lui, il aperçut un croisement. Le sentier de droite était assez large pour que le char s'y engage, mais celui de gauche, étroit, s'enfonçait dans les roseaux. Hylas se dit qu'il devait mener à la rivière.

Il tira sur les rênes de toutes ses forces, obligeant les chevaux à se tourner sur le côté et à s'arrêter. Il bondit à terre et, non sans affolement, entreprit de détacher Malice. Celui-ci piaffa et essaya de le mordre, mais Hylas finit par le libérer du joug sans emmêler les brides. Il donna une claque sur la croupe de Fumée, resté attelé, et l'animal partit comme une flèche sur le sentier de droite, entraînant derrière lui le char cahotant. Avec un peu de chance, les Corbeaux suivraient cette piste et, lorsqu'ils découvriraient qu'Hylas les avait dupés, il serait trop tard pour le rattraper.

Le garçon enfourcha Malice ; celui-ci, surpris, s'élança aussitôt au galop. Hylas était déjà monté sur des ânes, mais jamais sur un cheval – et, visiblement, Malice détestait porter un cavalier. Empoignant la crinière avec détermination, le garçon tint toutefois bon. Des roseaux lui fouettaient le visage et son sac de victuailles lui martelait le dos. Le cheval tenta de le désarçonner en passant sous un saule, mais Hylas se baissa de justesse et se pressa contre le garrot maigre de l'animal.

Après une lutte interminable, Malice s'immobilisa et refusa de repartir. Furieux, Hylas mit pied à terre et mena sa monture jusqu'à la berge pour qu'elle se désaltère.

Les roseaux formaient un tunnel de verdure étouffant. Le chant râpeux des cigales était si bruyant que, si les Corbeaux se trouvaient dans les parages, le garçon ne les entendrait pas arriver. Il s'inquiétait pour Telamon. *Je vais les attirer dans une autre direction...* avait affirmé son ami. Comment y parviendrait-il sans mettre sa vie en danger ?

Voyant Malice mâcher des feuilles de férule, Hylas s'aperçut qu'il était affamé. Il avait laissé les provisions de Telamon dans le char ; en revanche, il avait gardé son sac de vivres. Il mangea quelques olives et un bout de fromage avant d'en offrir au cheval. Celui-ci coucha les oreilles et montra les dents.

Ses flancs trempés de sueur étaient striés de minces balafres noires qui s'entrecroisaient. Hylas avait lui aussi des cicatrices, qu'il devait aux corrections infligées par Neleos.

— Pauvre Malice, murmura-t-il.

Le cheval lui décocha un regard méfiant.

Hylas posa des olives et du fromage sur le sol. Malice renifla les premières et piétina le second.

Le garçon s'approcha, avec l'intention de caresser l'encolure fumante.

— Tu n'es pas si méchant que ça, dis-moi ? Simplement, tu n'aimes pas être battu.

L'animal se cabra. Ses sabots avant battirent l'air. Hylas recula d'un bond, les rênes lui glissèrent brusquement des doigts et Malice s'enfuit dans la roselière.

Le garçon voulut essayer de le rattraper, mais le cheval était déjà loin.

D'abord Issi et Ouste, puis le chien, ensuite Telamon ; et maintenant, Malice. À croire qu'un esprit malveillant faisait de son mieux pour qu'Hylas ne puisse garder personne auprès de lui.

— Parfait, grommela-t-il. Puisque c'est ainsi, je me débrouillerai seul.

Tout le jour, il longea la rivière qui coulait au pied des basses collines. Très vite, il prit les roseaux en horreur. Emplis de mystérieux bruissements, ils semblaient refuser de lui montrer le chemin.

Il atteignit une trouée, et ce fut pire encore.

Le Soleil était une sphère sanglante, brûlante, qui sombrait derrière les montagnes noires. Les trois crocs du mont Lykas paraissaient si lointains qu'Hylas en fut terrifié. Il repensa aux sentes qu'il avait parcourues avec Issi et Ouste, au pic des Ancêtres que Telamon et lui, par défi, avaient escaladé. Au-dessus des cimes, le ciel était d'un gris menaçant ; le garçon perçut un grondement de tonnerre. Le Ciel-Père était en train de frotter les nuages les uns contre les autres pour fabriquer un orage. Hylas imagina Issi sous la pluie, dans le vent.

Jusqu'alors, jamais il n'avait eu l'impression de l'apprécier plus que ça. Issi était seulement sa petite sœur : elle l'agaçait, était toujours dans ses jambes et posait sans cesse des questions. Mais à présent, pour la première fois, elle lui manquait.

Sur les pentes du mont Lykas, il distingua de minuscules lueurs rougeoyantes. Peut-être s'agissait-il de Lapithos ? Étaient-ce les feux allumés par les sentinelles qu'il voyait au loin ? Telamon était-il en sécurité dans la forteresse de son père ? À moins que les Corbeaux ne s'apprêtent à incendier la cité.

Soudain, Hylas eut un terrible pressentiment : reverrait-il un jour Issi et Telamon ?

◇◇◇

— Voler mon char ! hurla Thestor. Estropier mon cheval ! N'ai-je pas déjà suffisamment d'ennuis comme ça ? Et toi, tu en rajoutes !

Telamon, épuisé, s'adossa au mur pour éviter de s'effondrer. Il savait qu'une correction l'attendait, car son père tenait fermement son fouet en cuir de bœuf. Le garçon espérait simplement qu'il serait capable de la supporter en silence.

Il y avait pire encore : Thestor avait découvert qu'il était ami avec Hylas. L'un de ses bergers les avait vus ensemble dans le char.

— Me mentir ! gronda son père en marchant de long en large comme un lion enragé. Tu m'as menti pendant des années ! Est-ce un comportement honorable ?

— Non, bredouilla Telamon.

— Dans ce cas, pourquoi as-tu agi ainsi ?

— Hylas est mon ami.

— C'est un Paria et un voleur !

— Pourquoi traquent-ils les Parias ? Ce n'est pas juste !

— Ne t'avise pas de me dire ce qui est juste ou non ! s'emporta Thestor. Dis-moi simplement où il se cache !

Telamon releva le menton.
— Je... je ne peux pas.
— Tu ne peux pas ou tu ne veux pas ?
— Je refuse de te le dire.
Le Gouverneur lui lança un regard pénétrant. Puis, exaspéré, il leva les bras au ciel et se dirigea vers l'autre bout de la salle, où il s'assit sur son siège de marbre vert, encadré de lions peints qui l'accueillirent avec des rugissements silencieux.
À l'exception de Telamon et de son père, la grande salle de Lapithos était vide. Y planait une odeur d'encens froid et de rage. Même les souris qui couraient habituellement sur les poutres du plafond s'étaient tues. De temps à autre, un claquement de sandales résonnait dans la cour, mais personne n'osait s'approcher davantage. Thestor, un homme affable, élevait rarement la voix. Et, les rares fois où cela lui arrivait, ce n'était jamais sans raison.
Telamon, qui se tenait face à son père, en était séparé par un large cercle dans lequel palpitait une mer de braises de deux pas de circonférence ; celle-ci était gardée par quatre piliers massifs sur lesquels étaient gravés des motifs en zigzag peints en jaune et en noir, pareils à des guêpes courroucées.
Ce feu brûlait depuis des générations, sans jamais s'éteindre. Il était entouré de flammes peintes sur le sol, autour desquelles Telamon avait adoré ramper quand il était petit, tandis que Thestor buvait avec ses hommes, que les femmes, dans les pièces de l'étage supérieur, bavardaient tout en tissant et que les gros chiens paressaient en remuant la queue. Il avait aussi aimé explorer les dalles et leurs motifs rouge et vert qui éloignaient les esprits malfaisants. Ces dessins, qui

tourbillonnaient à présent sous ses yeux, lui donnaient la nausée.

— Qu'on apporte un siège à mon fils avant qu'il ne s'évanouisse ! mugit Thestor.

Un esclave entra précipitamment, posa un tabouret devant Telamon et s'esquiva. Le garçon, par fierté, préféra rester debout.

— J'ai agi comme je le devais, affirma-t-il.

Son père le foudroya du regard.

Mais Telamon ne disait que la vérité. Il avait aidé Hylas à s'enfuir en attirant les guerriers sur une autre piste. Il avait même réussi à récupérer le char – du moins ce qui en restait – et le pauvre Fumée, qui attendait tristement sous un tamaris, une pierre coincée dans un sabot. Malice, lui, était introuvable. Cela signifiait-il qu'Hylas était en route vers la Mer ? Telamon l'espérait.

— Pourquoi s'en prennent-ils aux Parias ? répéta-t-il.

— Pourquoi est-il ton ami ? répliqua son père. A-t-il plus d'importance que ta propre famille ?

— Bien sûr que non ! protesta le garçon.

— Dans ce cas, pourquoi ?

Telamon se mordit la lèvre. Sans doute était-ce parce que Hylas et lui étaient si différents. De son côté, il était capable de ruminer un affront des jours durant ; en revanche, le pâtre ne se souciait nullement de ce qu'on pouvait penser de lui – pourquoi s'en serait-il préoccupé ? Tout le monde le considérait avec mépris. Hylas était impitoyable et ne comptait que sur lui-même : deux qualités que Telamon craignait secrètement de ne pas posséder. Sans oublier qu'Hylas n'avait pas de père sur lequel il aurait pu prendre modèle.

Évidemment, il lui était impossible d'expliquer tout cela à Thestor.

Ce dernier, les coudes posés sur les genoux, se passa les mains sur le visage. Sa tunique rouge vif était poussiéreuse. Il paraissait fatigué, accablé par les soucis.

Telamon éprouva un élan d'affection pour son père, assorti d'un pincement de colère envers Hylas, qui l'avait éloigné de Thestor. Le jeune Paria était son ami, mais jamais celui-ci ne comprendrait que Telamon, en tant que fils de Gouverneur, était écartelé entre les liens de l'amitié et ceux du sang.

Hylas ne savait rien du monde dans lequel vivait Telamon. Il n'avait jamais vu de murs couverts de fresques sur lesquelles les Ancêtres armés de lances transperçaient des sangliers et combattaient leurs ennemis. Il n'avait jamais vu de portes plaquées de bronze, ni de coupes de marbre ou d'or. Ni d'escaliers, ni même de bains. Et Hylas ne se doutait pas que Telamon, à chacune de ses visites, apportait son couteau de silex et non celui de bronze, pour ne pas donner à son ami l'impression qu'il cherchait à l'épater.

Thestor, la mine renfrognée, tirait sur sa barbe.

— La situation est plus grave que tu ne le penses, déclara-t-il tout à coup avant de pousser un soupir. Un paysan peut se contenter de passer sa vie entière dans son village, sans jamais avoir besoin de s'en éloigner. En revanche, cela nous est interdit, Telamon. Nous sommes des chefs, précisa-t-il, l'air plus préoccupé encore. Durant des années, je suis parvenu à maintenir la Lykonia à distance des événements qui secouent le reste de l'Akea. Mais désormais, les choses seront différentes. Et nous ne pouvons plus rester à l'écart.

— Que veux-tu dire ? demanda Telamon.

Son père le fixa un instant, puis détourna le regard.

L'inquiétude s'empara du garçon. Dans les yeux de Thestor, il venait de déceler une expression qu'il n'avait jamais vue auparavant : de la peur.

— Père, je suis désolé, laissa-t-il échapper. Quoi qu'il arrive, je te soutiendrai !

Le Gouverneur quitta son siège et leva son fouet. Il ordonna à son fils d'ôter sa tunique et de lui présenter son dos.

— Moi aussi, je suis désolé, répondit-il.

◊◊◊

Alors que le crépuscule tombait, Hylas trouva un radeau de pêcheur échoué sur la berge. Une aubaine. La rivière le porterait jusqu'à la Mer.

Il s'y étendit sur le ventre et pagaya avec les mains. À son grand soulagement, il ne croisa personne, même si, à un moment, il aperçut les feux d'un village entre les roseaux. Il imagina les habitants blottis derrière les portes des esprits, qui les protégeaient des Corbeaux. Du moins si les gens des plaines avaient des portes des esprits. Dans la Montagne, on prétendait même que les paysans qui vivaient dans ces régions cultivaient de l'orge noire et ne possédaient pas d'orteils...

Sans réfléchir, Hylas sortit le poignard de bronze de son sac. L'avoir entre les mains lui donnait l'impression d'être plus fort. Il faisait à présent trop sombre pour fabriquer un fourreau ; au lieu de quoi il découpa des bandes d'écorce de saule, les tressa et en fit une cordelette dont il se servit pour attacher l'arme à sa cuisse, sous sa tunique, là où nul ne pourrait la voir.

À contrecœur, car le contact avec les cheveux le répugnait, il noua la mèche du Keftien à sa ceinture.

Mieux valait prendre cette précaution : si son sac de provisions venait à tomber à l'eau avec la mèche à l'intérieur, il risquait de se retrouver avec un fantôme courroucé sur les talons.

Agrippé aux bords de la petite embarcation, Hylas scruta l'obscurité, tandis que la rivière murmurante l'entraînait vers la Mer.

La Mer t'apportera les réponses que tu attends, avait dit le Keftien.

Le garçon n'avait vu la Mer que depuis les montagnes, de très loin, et elle lui était apparue comme une étendue floue, gris-bleu. Pourtant, quand il était petit, Iphia, la compagne de Neleos, s'amusait souvent à lui raconter d'effrayants récits de monstres tapis dans les profondeurs marines. Voilà pourquoi Hylas n'avait aucune envie de s'en approcher.

La nuit s'écoulait avec lenteur. Des créatures sauvages commencèrent à se montrer. Une vipère nagea un bref instant le long du radeau, sa tête effilée luisant au clair de Lune. Sur la rive, une lionne qui s'abreuvait leva son museau trempé pour le regarder passer. Dans les roseaux, le garçon entrevit le scintillement indécis d'un esprit aquatique : celui-ci fixa Hylas de ses yeux argentés, inhumains, sans paraître le voir, comme s'il n'existait pas.

Quelle force invisible, se demanda-t-il, avait bien pu le chasser des montagnes ?

Jusqu'alors, il n'avait jamais vraiment réfléchi aux Grands Dieux. Trop lointains, ces derniers ne se souciaient généralement pas des pâtres. Hylas avait-il offensé l'un d'eux ? Le Père-Ciel ou le Trembleur-de-Terre ? Ou bien la Mère des Créatures Sauvages ? Ou alors les immortels ténébreux dont il est interdit de prononcer à haute voix les noms véritables, les Furieux, qui traquent ceux qui ont tué leurs proches, ou encore les Sœurs Grises, accroupies dans leur grotte comme des araignées des temps anciens, tissant la vaste toile dont chaque fil représente un être vivant ?

Lequel d'entre eux avait-il décidé que Skiros devait mourir et que lui, Hylas, devait être sauvé ?

Et quel sort était réservé à Issi ?

Des lucioles passèrent à toute vitesse devant lui, laissant dans leur sillage des traînées d'or enflammé. Sur une tige de roseau, le garçon aperçut une grenouille, laquelle en avait englouti un si grand nombre que son ventre était irradié d'une lumière verte.

Les grenouilles étaient les animaux préférés d'Issi. Un jour, Hylas lui en avait attrapé une, tout aussi lumineuse, et l'avait enfermée dans une cage de brindilles. Sa sœur avait observé la grenouille jusqu'à ce que celle-ci cesse de luire, puis l'avait soigneusement rapportée à la rivière pour lui rendre sa liberté.

La fillette essayait toujours de se lier d'amitié avec des créatures sauvages : des belettes, des blaireaux et, une fois – à ses risques et périls –, un porc-épic. De même, elle adorait Ouste. Lorsqu'elle avait quatre ans et que le chien n'était encore qu'un chiot, Hylas n'arrêtait pas de la faire rire en criant : « Ouste ! Ouste ! » – et, plutôt que de déguerpir, l'animal se précipitait vers eux, les oreilles au vent et la langue pendante. Issi ne s'en lassait jamais. Elle battait des mains et criait : « Ouste ! Ouste ! », riant si fort qu'elle en tombait par terre.

À ce souvenir, Hylas se sentit plus seul encore.

Dès l'instant où Neleos les avait trouvés sur la Montagne, enveloppés dans une peau d'ours, ça avait été Issi et lui contre le monde entier. Hylas avait alors environ cinq ans et sa sœur, deux. Lorsque le vieux paysan avait essayé de s'emparer de la peau d'ours, le petit garçon l'avait mordu et la fillette avait éclaté de rire…

◊◊◊

Le Soleil le réveilla, éblouissant. Il s'aperçut que le radeau s'était échoué sur un banc de sable. La voix de la rivière s'était modifiée : c'était désormais un soupir lointain, semblable à celui d'une immense créature respirant doucement dans son sommeil.

Hylas descendit de l'embarcation et se retrouva sur un rivage de galets d'un blanc éclatant. La rivière avait disparu. Devant lui scintillait une eau d'un bleu stupéfiant, qui s'étendait jusqu'au ciel. Des vaguelettes bordées d'écume blanche clapotaient à ses pieds. L'eau était si limpide qu'il pouvait voir le fond tapissé d'algues, qui n'étaient pas vertes, mais violettes. Parmi elles, il distingua d'étranges petites bêtes rondes, hérissées de piquants noirs ; on aurait dit des hérissons marins.

Il se pencha, plongea un doigt dans l'eau. Le lécha. Sentit le goût du sel.

Ils sont au courant de ton arrivée, lui avait dit le Keftien. *Ils te cherchent dans les profondeurs de leur monde bleu…*

Hylas avait la gorge serrée.

Il avait atteint la Mer.

CHAPITRE SIX

Le dauphin était agité.

Depuis quelque temps, il avait l'impression qu'il était censé faire quelque chose, mais il ignorait quoi. Le plus étrange, c'était que les membres de sa bande ne partageaient pas cette sensation.

D'habitude, s'il avait un pressentiment, les autres l'avaient aussi. Voilà ce que c'était, que d'être un dauphin : nager à travers un entrelacs miroitant de clics, de sifflements et de pensées fugaces de dauphin – de telle sorte qu'on avait souvent la sensation, quand tous bondissaient ou plongeaient à l'unisson, qu'il y avait non pas plusieurs dauphins, mais un seul.

Cette fois, pourtant, c'était différent. Lorsqu'il essaya de leur en parler, aucun ne le comprit, pas même sa mère. Aussi décida-t-il de quitter sa bande un moment afin de voir s'il pouvait en apprendre davantage par lui-même.

Au début, il ne s'éloigna pas de la Surface, où la Mer était bruyante, lumineuse. Il distinguait les cris stridents des oiseaux marins et les pétillements sifflants de l'écume sur le rivage. Il traversa une forêt d'algues en accélérant l'allure, car il aimait sentir leurs chatouillis glisser sur sa peau, puis écouta un banc de brèmes qui fouissaient les eaux peu profondes à la recherche de vers. Il voulut jeter un coup d'œil à l'île qui venait d'apparaître devant lui et bondit hors de la Mer ; en un petit coup de nageoire, il émergea dans le Dessus, où les sons étaient hachés et le Soleil, jaune et non plus vert. Cependant, ce qu'il était censé faire ne se trouvait pas là.

Il plongea de nouveau dans la Mer, abandonnant derrière lui la clameur impatiente de la Surface pour descendre dans le merveilleux Bleu-Profond, où la lumière était douce et fraîche. Là, il pouvait entendre ses clics se répercuter de toutes parts. Détectant le bruit de succion et l'ondulation d'une pieuvre, il fut tenté de partir à sa poursuite ; les pieuvres étaient ses proies préférées et il adorait les obliger à sortir de leur trou en leur donnant de petits coups de rostre. Mais il n'arrivait pas à se défaire du sentiment, aussi tenace qu'un coquillage fixé à un rocher, qu'il avait une chose à accomplir.

À mesure qu'il s'enfonçait, la Mer devint sombre et froide. Le dauphin émit une série de clics plus rapides dont l'écho se réfléchit sur les rochers anguleux, incrustés de coraux. Des mulets paniqués s'enfuirent à son approche et des mérous échangèrent des avertissements. Sans leur prêter attention, il poursuivit sa descente en cliquant de plus en plus vite jusqu'au Noir-Profond, où il ne pouvait plus rien voir, seulement entendre, grâce à ses clics, les pics, les vallées et les créatures aveugles qui se déplaçaient dans les ténèbres. Ici, le flot de la Mer ralentissait et se faisait plus pesant : un soulagement après le vacarme et l'agitation de la Surface. Cependant, ce qu'il était censé accomplir ne se trouvait pas là non plus.

Tandis qu'il remontait à toute allure pour reprendre de l'air, le dauphin se demanda ce qu'il allait faire ensuite. D'ordinaire, il prenait ses décisions rapidement, même s'il lui arrivait parfois de se tromper ; cette fois, en l'espace d'une éclaboussure, il sut.

Après avoir lancé un message à sa bande pour leur annoncer qu'il serait bientôt de retour, il leur tourna la queue et s'élança courageusement vers le large.

Pendant un moment, il s'affaira à différencier les bruits enchevêtrés qui l'entouraient et à goûter les courants. Comme la houle était plus forte, il s'amusa à filer à l'intérieur des vagues. Les sifflements de ses compagnons s'estompaient, mais il n'avait pas peur : au contraire, il était excité. Il était le plus aventureux de tous les jeunes dauphins de son groupe et il adorait partir en exploration.

Il aimait aussi rencontrer de nouvelles créatures, même si la plupart d'entre elles partageaient rarement son enthousiasme. Après nombre de tentatives infructueuses, il avait compris que les méduses piquent, que les crabes pincent et qu'il était inutile de jouer avec les poissons, car il finissait toujours par les manger. Son meilleur souvenir ? La fois où il avait joué à un jeu étonnant avec un phoque, jusqu'à l'instant où, se rappelant qu'il s'agissait d'un phoque, il s'en était allé. Le pire ? Le jour où il avait essayé de devenir ami avec un dauphin femelle appartenant à une autre bande : elle lui avait donné un coup dans le ventre, puis avait raclé ses dents sur son rostre, ce qui avait été très douloureux.

Soudain, il entendit une masse lourde et maladroite, ballottée par les flots.

Il crut d'abord qu'il s'agissait d'une baleine. Mais, quand il se fut approché, il perçut qu'elle n'avait pas de queue et qu'elle était faite en arbre. Des humains !

Les dauphins aimaient bien ces créatures, même si elles leur paraissaient extrêmement bizarres. Elles n'avaient pas d'évent, parlaient par la bouche et, comme elles ne savaient pas vraiment nager, elles se contentaient de barboter à la Surface. Le dauphin les plaignait car elles étaient obligées de vivre dans le Dessus, sur d'horribles petits bouts de terre sèche.

Mais les humains étaient courageux et presque aussi intelligents que les dauphins. Il y avait mieux encore : quand on nageait juste devant l'une de leurs piles d'arbres flottants, la Mer vous propulsait si vite qu'on pouvait avancer sans avoir à fournir le moindre effort. C'était exactement comme lorsqu'on se laissait porter par la vague jaillissant de l'évent d'une baleine – sans pourtant risquer d'agacer celle-ci.

Pendant un moment, le dauphin ondula avec bonheur dans les rouleaux, tandis que les humains se penchaient vers la Mer et l'appelaient en agitant leurs nageoires. Même s'il ne pouvait comprendre leurs paroles étranges et étouffées, le dauphin sentait qu'ils étaient amicaux, contents de le voir.

Il se rendit soudain compte qu'il s'éloignait beaucoup trop de son groupe. Il lui fallait rebrousser chemin.

Mais, à cet instant, il perçut la tristesse d'une humaine.

Il ne pouvait la voir, car elle était cachée à l'intérieur des bois flottants. Il devina toutefois qu'elle n'était pas encore une adulte ; il sentit sa peur et sa colère. Il eut de la peine pour elle. Il aurait voulu l'aider. Mais comment ?

Dans le lointain, il entendit sa bande l'appeler par son nom-sifflement.

Le dauphin éprouva une pointe de regret. Il avait envie de rester avec les humains. Il n'avait pas trouvé ce qu'il cherchait ; au fond de ses nageoires, il savait que cette chose était là, quelque part, et continuait de l'attendre – et qu'elle avait un lien avec les humains.

Malgré tout, l'appel des siens était plus puissant.

Pour dire au revoir, le dauphin bondit hors de la Mer et remua le bout de sa queue, pendant que les humains lui faisaient de grands signes et lui montraient leurs dents.

Puis il plongea de nouveau dans le merveilleux Bleu-Profond et partit à toute allure rejoindre son groupe.

CHAPITRE SEPT

De l'autre côté de la coque, Pirra entendit des éclaboussures et imagina le dauphin en train de plonger de nouveau dans la Mer. Elle savait que c'en était un, car elle avait distingué les cris des marins. Elle n'avait pourtant pas pu le voir. Elle n'en avait pas le droit.

Dans la cale, l'air étouffant sentait l'amande et le vomi. Pirra ne pouvait pas bouger, coincée qu'elle était au milieu de la cargaison ; de plus, sa tête touchait presque le plafond.

En proie à la panique, la gorge nouée, elle inspira de l'air, mais pas suffisamment. Si le bateau coulait, elle se noierait.

N'y pense pas. La Mer est calme. Nous n'allons pas sombrer.

Elle serra très fort son sceau de pierre dans son poing et resta étendue, à l'écoute des claquements de voile et des grincements du bois. Ils naviguaient depuis une éternité, le navire ne cessant de tanguer de-ci de-là. Elle avait déjà vomi sur une balle de lin. Il faisait trop sombre pour s'en assurer, mais elle espérait qu'il s'agissait des plus beaux tissus de sa mère. Cela lui apprendrait : elle n'aurait pas dû enfermer Pirra dans la cale.

La veille encore, elle n'avait jamais vu la Mer, et, si les choses s'étaient passées selon le souhait de la Grande Prêtresse, Pirra ne saurait toujours pas à quoi elle ressemblait – elle avait les yeux bandés quand Userref l'avait portée à bord, cela faisait partie de sa punition. Cependant, juste avant de la faire descendre dans la cale, Userref, enfreignant l'ordre donné par la mère de Pirra, avait ôté le bandeau afin qu'elle puisse jeter un coup d'œil autour d'elle.

Elle avait grandi entourée de représentations marines, peintes sur les murs de sa chambre : des vagues bleues, nettement tracées, zigzaguaient avec des rayons de Soleil jaune ; des dauphins souriants pourchassaient de minuscules poissons aux contours bien définis, tandis que des pieuvres aux gros yeux se promenaient au fond, parmi des oursins et des algues vertes, dentelées.

La vraie Mer n'avait rien à voir avec ces fresques. Jamais Pirra ne l'aurait imaginée aussi agitée, aussi vaste.

Elle avait toujours entendu parler du monde extérieur, mais jamais elle n'y avait été confrontée. Elle avait grandi dans la Maison de la Déesse : tout un versant de colline occupé par des salles, des cours, des entrepôts, des cuisines et des ateliers, lesquels grouillaient de gens pareils à des abeilles. Jamais elle n'avait eu la permission de quitter cet endroit, qu'elle surnommait « la ruche de pierre ».

Depuis sa chambre, qui donnait sur un passage plongé dans l'ombre, il lui était impossible de voir audehors, mais elle réussissait parfois à échapper à la surveillance de ses esclaves ; elle se hâtait alors de traverser la grande cour et gravissait les marches menant au balcon le plus élevé. De là, elle contemplait les oliveraies et les vignes toutes proches ainsi que les champs d'orge et les forêts qui s'étendaient jusqu'à la haute Montagne aux deux cornes jumelles du Trembleur-de-Terre.

Quand tu auras douze ans, se disait-elle, *tu pourras enfin sortir. Tu conduiras un char, tu escaladeras la Montagne et tu auras un chien.*

Cette perspective avait aidé Pirra à supporter le reste. Yassassara lui en avait fait la promesse : le jour de ses douze ans, elle serait libre.

La veille de son anniversaire, elle était si excitée qu'elle n'avait pu trouver le sommeil.

Le matin suivant, elle avait appris la vérité.

— Tu avais pourtant promis ! avait-elle crié à sa mère. Tu m'avais promis que je serais libre !

— Non, avait calmement répondu Yassassara. Je t'ai promis que je t'autoriserais à sortir. Justement, tu quittes aujourd'hui la Maison de la Déesse. Tu vas partir pour la Lykonia afin d'y être mariée.

Pirra, furieuse, avait mordu et hurlé – même si, au fond d'elle, elle savait que cela ne servait à rien. Yassassara, la Grande Prêtresse, avait une volonté de granit. Elle gouvernait Keftiu depuis dix-sept étés et elle était prête à tout sacrifier, y compris sa propre fille, pour asseoir la puissance de son territoire.

Pirra avait fini par s'apaiser. Dans un silence maussade, elle avait laissé les femmes la vêtir d'étoffes pourpres pailletées d'or. Lorsque Userref était entré, elle l'avait ignoré. Même lui, qu'elle considérait comme un grand frère, l'avait trahie. Il avait pris part à ce mensonge.

— Je suis navré, lui avait-il dit d'une voix posée. Je n'avais pas le droit de t'en parler.

— Depuis quand étais-tu au courant ? avait demandé Pirra sans croiser son regard.

— Depuis l'avant-dernière moisson.

— C'était il y a deux ans !

Userref n'avait pas répondu.

— Voilà pourquoi tu as tant insisté pour que nous apprenions la langue akéenne, avait-elle ajouté avec amertume. Tu prétendais que ce serait amusant d'avoir le vieux tisserand comme professeur ; tu disais que cela nous « occuperait ».

— J'ai pensé que cela t'aiderait si tu pouvais parler leur langue.

— Tu as continué de me faire croire que je serais libre.

Les sourcils froncés, l'esclave avait lissé son pagne, qui lui arrivait aux genoux.

— Tu avais besoin d'un espoir auquel te raccrocher, avait-il marmonné. Tout le monde en a besoin. C'est ce qui nous permet d'endurer nos tourments.

— Même si c'est un mensonge ?

— Oui.

Froidement, elle l'avait congédié. Après son départ, elle s'était néanmoins rendu compte qu'il parlait aussi de lui : Userref avait été arraché à sa terre natale, l'Égypte, à l'âge de dix ans, pour être vendu comme esclave à la Maison de la Déesse. Cela s'était passé treize ans plus tôt, mais son désir de retourner un jour dans son pays n'avait jamais faibli.

Au fond de la cale, Pirra changea de position. Userref lui avait donné une outre d'eau. Elle réussit à nettoyer en partie les vomissures ; l'odeur était toutefois tenace et Pirra n'arrêtait pas de retrouver de petits morceaux entre ses dents.

Dans l'obscurité, elle distingua les présents destinés au Gouverneur de la Lykonia. Ils constituaient sa dot : des amphores aussi hautes qu'un homme remplies de vin noir et corsé, des balles de tissus teints, des fioles d'albâtre contenant de l'huile parfumée qui empestaient l'amande et des lingots de ce métal essentiel, le bronze. Le cœur de Pirra s'emballa de colère. On l'avait enfermée là comme une vulgaire marchandise.

Yassassara avait su exactement ce qu'elle faisait en punissant sa fille, laquelle avait osé protester. Pirra était coincée ici, humiliée, mais pas réellement en danger. Par ailleurs, sa mère avait donné des ordres précis : lorsqu'ils atteindraient la Lykonia, ils débarqueraient d'abord à l'écart de tout lieu habité afin que la jeune fille puisse sortir de la cale et être lavée et apprêtée ; elle serait ensuite amenée au Gouverneur.

Avant leur départ de Keftiu, Userref avait tâché de rassurer Pirra.

— Je serai là, moi aussi. Tu ne seras pas seule.

Elle se raccrochait à cette idée. Cependant, dès qu'elle pensait à l'avenir, elle se sentait oppressée.

Pirra savait peu de choses de l'Akea : ce territoire, situé au nord, loin de Keftiu, était peuplé de sauvages belliqueux auxquels il ne fallait pas se fier – et les Lykoniens, qui vivaient au sud, étaient les plus violents d'entre eux. Les Akéens ne bâtissaient pas de Maisons en l'honneur de la Déesse, ils n'étaient pas gouvernés par des prêtresses, mais par des gouverneurs qui possédaient des forteresses. C'était dans l'une d'elles que Pirra vivrait. Sa mère lui avait expliqué qu'elle ne quitterait cet endroit que pour être portée vers son tombeau.

La panique s'empara de nouveau d'elle. *D'une prison de pierre à une autre*... songea-t-elle.

— Laissez-moi sortir ! hurla-t-elle en frappant de ses poings le plafond de bois. Je l'exige !

Personne ne vint.

Tu n'es pas ici, se dit-elle. *Tu n'es pas dans la cale d'un bateau. Tu es tout là-haut, avec ce faucon.*

Elle ferma les yeux pour essayer de revivre l'instant où Userref lui avait ôté le bandeau : elle s'était tenue sur le pont, aveuglée par la lumière éblouissante.

Jamais elle n'oublierait la première fois où elle avait vu la Mer. Les colombes blanches qui voletaient sur le rivage doré, les voiles vertes qui se gonflaient sous un ciel bleu sans limites.

C'est à cet instant qu'elle l'avait aperçu : le cou tendu vers les nuages, elle avait entendu un son crissant, comme une étoffe déchirée. Puis un trait ténébreux, qui semblait surgi tout droit du Soleil, avait fendu l'air.

Impressionnée, Pirra l'avait observé alors qu'il fondait sur les colombes. Celles-ci s'étaient dispersées, mais l'autre oiseau était plus rapide et, en un clin d'œil, il s'était abattu sur l'une d'elles avant de remonter en décrivant une courbe gracieuse ; il s'était ensuite éloigné en battant nonchalamment des ailes, emportant, dans l'une de ses serres, une colombe morte.

— Qu'est-ce que c'était ? avait-elle demandé dans un souffle.

Userref s'était incliné en direction du point noir qui s'estompait dans le lointain.

— *Heru*, avait-il murmuré dans sa langue natale. Longue vie à lui, jusqu'à la fin des temps et pour l'éternité.

— Il a jailli du Soleil… Où niche-t-il ?

— Partout et n'importe où. C'est un faucon.

Il vivait où il en avait envie. Se rendait où bon lui semblait...

— Je n'avais jamais rien vu d'aussi rapide, avait-elle dit.

— Le faucon est la créature la plus rapide au monde, avait précisé Userref.

Blottie dans la cale, Pirra effleura du bout des doigts son sceau de pierre – une améthyste sur laquelle était gravé un oiseau minuscule ; elle avait longtemps pensé qu'il s'agissait d'un moineau. Elle savait à présent que c'était un faucon.

Soudain, elle retint son souffle et s'imagina en haut du mât, perchée comme un faucon, en train de déployer ses ailes et de prendre son envol.

Jusqu'à présent, elle n'avait jamais songé à se sauver. Elle avait cru au mensonge de sa mère, qui affirmait que, bientôt, elle serait libre. Mais... et si elle s'échappait ?

Pirra sentit un élan nouveau naître en elle. Les pensées se bousculaient dans son esprit.

Même si elle parvenait à s'enfuir, elle ne survivrait pas en terre étrangère ; cela signifiait qu'il lui fallait retourner à Keftiu et, pour cela, elle devait mettre un terme au projet de sa mère, qui voulait la marier au fils du Gouverneur de la Lykonia.

Mais comment ?

Tout à coup, elle se rappela un incident. Lors des dernières festivités de l'Orge Vert, Yassassara avait remarqué que l'une des jarres à offrandes était fendillée. « Qu'on s'en débarrasse », avait-elle ordonné avec mépris. Un esclave avait emporté l'objet et l'avait jeté au-dessus du mur d'enceinte. Pirra, après avoir gravi l'escalier menant au balcon le plus élevé, avait repéré la jarre, gisant au milieu des fleurs de pavot, et l'avait enviée. Elle était certes abîmée ; cependant, elle avait réussi à sortir.

À l'époque, elle ne s'était pas appesantie sur cette idée. Mais maintenant...

Un objet défectueux n'avait aucune valeur dans la Maison de la Déesse. On le laissait tranquille.

Elle sursauta et oublia ses projets : les mouvements du bateau s'étaient modifiés. L'embarcation ne tanguait plus de la même façon. Pirra entendit les marins échanger des instructions, puis des grincements sonores – ils avaient dû sortir les rames. Soudain, les planches posées au-dessus d'elle se soulevèrent. Elle inspira de longues goulées d'air salé tandis qu'Userref la hissait hors de la cale.

Le Soleil était éblouissant. Elle perçut le bruit des vagues et le croassement d'un corbeau.

— Sommes-nous... est-ce la Lykonia ? bredouilla-t-elle.

Userref lui serra plus fort la main.

— Montre-toi courageuse, Pirra, lui répondit-il. Te voici arrivée dans ton nouveau pays.

CHAPITRE HUIT

Le corbeau perché dans l'arbre épineux fixait Hylas d'un œil luisant, hostile.

— Va-t'en ! cria le garçon, à bout de souffle.

L'oiseau croassa, railleur. En moins de temps qu'il n'en fallait à Hylas pour essuyer son visage en sueur, le corbeau était capable de couvrir une distance comparable à celle que le garçon avait parcourue tout le jour. La côte était un enchevêtrement de genêts jaunes couverts d'épines, de broussailles et d'arbres au mastic dégageant une odeur âcre de résine qui le faisait constamment larmoyer. L'éclat du Soleil était impitoyable. Il y avait bien longtemps que son outre était vide. La Mer le narguait : tant d'eau, pourtant imbuvable.

Hylas s'en voulait d'avoir perdu le radeau. Il s'était éloigné un moment pour explorer la grève et, à son retour, les vagues avaient déjà emporté la petite embarcation hors de sa portée. Depuis, il avançait péniblement le long du rivage, d'un promontoire rocheux à un autre.

Nous emprunterons un bateau, avait dit Telamon, *nous longerons la côte et nous débarquerons de l'autre côté des montagnes.*

Emprunter un bateau ? À qui ? Où ça ? À l'exception de quelques huttes de berger perchées sur les collines, Hylas n'avait pas détecté la moindre présence humaine. Et cela faisait maintenant trois jours qu'Issi était seule dans les montagnes.

Le rire rauque du corbeau fusa de nouveau. Cette fois, Hylas lança une pierre dans sa direction. Le volatile s'éleva dans le ciel et s'éloigna en battant résolument des ailes – comme s'il emportait un message avec lui.

Hylas regrettait de lui avoir jeté cette pierre.

◆◆◆

Un navire avait jeté l'ancre dans la baie ; il s'agissait d'un véritable monstre, dix fois plus gros que les embarcations aperçues par Hylas ces derniers jours. Sur la proue en forme de bec était peint un œil jaune, énorme, donnant l'impression d'être capable de tout voir. Des rames sortaient de ses flancs, telles les pattes d'un insecte géant, et sur son dos poussait un arbre auquel étaient fixées de larges ailes vertes. Un jour, Telamon lui avait expliqué que certains bateaux avaient des ailes afin de pouvoir voler dans le vent. Hylas avait refusé de le croire.

En contrebas, sur le rivage, des hommes dressaient des tentes ; d'autres se dirigeaient vers la forêt de pins pour y ramasser du bois. Ce n'étaient pas des Corbeaux, mais des Keftiens ; comme celui qu'il avait rencontré dans le tombeau, ils n'avaient pas de barbe et portaient des pagnes ajustés à la taille, aux ourlets brodés de spirales. Leurs armes étaient de splendides haches de bronze à deux tranchants incurvés, semblables à des croissants de Lune placés dos à dos ; ils les laissèrent pourtant appuyées contre des rochers, comme s'ils pensaient ne pas en avoir besoin. Ignoraient-ils qu'il y avait des Corbeaux dans la région ? N'éprouvaient-ils donc aucune crainte ?

Puis Hylas vit quelque chose qui fit battre son cœur à tout rompre : une barque, attachée à la poupe du navire. Pareille à un chevreau près de sa mère, elle flottait sur l'eau peu profonde du bord de Mer. Le garçon pourrait la rejoindre à la nage.

Dès que le crépuscule commença à tomber, Hylas descendit la pente broussailleuse qui séparait la forêt des tentes et s'arrêta non loin du campement, à l'affût.

Les Keftiens, qui avaient apporté des animaux, tuèrent et écorchèrent une brebis. Pendant qu'elle rôtissait sur une broche, ils vidèrent des poissons et les mirent à cuire dans les braises ; puis ils mélangèrent du vin à de l'eau, firent griller de la farine d'orge et du fromage émietté. Bientôt, des effluves grisants de viande de mouton et de graisse grésillante arrivèrent jusqu'à Hylas.

Les pans de toile qui fermaient la plus grande tente s'écartèrent, livrant passage à une femme – et, soudain, l'idée de voler la barque devint presque inconcevable.

Ce n'était pas seulement une femme, mais une prêtresse. Elle avait autour du cou un collier de pierres rouge sang grosses comme des œufs de pigeon. Sa longue tunique portée près du corps dévoilait son buste et lui arrivait aux chevilles, telle une Mer de vagues pourpres et bleues se chevauchant, émaillée de minuscules poissons scintillants, véritables petits éclats de Soleil. Les serpents qui s'enroulaient autour de ses bras et décoraient sa chevelure noire et crépue étaient dorés eux aussi. Ses ongles effilés étaient jaunes, comme les serres d'un épervier, et son visage hautain fardé de blanc.

Même à une distance de vingt pas, Hylas perçut son pouvoir. Que faire, à présent ? Voler un bien appartenant à une prêtresse serait la pire chose qu'il puisse commettre. Elle était sans doute capable de lui lancer de terribles malédictions.

Un esclave tendit à la prêtresse un bol taillé dans une pierre si fine qu'il paraissait empli de lumière. Elle prononça quelques mots dans une langue étrange, cliquetante, et aspergea le feu de gouttes de vin avant de s'approcher du rivage pour lancer des morceaux de graisse dans les flots. Une fois les offrandes terminées, les hommes s'installèrent pour manger, tandis qu'elle demeurait au bord de l'eau, les yeux rivés sur la Mer.

Un corbeau plongea en piqué pour s'emparer d'un bout de graisse, puis passa tout près de la femme. Celle-ci l'observa avec attention. Hylas eut un affreux pressentiment : ne s'agissait-il pas du même oiseau qu'il avait chassé un peu plus tôt ? Parlait-il de lui à la prêtresse ?

Justement, elle se retournait en direction de la cachette d'Hylas. Il se figea. Les yeux sombres de la femme se posèrent sur lui. Il sentit la volonté inébranlable qui émanait d'elle. Il résista à la forte envie qu'il avait de bondir sur ses pieds et de trahir sa présence.

Au même instant, une fille sortit brusquement de la tente et cria quelque chose en keftien.

Tous les regards se portèrent sur elle. Hylas retint son souffle. La prêtresse cessa de prêter attention à lui.

La fille avait les mêmes yeux et les mêmes cheveux que ceux de la femme. La prêtresse devait être sa mère, devina le garçon. Cependant, si cette dernière avait l'allure d'un bel épervier, la petite ressemblait davantage à un oisillon efflanqué. Elle portait une tunique pourpre parsemée de minuscules abeilles dorées. La colère se lisait sur son visage. Tout en arpentant la plage de galets, elle s'adressait à la prêtresse sur un ton hargneux, sans qu'Hylas puisse la comprendre.

D'un mot qu'elle accompagna d'un geste tranchant de la paume, sa mère la fit taire. La petite s'immobilisa, furibonde, les épaules courbées. La prêtresse se tourna de nouveau vers la Mer. Sa fille était vaincue.

Un jeune homme, sans doute un esclave, s'approcha de cette dernière et posa la main sur son bras, mais elle le repoussa. Il n'avait pas l'air keftien. Hylas ignorait de quelle origine il pouvait être, avec sa peau d'un brun rougeâtre et ses yeux cerclés de noir. Il était vêtu d'un pagne de lin écru et, sur le torse, arborait une amulette en forme d'œil. À l'instar des Keftiens, il n'avait pas de barbe ; plus étrange encore, son crâne était chauve et lisse.

Il toucha derechef le bras de la fille et lui indiqua la tente. Elle se résigna à le suivre.

Le vin commençait à faire son effet : les hommes, bruyants, allaient et venaient entre le feu et la forêt. La Lune se leva. Les choses finirent par s'apaiser et, sous les tentes, les lumières s'éteignirent. Un seul garde resta dehors. Bientôt, il se mit lui aussi à ronfler.

Osant à peine respirer, Hylas se glissa entre les tentes et se dissimula derrière un rocher, à quelques pas du feu. Ce qui l'attendait était plus risqué encore : le rivage couvert de galets. Il aurait préféré que la clarté de la Lune ne soit pas aussi forte.

Il s'apprêtait à s'élancer vers le bord de l'eau quand une ombre furtive sortit de la tente de la prêtresse et se dirigea vers lui. Consterné, il reconnut la fille.

Va-t'en, pensa-t-il, furieux.

L'espace d'un instant, alors qu'elle passait si près de lui qu'il entendit ses bracelets s'entrechoquer, Hylas crut son cœur sur le point de cesser de battre. Pourtant, la fille ne remarqua pas sa présence. Elle s'immobilisa devant le feu, sur lequel elle braqua les yeux. Ses poings étaient serrés, son corps aussi tendu que la corde d'un arc, sa mine renfrognée.

Qu'a-t-elle à se montrer aussi maussade ? se demanda le garçon. Quelque part dans les montagnes, Issi luttait pour survivre – tandis qu'ici, cette fille possédait tout ce qu'on pouvait désirer : des esclaves, des vêtements chauds, de la viande à volonté. Franchement, de quoi d'autre pouvait-elle avoir besoin ?

Elle se pencha subitement vers les flammes et s'empara d'un bâton posé dans les braises. Elle souffla sur son extrémité pour la faire rougeoyer. Puis, sa maigre poitrine haletante, elle se mit à fixer le tison avec une intensité telle qu'Hylas en fut alarmé. Il s'aperçut soudain que les motifs de sa tunique n'étaient pas des abeilles, comme il l'avait d'abord cru, mais de minuscules haches à double tranchant. Elle continuait de scruter le bout de bois. Elle était peut-être folle, songea-t-il.

Soudain, elle inspira profondément. Et pressa le tison ardent contre sa joue.

Elle le jeta à terre en laissant échapper un cri.

Hylas ne put s'empêcher de sursauter. La fille surprit ce mouvement. Aperçut le garçon. Écarquilla les yeux, poussa un hurlement. Le garde se réveilla et, avisant Hylas, donna l'alarme. Des hommes surgirent des tentes.

Au même instant, des guerriers apparurent à la lisière de la forêt. Des Corbeaux ! Horrifié, Hylas comprit qu'il devait y avoir un autre campement tout près – un campement silencieux, plongé dans l'obscurité et rempli de Corbeaux. Jamais il ne s'en serait douté.

Un guerrier atteignit le rivage et le vit. Il remarqua aussitôt l'entaille dans l'oreille du garçon.

— C'en est un ! s'écria-t-il.

Hylas se mit à courir. Se jeta dans la Mer.

Il but la tasse et remonta à la surface en crachotant. Derrière lui, il perçut une clameur. Des bruits de pas précipités. Son outre et son sac de victuailles le tiraient vers le fond. Il s'en débarrassa. Des flèches sifflèrent à ses oreilles. Il plongea sous l'eau et, à l'aveuglette, nagea en direction de la barque.

Il sentit le bois de la coque sous ses doigts. Il parvint à se hisser dans l'embarcation, dénoua le cordage qui la retenait au navire, trouva les rames et, maladroitement, s'éloigna de la plage. La barque, beaucoup plus difficile à manier que les légers radeaux de roseaux auxquels il était habitué, ne cessait de se cabrer sur la houle, comme l'aurait fait un âne récalcitrant.

Jetant un coup d'œil par-dessus son épaule, il entrevit des hommes qui mettaient un autre bateau à l'eau – d'où sortait-il ? se demanda le garçon, qui ne se rappelait pas l'avoir vu. Ils commençaient déjà à gagner du terrain. À l'avant, un archer s'apprêtait à décocher. Hylas se baissa. La flèche se ficha, vibrante, dans le flanc de sa barque.

Il rama jusqu'à ce que la brûlure de ses muscles devienne insupportable. *Espèce d'idiot*, se reprocha-t-il. Les Keftiens ne craignaient évidemment pas les Corbeaux : ils étaient de connivence avec eux.

Alors qu'il franchissait la masse sombre d'un promontoire, la houle enfla ; Hylas la sentit qui poussait le bateau, lequel se mit à dériver vers un mur de brouillard blanc. Derrière lui, les cris des guerriers s'étouffèrent brusquement. La Mer venait à son secours.

L'espoir lui redonna des forces et, sans cesser de ramer, il s'enfonça dans le brouillard.

Il s'arrêta un instant, à l'écoute.

Il ne distinguait nul éclat de voix. Ni rames plongeant dans l'eau. Seuls résonnaient le clapotement des flots contre la coque de son embarcation et son propre souffle, saccadé.

— Merci, murmura-t-il aux esprits, quels qu'ils soient, qui l'entendaient peut-être.

Il se remit à ramer, encore et encore, jusqu'à n'en plus pouvoir. Épuisé, il rangea les rames et se recroquevilla dans le fond de la barque. Le brouillard couvrit sa tunique de gouttelettes et se déposa, froid et humide, sur sa peau, tandis que la Mer le berçait doucement sur son sein salé, gonflé de soupirs...

◊◊◊

Il sait qu'il est endormi et qu'il en veut à la Keftienne, cette folle, laquelle s'est faufilée dans son rêve. Elle se tient sur le rivage, agitant un tison rougeoyant et se moquant de lui.

— Où est ma sœur ? hurle-t-il.

— Partie ! répond la fille d'un ton railleur, dans sa langue que, étrangement, Hylas parvient à comprendre. Tu t'es trompé de direction. Jamais tu ne la retrouveras !

Ses bras s'allongent et, de son tison, elle frappe la barque, brûlant la coque. La Mer s'engouffre dans le trou. La folle hurle de rire.

— Le Peuple des Nageoires s'est emparé d'Issi... et ce sera bientôt ton tour !

◇◇◇

Hylas se réveilla en sursaut.

Le brouillard s'était dissipé et le ciel commençait à s'éclaircir. La Mer continuait de gentiment le ballotter.

Encore ensommeillé, il s'assit. À l'est, le Soleil se levait : l'aube saignante transperçait les cieux. À l'ouest…

À l'ouest, le rivage n'était plus là.

En proie à la panique, il se tourna vers le nord, le sud, l'est, puis l'ouest.

La terre avait disparu.

La Mer le cernait.

CHAPITRE NEUF

De nuit, la Mer paraissait différente. Elle semblait se moquer de Pirra, laquelle avait vainement tenté d'échapper au sort qui lui était réservé. Celle-ci avait cru qu'en abîmant son visage elle n'aurait plus à épouser qui que ce soit. Elle avait fait erreur.

Sa joue était en feu. Pirra souffrait atrocement. Elle ne cessait de revivre l'instant où elle avait pressé le tison contre sa peau. L'odeur de chair calcinée. Le garçon sauvage qui l'avait fixée dans l'obscurité.

Tout ça pour rien.

— Tiens, lui dit Userref.

L'esclave s'agenouilla à l'entrée de la tente et lui tendit des bandes de lin ainsi qu'un petit bol d'albâtre rempli d'une bouillie verte. Son manteau était perlé de gouttelettes de brouillard. L'ombre d'une barbe naissante était visible sur son menton et, sur son crâne, quelques cheveux repoussaient. Son visage aux traits parfaits était sévère, désapprobateur. Comme tous les Égyptiens, il pensait que la beauté était un don des dieux. Pour lui, Pirra avait commis un blasphème en se défigurant.

— Qu'est-ce que c'est ? demanda-t-elle.

— Un baume, jeune maîtresse.

Il s'adressait à elle de cette manière quand il était en colère.

Sans un mot, il lui donna le bol et resta accroupi sur le seuil. Pirra plongea un doigt dans le mélange, puis le porta à sa joue. La douleur s'amplifia. Elle s'efforça de réprimer ses larmes.

— Tu t'y prends mal, marmonna Userref.

Il s'empara du bol, y trempa l'une des bandes de tissu, obligea Pirra à pencher la tête sur le côté et appliqua le linge humide sur la brûlure. La jeune fille serra les mâchoires.

L'esclave parut plus furieux encore.

— Tu garderas une cicatrice.

— C'était bien mon intention.

— Mais pourquoi ? Pourquoi as-tu fait une chose pareille ?

— Je me suis dit que personne ne voudrait d'une fille défigurée. Je croyais qu'on me renverrait à Keftiu et que, sur le chemin du retour, je parviendrais à m'enfuir.

— Quelle idée ! Je te l'ai pourtant souvent répété : tu ne peux t'opposer à ta mère ! Jamais tu ne l'emporteras !

Pirra ne répondit pas.

En découvrant le visage de sa fille, Yassassara n'avait montré aucune émotion. Elle l'avait observée avec calme avant de déclarer :

— Cela ne change rien, tu le sais.

— Je n'en suis pas si sûre, avait rétorqué Pirra. Il suffira aux Lykoniens de me regarder. Ils refuseront que je reste.

— Non, ils seront obligés de t'accepter. Nous autres, Keftiens, sommes trop puissants. Tu iras à Lapithos, comme convenu. Ton geste n'aura servi à rien, seulement à faire de toi une créature sur laquelle plus personne n'aura envie de poser les yeux.

Userref prit un second linge qu'il noua sous le menton de Pirra pour maintenir le premier en place.

— Voilà. Je ne peux pas faire davantage.

Parce qu'elle avait envie qu'il reste encore un peu auprès d'elle, Pirra lui demanda quels ingrédients il avait employés pour préparer le baume.

— Du jus de pavot, du henné et du *wadju*.

Cela la réconforta. Il ne pouvait être aussi en colère qu'il le prétendait s'il avait utilisé un peu de son *wadju*. Il s'agissait d'une pierre très finement broyée, fort précieuse aux yeux d'Userref car elle était d'un vert très vif, comme le visage de son dieu. C'était pour lui un remède efficace et, quand il avait le mal du pays, il en étalait sur ses paupières afin de rêver à l'Égypte.

Des voix d'hommes sortirent du brouillard.

— Que se passe-t-il ? demanda-t-elle à l'esclave.

— Ce sont les Corbeaux qui reviennent. Ils ont perdu la trace du garçon.

— Que sais-tu de lui ? Et pourquoi l'ont-ils poursuivi ?

— Selon eux, c'est un simple pâtre. Et, toujours selon eux, il aurait essayé de tuer le fils de leur Gouverneur.

— « Selon eux » ?

Userref fit une grimace de dédain.

— Je ne crois jamais ce que disent les étrangers, tu le sais. Seulement les Égyptiens.

C'était entre eux une vieille plaisanterie. Si elle n'avait eu aussi mal, Pirra aurait souri.

— Par ailleurs, deux bateaux de pêcheurs sont arrivés, ajouta-t-il. Ils ont d'abord été effrayés à la vue des

Corbeaux, mais se sont rassurés lorsque nous leur avons acheté leurs prises.

Il s'apprêtait à repartir quand Pirra le retint.

— Userref ? Tu vas demeurer auprès de moi, n'est-ce pas ? Dans la forteresse du Gouverneur lykonien, précisa-t-elle.

Voyant l'esclave hésiter, Pirra sentit son cœur se glacer.

— Il était en effet prévu que je t'y accompagne, finit-il par répondre non sans douceur. Mais, après ce que tu as fait à ton visage, ta mère m'a ordonné de rentrer à Keftiu.

Un gouffre noir s'ouvrit devant elle.

— Non... je ne peux pas vivre sans toi.

— Ce n'est pas à moi d'en décider, Pirra, tu devrais en être consciente.

— Pourquoi ?

— Je te l'ai dit. Ta mère, en te privant de ma présence, veut te punir. Elle sait à quel point mon absence te fera souffrir.

— Non ! s'écria-t-elle en s'agrippant au bras d'Userref. Non, elle n'a pas le droit !

— Je suis navré, petite Pirra. J'avais l'intention de veiller sur toi... je te l'avais promis. C'est désormais impossible.

— Userref !

L'esclave avait déjà quitté la tente.

Pirra se blottit dans l'obscurité, les bras serrés autour des genoux. Elle sentait un grand vide en elle. Elle avait la nausée. Userref avait toujours été auprès d'elle. Son premier souvenir ? La fois où elle avait marché d'un pas chancelant au sommet d'un haut mur ; Userref l'avait alors soulevée de justesse avant qu'elle ne tombe. Il lui attrapait des lézards avec lesquels elle jouait, lui racontait des histoires à propos de ses dieux à têtes d'animaux. Il était plus qu'un esclave. Il était le grand frère qu'elle n'avait jamais eu.

Les parois de toile de la tente l'oppressaient. Elle avait du mal à respirer. Sans prendre la peine d'enfiler ses sandales, elle sortit et s'enfuit dans la nuit.

Le brouillard glissa dans sa gorge et, sous ses pieds, elle sentit les galets pointus. Alors qu'elle avançait d'un pas trébuchant, elle croisa des silhouettes enveloppées de longues capes noires. Celles-ci, qui se dirigeaient vers leur campement dressé dans la forêt de pins, ne prêtèrent pas attention à elle.

Pirra détestait ces hommes. Tels de véritables corbeaux plongeant sur une carcasse, ils avaient émergé des arbres dès que le navire keftien avait mouillé l'ancre. Ils avaient expliqué qu'ils étaient envoyés par le Gouverneur lykonien, mais Pirra ne les avait pas crus. Ces guerriers aux visages durs, dont les sinistres flèches avaient des pointes d'obsidienne, n'avaient pas été envoyés ici par qui que ce soit. Toute sa vie, elle avait été entourée de forces puissantes ; elle était capable de reconnaître l'odeur du mal. Or il émanait des Corbeaux une noirceur qui lui donnait la chair de poule.

Dans les ténèbres, elle distingua une barque en mauvais état, tirée à sec sur le rivage. Elle s'aperçut qu'elle avait atteint l'extrémité de la baie.

Un vieil homme était assis près du bateau ; il réparait un filet à la lueur d'une lampe à huile qui fumait. Il puait autant qu'un tas de fumier et jamais Pirra n'avait vu de tunique aussi crasseuse. Sa barbe maigre était maculée de morve.

Elle le dévisagea. Il la fixa alors de ses yeux chassieux avant de poser un regard insistant sur les bracelets en or qu'elle avait aux poignets.

Dans les collines, un oiseau lança un appel. *Kii-you, kii-you*. Pirra le reconnut. Userref savait bien imiter le chant des oiseaux et il avait déjà reproduit celui-ci à sa demande, car elle avait eu envie d'entendre le cri du faucon.

Soudain, elle comprit. C'était elle que ce faucon appelait. Il lui conseillait de saisir sa chance.

Elle ôta l'un de ses bracelets, le tendit au vieux pêcheur. Et pointa le doigt vers la Mer.

CHAPITRE DIX

Telamon pressa le pas. Le faucon tournoyait au-dessus de lui. Il venait du sud. Cela voulait-il dire qu'Hylas avait réussi à atteindre la Mer ? Il l'espérait.

Suite à la correction de la veille, il était tout endolori, et le sac de victuailles qu'il portait en bandoulière irritait les traces de coups qui zébraient son dos. La tête lui tournait. Après l'avoir fouetté, son père lui avait parlé jusque tard dans la nuit. « Il est temps que tu joues ton rôle », lui avait-il annoncé d'un ton ferme. Telamon avait alors appris qu'il devait épouser une Keftienne venue de l'autre côté de la Mer et assumer la charge qui lui revenait de droit. Thestor lui avait aussi expliqué pourquoi il cherchait à tenir la Lykonia à distance de ce qui se passait ailleurs en Akea. Ensuite, Telamon s'était couché sans pouvoir trouver le sommeil, avec l'impression d'errer dans un cauchemar dont il n'arrivait pas à s'extraire. Lorsqu'il avait pensé ne pouvoir le supporter davantage, il était sorti discrètement de la forteresse et s'était s'enfui. À présent, il s'efforçait de ne pas anticiper la réaction de son père quand celui-ci découvrirait que son fils n'était plus là.

Pour se rendre dans la Montagne, Telamon avait pris la piste la plus courte et il atteignit le sommet du col au milieu du jour. Il se précipita vers leur lieu de rendez-vous : un tas de pierres où Hylas, Issi et lui échangeaient parfois des messages. Dans la cavité habituelle, il trouva un caillou sur lequel un symbole avait été inscrit au charbon de bois : une grenouille en plein saut. Le garçon se mordilla la lèvre. Issi avait-elle laissé cet indice pour dire à son frère qu'elle était encore en vie ? Ou était-ce Hylas qui le destinait à sa sœur ? Ou bien l'un d'eux avait-il déposé ce caillou à l'intention de Telamon, afin de l'avertir de… De quoi, au juste ?

Il s'empressa d'examiner le sol à la recherche de traces éventuelles, conscient qu'il aurait dû commencer par là plutôt que de les piétiner. Hylas n'aurait pas commis une telle erreur : il était capable de suivre la piste d'un fantôme sur de la roche.

Dès l'instant où il avait vu Hylas, quatre hivers plus tôt, il avait eu envie d'être son ami. Ce jour-là, Telamon chassait avec son père. En passant non loin du village, ils étaient tombés sur des gamins qui jetaient des pierres sur une fillette. Celle-ci, étendue à terre, était vêtue d'une cape crasseuse en peau de blaireau. Soudain, un garçon dépenaillé, qui portait une cape très sale en peau de lièvre et des bottes de cuir crottées, était sorti des bois. Il avait relevé la fille en l'attrapant par la ceinture et s'était placé entre elle et les brutes. « Si vous osez la toucher de nouveau, je vous briserai les jambes », avait-il déclaré. D'abord, les autres s'étaient moqués de lui, mais il s'était contenté de les fixer. Comprenant alors qu'il ne plaisantait pas, les gamins s'étaient éclipsés.

Telamon avait envié ce garçon, plus que quiconque. Ces petits villageois avaient deviné qu'il n'hésiterait pas à agir, comme il l'avait annoncé. Si Telamon s'était trouvé dans semblable situation, les autres l'auraient sans doute mis à l'épreuve ; et sans doute aurait-il échoué, il le craignait fort.

À côté du tas de pierres, il découvrit plusieurs empreintes de pied appartenant à Issi et une seule à son frère. Il en conclut que la fillette avait dû passer par ici après l'orage de la nuit précédente et Hylas, bien avant.

La piste d'Issi partait vers l'ouest, en direction des marais de Messenia. Telamon les distinguait tout juste dans le lointain et, au-delà, la masse gris-bleu de la mer. Peut-être rattraperait-il Issi et, avec elle, réussirait-il à rejoindre Hylas, qui viendrait alors à leur rencontre. Il imaginait déjà ces retrouvailles...

Il s'apprêtait à se remettre en route lorsqu'il vit la vieille femme accroupie sous un pin.

Elle balançait d'avant en arrière son corps énorme, tremblotant. Telamon la connaissait. Tout le monde la connaissait. Aussitôt, il fut sur ses gardes.

Il aurait dû se douter que rien ne pouvait dissuader Iphia d'errer dans la Montagne. Que lui importaient les guerriers ? Elle était la compagne de Neleos et la sybille du village, capable de déchiffrer les désirs des dieux dans les cendres d'un feu ou dans le bruissement des feuilles, habile pour lancer sorts et malédictions. Personne n'aimait croiser la route d'une sybille, pas même les guerriers de la Maison de Koronos.

— Tu es loin de chez toi, jeune maître, dit-elle en ouvrant une bouche à l'haleine fétide, remplie de dents noires et gâtées.

— Toi aussi, vieille femme, répondit-il, circonspect.

En s'approchant, il sentit des relents d'urine et vit des poux courir dans les plis de la tunique d'Iphia.

— Où vas-tu ainsi ? lui demanda-t-elle d'un ton obséquieux.

Telamon rougit. Ils avaient tous deux conscience que sa déférence à l'égard du garçon était feinte – c'était sa façon à elle de se moquer de lui. Il avait peur d'elle, cela n'avait pas échappé à la sybille.

Avec un rire enroué, elle tapota le tronc du pin.

— Iphia est venue ici pour écouter ce que son oracle avait à lui dire. En revanche, tu te trompes de direction, jeune maître. Le Gouverneur te veut à Lapithos.

— Comment peux-tu connaître les désirs de mon père ? répliqua-t-il, irrité.

— Ah, Iphia sait beaucoup de choses sans qu'on n'ait besoin de les lui dire. Il se prépare de graves ennuis à Lapithos. Thestor attend son fils.

Telamon hésitait. Devait-il partir vers l'ouest pour suivre la piste d'Issi ou rebrousser chemin et rentrer chez lui ?

— Lis dans les feuilles, ordonna-t-il à la sybille. Et dis-moi de quel côté je devrais aller.

La vieille prit une petite bourse en peau d'oiseau cachée entre ses seins tombants et en tira quelques pincées d'une poudre qu'elle répandit sur les racines du pin.

— Des os, expliqua-t-elle en gloussant. Finement broyés. Ils nourrissent mon arbre. Les riches paient la pythie pour obtenir des réponses, tandis que les pauvres paient Iphia pour écouter les arbres – mais c'est le même dieu qui parle à travers elles.

— Si tu veux être payée, il te faudra patienter, rétorqua Telamon avec irritation.

Elle le dévisagea d'un air méchant.

— Iphia est patiente. Elle sait que le jeune maître paiera.

Comme venu de nulle part, le vent se leva brusquement et murmura entre les branches du pin. Iphia tendit l'oreille, sans cesser de fixer Telamon de ses yeux noirs, pareils à ceux d'un scarabée. Il voulut détourner le regard, mais n'y parvint pas. Les gouttes de sueur qui coulaient entre ses omoplates brûlaient son dos meurtri. Il avait l'impression que la sybille sondait les recoins les plus sombres de son esprit.

Elle finit par reprendre la parole :

— Les voies des hommes sont aussi enchevêtrées que des racines. De même que ton cœur, jeune maître. Voilà ce que m'a appris mon arbre.

— Ce… ce n'est pas une réponse, bredouilla Telamon.

La vieille afficha un sourire grimaçant.

— C'est pourtant la vérité.

— Je ne t'ai pas demandé de me répondre par une énigme ! s'écria-t-il, furieux.

Iphia se contenta de rire et se remit à nourrir son arbre.

Le garçon marchait de long en large, fouettant les chardons avec un bâton. Il lui fallait retrouver Issi, puis rejoindre Hylas de l'autre côté des montagnes. Mais son père avait besoin de lui à Lapithos. *Il se prépare de graves ennuis à Lapithos…*

Il jeta le bout de bois. Ses amis avaient davantage besoin de lui.

Après avoir adressé un bref signe de tête à la sybille, Telamon ramassa son sac de victuailles, le passa à son épaule et se mit en route. Vers l'ouest, en direction de la Mer.

CHAPITRE ONZE

L'oiseau marin avait suivi la barque toute la matinée en jetant de temps à autre un regard à Hylas, comme pour lui dire : *Quoi ? Tu es encore en vie ?* À plusieurs reprises, le garçon avait vainement essayé de s'en débarrasser en le frappant avec une rame, avant de renoncer.

Il cherchait à se diriger vers le nord, mais la Mer ne cessait de le faire dériver vers le sud. Et toujours aucune terre en vue. Le Soleil lui brûlait les épaules et son cœur battait trop vite. L'air salé piquait sa blessure. Il avait tellement soif qu'il n'arrivait plus à déglutir. Sans parler de la faim qui le rongeait. Il pensait avec regret à son sac de victuailles, qu'il avait abandonné dans l'eau près du rivage.

Il avait mal aux yeux à force de contempler l'horizon, jusqu'ici sans apercevoir un seul navire. Il repérait souvent des voiles dans le lointain, pour s'apercevoir ensuite que c'étaient seulement des vagues. Il savait pourtant que les Corbeaux continueraient de le traquer. Ils étaient acharnés. Pareils à des Furieux qui auraient pris forme humaine – à la différence qu'ils étaient bien humains.

N'y tenant plus, il plongea les mains dans la Mer, puisa de l'eau qu'il porta à ses lèvres. Il en eut des haut-le-cœur. Il urina dans le fond de la barque et essaya de boire un peu de ce liquide, mais son goût infect l'obligea à le recracher.

Le poignard de bronze était resté attaché à sa cuisse. Malgré tout, Hylas n'avait pas aperçu le moindre poisson ; seulement des créatures étranges et transparentes, dépourvues d'yeux, qui flottaient à la surface, semblables à des étoffes palpitantes. Il en attrapa une, à la peau aussi piquante que des orties : il la rejeta à l'eau.

Il eut soudain une idée. En séchant, la cordelette en écorce de saule s'était rétractée autour de sa cuisse. Il réussit toutefois à la dénouer pour libérer le poignard. Il coupa un morceau de sa tunique, le trempa dans la Mer et s'en enveloppa la tête. Le linge humide était merveilleusement frais. Il s'aspergea le corps et mouilla sa tunique. Pourquoi n'y avait-il pas pensé avant ?

L'arme de bronze scintillait au Soleil. Pour la première fois, il remarqua un symbole gravé sur le manche : un cercle divisé en quarts. Que signifiait-il ?

Dans la lame, il aperçut son reflet. Il avait l'air maigre et résolu. Cela lui donna l'impression d'être plus fort. Finalement, il ne paraissait pas aussi vulnérable qu'il l'avait cru – et le poignard pourrait lui être utile.

Il déchira un autre bout de sa tunique, y coupa deux fentes afin d'en faire un bandeau qui protégerait ses yeux. Aussitôt, l'éclat du Soleil devint supportable.

Ensuite, à l'aide de la cordelette, il fixa le manche de son arme à l'extrémité la plus étroite d'une rame. *Voilà. Une belle lance, bien solide.* Elle était beaucoup plus lourde qu'une lance habituelle, mais, lorsqu'il la leva au-dessus de lui, la lame étincela et son cœur se gonfla de fierté.

Tant qu'il aurait le poignard, il ne serait plus seul.

Il s'était imaginé que la lance lui porterait chance. Cependant, en milieu d'après-midi, il n'avait toujours pas vu le plus petit poisson, et l'oiseau marin était parti. Des points noirs clignotaient devant ses yeux. La faim le tenaillait.

Jamais il n'aurait pensé que la Mer serait si vaste, si insolite. On n'y trouvait ni odeur, ni abri, ni piste. Il examina la poussière rouge restée sous ses ongles : c'était la dernière chose qui lui restait de la Montagne. Son courage vacilla. Ouste était mort. Telamon et Issi étaient loin. Il était perdu sur cette immense étendue d'eau.

Il se pencha pour scruter la surface. Vers le rivage, la Mer avait été d'un bleu limpide, mais ici, elle était presque noire. Il ne pouvait en voir le fond. Avait-elle même un fond ?

Dans les ténèbres, une ombre passa à toute allure.

Hylas s'agrippa au rebord de la barque. Il savait que la Mer était peuplée de créatures terrifiantes. Iphia lui avait raconté que des monstres dotés de plusieurs bras s'emparaient des bateaux et les entraînaient dans les profondeurs, ou encore que des poissons géants mangeurs d'homme avaient des dents pareilles à des couteaux…

Il fut tout à coup conscient de la proie qu'il représentait vue du dessous, blottie dans sa fragile coquille de bois, attendant d'être dévorée.

Soudain, un grand *plouf !* derrière lui. Hylas fit volte-face.

La Mer était calme, à l'exception d'une traînée d'écume bercée par les flots.

Un autre *plouf !* devant lui.

Cette fois, il le vit : un poisson qui bondissait hors des vagues. Du moins, un animal qui ressemblait à un poisson… mais qui avait des ailes !

Bouche bée, Hylas le regarda fendre l'air puis retomber à la surface de l'eau, où il agita la queue et sauta de nouveau en déployant ses drôles d'ailes effilées pour décrire un arc de cercle.

Les poissons qui volent… La voix du Keftien résonna dans son esprit. Cela lui rappela… quoi donc ? Il restait persuadé d'avoir oublié de faire quelque chose.

Il chassa ces pensées. La Mer grouillait à présent de poissons volants : ils jaillissaient des flots, s'abattaient dans l'écume et s'élançaient de nouveau dans les airs.

S'emparant de sa lance, Hylas la projeta en avant, rata sa cible et faillit passer par-dessus bord.

Il aperçut alors un animal qu'il reconnut : une tortue qui nageait lentement dans l'ombre de la barque. Il la visa et planta sa lance. Oui ! La lame s'était fichée dans la peau tendre de son ventre. Il se pencha pour l'enfoncer plus profondément…

Et bascula.

Il sombra dans la Mer verte et froide qui rugissait à ses oreilles ; elle l'enroula si bien dans un filet de bulles qu'il ne parvenait plus à distinguer le haut du bas. *Ne lâche pas la lance, tiens bon !*

Battant des pieds, il se dirigea vers la lumière et fendit brusquement la surface.

La barque avait disparu. Autour de lui, il n'y avait plus rien, hormis des vagues.

La houle le soulevait, puis l'entraînait de nouveau sous l'eau. En crachant et en essayant d'avaler de grandes goulées d'air, il lançait des prières à la Mère des Créatures Sauvages et au Trembleur-de-Terre, le grand dieu qui règne sur la Mer.

Une lame le porta encore une fois vers la surface, où il entrevit son bateau qui lui parut déjà très loin.

Tenant fermement la lance d'une seule main, il lutta contre les rouleaux. Il n'avait jamais nagé que dans des rivières et des lacs peu profonds. Ici, c'était beaucoup plus difficile. Soudain, la Mer l'aspira derechef avant de le projeter contre la coque de la barque.

Tout en crachotant de l'eau salée, il se hissa dans l'embarcation sans lâcher son arme. Il resta allongé, à bout de souffle mais soulagé, les yeux rivés sur le Soleil. Il laissa échapper un rire nerveux.

La tortue, toujours fichée sur la lame, tressaillait faiblement. Hylas la remercia de lui offrir sa vie et lui tordit le cou afin de mettre fin à ses souffrances. Ensuite, il détacha le poignard de la rame, trancha la gorge de l'animal et but son sang.

Aussi longtemps qu'il vivrait, jamais il n'oublierait le goût à la fois salé et sucré du liquide coulant dans sa bouche ; ni la fraîcheur et la fermeté des yeux de la tortue éclatant sur sa langue comme des raisins ; ni cette merveilleuse chair froide et humide.

Hylas se sentait maintenant d'aplomb. Corbeaux ou pas, il survivrait.

Il découpa ce qui restait de viande et la mit à sécher, puis gratta l'intérieur de la carapace, rongeant les derniers lambeaux de chair. En tombant dans la Mer, il avait perdu le bandeau qui lui couvrait la tête, mais la carapace le remplacerait ; il pouvait aussi s'en servir pour écoper l'eau qui ne cessait de s'accumuler dans le fond du bateau.

Une fois qu'il eut terminé, il nettoya son arme et la remercia.

— Nous avons bien travaillé, toi et moi.

En guise de réponse, le bronze étincela. Hylas se sentit soudain fier que le poignard l'ait choisi, lui, et pas un autre.

Du bronze. Jusqu'alors, jamais il ne s'était préoccupé de ce matériau, mais il était à présent frappé par son caractère merveilleux : cette pierre, qui n'était pas de la pierre, naissait du feu et de la terre, possédait leurs pouvoirs combinés et ne pouvait s'user...

Il avait oublié de faire une offrande.

Après avoir jeté la tête de la tortue par-dessus bord afin que son esprit puisse s'éloigner à la nage et trouver un autre corps, Hylas attacha deux des pattes à l'aide d'un bout d'intestin ; puis, murmurant un remerciement sincère au Trembleur-de-Terre et à la Mère des Créatures Sauvages, il lâcha l'offrande dans l'eau.

Des mâchoires géantes surgirent des profondeurs et l'avalèrent.

CHAPITRE DOUZE

Hylas, à l'écoute du doux clapotis des vagues, regarda les flots qui s'agitaient, là où le monstre était apparu.

Il avait des mâchoires plus grandes que la barque. Des dents aussi acérées que des défenses de sanglier. Si Hylas n'avait pas retiré sa main à temps, elles lui auraient arraché le bras.

Dire qu'elles se trouvaient quelque part, sous l'embarcation !

Sans oser toucher les bords, le garçon se pencha pour scruter le fond.

Il ne vit rien, hormis l'éclat du Soleil et les ténèbres. La créature pouvait être n'importe où. Il l'imagina se faufilant dans l'eau verte – une eau dans laquelle il était tombé quelques instants plus tôt.

Il s'empara de la lance. Mais ce n'en était plus une, seulement une rame, car il avait ôté le poignard pour découper la tortue. Il attrapa l'arme… puis la lâcha. Maladroitement, il l'attacha de nouveau à la rame. *Allez, dépêche-toi.*

Dès qu'il eut terminé, il observa la Mer en tenant fermement la lance.

Chaque crête, chaque creux obscurci par le vent devenait ce monstre. Il repéra une ombre qui glissait vers lui à toute allure...

La mouette cria et son ombre disparut de la surface tandis qu'elle s'élevait plus haut dans le ciel.

Soulagé, Hylas enleva son couvre-chef d'une main tremblante et essuya son visage couvert de sueur.

Ce n'était qu'une mouette, pensa-t-il en replaçant la carapace sur son crâne d'un geste plus assuré.

Il se figea.

Le monstre affleurait à la surface de l'eau, de l'autre côté du bateau.

En un battement de cœur, le garçon terrifié avisa son aileron pointu. Ses mâchoires en forme de faucille. Ses yeux noirs, insondables.

Un jour, Iphia lui avait expliqué qu'il y avait deux tribus de poissons géants dans la Mer : *les dauphins et les requins. Si jamais tu en croises un,* avait-elle dit, *prie pour que ce soit un dauphin. C'est un animal sacré ; il n'est pas mangeur d'hommes, contrairement au requin.*

Hylas avait alors demandé comment on pouvait les différencier. Iphia avait ricané. *Un requin ne sourit jamais et son cuir est aussi dur que du granit. Mais, si tu es assez près pour t'en apercevoir, il est déjà trop tard.*

Il n'avait pas besoin de toucher la peau à l'aspect de silex pour s'assurer qu'il s'agissait bien d'un requin. Parmi les prédateurs qu'il avait déjà rencontrés dans les montagnes – que ce soient des lions, des ours ou des loups – aucun ne possédait un tel regard, dépourvu de tout éclat. C'était un gouffre qui s'ouvrait sur le Chaos, ce vide béant où même les dieux n'osent s'aventurer.

Avec une aisance dédaigneuse, le requin courba sa queue et passa sous la barque.

Hylas attendit.

L'animal ne réapparut pas. Il pouvait se trouver n'importe où.

Le vent se fit murmure. La chaleur devint étouffante. Le ciel était d'un jaune menaçant, qui virait au gris à l'endroit où il rejoignait la Mer.

Quelque chose heurta le bateau, assez fort pour le faire tanguer. Hylas serra plus fort la lance entre ses mains moites.

Paresseusement, le requin fouetta l'air de sa queue et s'éloigna. Hylas vit ses ouïes qui ondulaient et son aileron gris qui fendait les vagues.

Puis, avec une rapidité surprenante, l'animal fit demi-tour et nagea de nouveau dans sa direction.

Bien campé sur ses deux jambes, le garçon prépara sa lance.

Le requin approchait. Hylas leva son arme et visa la tête de son adversaire. Celui-ci se tortilla et faillit lui arracher la lance des mains. Le garçon la tira vers l'arrière d'un mouvement sec qui manqua le faire basculer par-dessus bord. Son couvre-chef fut projeté dans la Mer. Le requin plongea sous la barque et s'empara de la carapace avant de la broyer aussi facilement que s'il s'était agi d'écorce de bouleau, tout en secouant son énorme tête de gauche à droite. Puis il s'enfonça de nouveau sous l'eau, laissant dans son sillage des débris flottant sur l'écume.

Trempé de sueur, Hylas abaissa sa lance. Il avait l'impression de sentir encore la force prodigieuse de l'animal, lorsque celui-ci s'était brutalement dégagé de l'arme ; le garçon ne voyait cependant aucune traînée rouge à la surface de l'eau. Le requin n'avait pas même saigné. Nulle lame – pas même celle de son poignard de bronze – n'était capable de tuer pareil monstre.

Il reviendrait à la charge, Hylas en était convaincu.

◊◊◊

Le Soleil sombra vers les flots. Le requin avait repris son manège autour de la barque. Hylas craignait l'arrivée de l'obscurité.

Soudain, loin vers le sud, il aperçut une masse noire et découpée qui s'avançait dans la Mer. Cela raviva son espoir. Il mit sa main en visière. Ce n'était pas un navire.

Terre !

Il se mit à ramer – gauchement, car le poignard était toujours attaché à l'une des rames. Du coin de l'œil, il vit l'aileron noir qui le suivait. Même si Hylas ne pouvait le distancer, il parviendrait peut-être à rejoindre cette terre à temps…

Le vent se leva, propulsant la barque en avant. La Mer venait à son secours.

Le requin restait à la hauteur de l'embarcation, parfois ralentissant un peu ou se rapprochant. Cependant, il n'attaquait pas. *On dirait qu'il attend quelque chose*, pensa Hylas avec inquiétude.

La houle grossissait. Les vagues s'ourlaient d'écume blanche. La barque tanguait davantage et de l'eau giclait dans le fond. À plusieurs reprises, Hylas dut poser les rames pour écoper.

Dans un sursaut de terreur, le gaìrçon comprit soudain ce qu'attendait le prédateur : il n'avait pas besoin d'attaquer le bateau. Au nord, le ciel était noir. Une tempête couvait, que la barque ne pourrait braver. Et Hylas serait bientôt englouti par la Mer.

Le vent redoubla de puissance. Très vite, ses griffes invisibles s'en prirent à sa tunique et à ses cheveux, qui lui fouettaient le visage. L'embarcation se cabrait comme un taureau furieux. Tout en tâchant de garder le contrôle des rames, Hylas luttait pour ne pas passer par-dessus bord.

Il se rendit compte qu'il ne pouvait tout faire à la fois. S'il laissait le poignard attaché à la rame, il risquait de le perdre ; mais, s'il le détachait, cela amoindrirait ses chances de repousser un assaut du requin. Malgré tout, il fallait absolument qu'il garde le poignard. Du reste, à quoi lui servirait une lance au milieu d'une tempête ?

Les jambes raidies, appuyées contre les flancs de la barque, il défit tant bien que mal la corde qui retenait l'arme à la rame, puis noua l'une de ses extrémités au manche du poignard et l'autre autour de son poignet. À peine eut-il terminé qu'une vague souleva la proue de la barque hors de l'eau avant de la faire retomber violemment. Hylas, ébranlé, vit les rames voler dans les airs ; il réussit toutefois à s'agripper désespérément aux bords du petit bateau.

Suivit un grondement de tonnerre assourdissant. La tempête éclata et la pluie se mit à tomber à verse. En l'espace d'un battement de cœur, le garçon fut trempé. Le Ciel-Père combattait le Trembleur-de-Terre, et lui, Hylas, se retrouvait au milieu de la bataille. Des lames plus hautes que des arbres écorchaient les nuages. Le vent, poussant des hurlements de fureur, assaillait la Mer, y déchirant d'immenses rideaux d'embruns qu'il projetait vers les cieux.

Les flots secouèrent de nouveau la barque, qui se dressa hors de l'eau pour retomber avec fracas. Mais, cette fois, Hylas se retrouva dans les ténèbres et perdit le ciel de vue : il était à l'intérieur d'un rouleau aussi gros qu'une montagne. Avec une puissance implacable, la lame aspira le bateau vers sa crête et l'y maintint un instant – le garçon se crut face à un abîme. Puis elle se débarrassa brusquement de l'embarcation et Hylas chuta de plus en plus vite, droit sur un mur d'eau noire contre lequel la barque s'écrasa ; l'embarcation fut pulvérisée, telle une coquille d'œuf.

CHAPITRE TREIZE

Aucun souffle de vent. Aucune vague. Sous les étoiles, Hylas flottait sur la Mer apaisée, noire et vivante.

Il avait froid. Il était dans l'eau depuis si longtemps que sa peau, toute fripée, commençait à peler. Il avait du mal à croire qu'il était encore en vie.

C'était son arme qui l'avait sauvé. Lorsque la barque avait volé en éclats, la cordelette nouée autour de son poignet s'était enroulée autour d'une planche et le garçon avait ainsi pu garder la tête hors de l'eau. Le bout d'épave était juste assez long pour qu'il puisse s'y allonger, ce qu'il faisait de temps à autre, pagayant à l'aide de ses mains, de ses pieds et du poignard. Malgré tout, comme il s'inquiétait de ne pouvoir distinguer ce qui se passait derrière lui, il changeait de position et s'asseyait à califourchon ; mais alors, ses jambes, pendant de chaque côté, lui paraissaient terriblement vulnérables… Par conséquent, il se couchait de nouveau sur le ventre.

Cela faisait des heures qu'il avançait ainsi. La terre qui continuait de se profiler à l'horizon semblait toujours aussi lointaine.

Le poignard de bronze luisait à la lueur de la Lune décroissante. L'arme lui tenait compagnie, mais elle n'était cependant pas capable de le défendre. Il n'avait pas revu le requin depuis le début de la tempête ; Hylas savait pourtant qu'il était là, quelque part.

En dépit de sa fatigue, le garçon n'osait pas cesser de pagayer, par crainte de s'endormir : le requin en profiterait...

Quelque chose effleura son pied. Il se réveilla en sursaut. Autour de lui, l'eau grouillait de poissons, tels des éclats d'étoiles nageant vers la surface pour se nourrir, tandis que les plus gros mangeaient les plus petits.

Le garçon se remit à pagayer ; les poissons le suivirent un instant, puis s'évanouirent aussi vite qu'ils étaient apparus.

Il s'immobilisa. À quoi bon continuer ? Jamais il n'atteindrait cette terre. Comme ces poissons, il était destiné à être dévoré.

Le Keftien agonisant avait affirmé que la Mer lui apporterait les réponses qu'il attendait. Hylas savait maintenant que rien de tout ça n'était vrai. La Mer jouait avec lui, comme un lynx avec une souris.

Une brise se leva brusquement, murmurant à ses oreilles. Il se rappela soudain la promesse faite au Keftien : rendre la liberté à son esprit.

Hylas fut surpris de constater qu'il n'avait pas perdu la mèche de cheveux, trempée et emmêlée, toujours attachée à sa ceinture. Avec lassitude, il la jeta dans les vagues.

— Prends cet esprit, marmonna-t-il. Qu'il trouve la paix.

Aucune réponse.

Il avait presque espéré que la Mer lui adresserait un signe afin de lui montrer qu'il avait été entendu ; le Peuple des Nageoires – quel qu'il soit – viendrait peut-être chercher l'esprit du mort, comme l'avait expliqué le Keftien. Mais la mèche solitaire flottait sur l'eau. Le vent nocturne retomba dans un soupir de défaite.

Hylas s'allongea sur le ventre et ferma les yeux. Il n'avait plus la force de continuer. Il allait mourir seul ici, dans l'obscurité.

Que cela soit le moins douloureux possible, songea-t-il. *Pourvu que je glisse dans les bras de la Mer et que je ne me réveille plus jamais.*

Par la pensée, il se mit à faire ses adieux aux absents. *Au revoir, Telamon. Désolé de ne pas pouvoir te rejoindre, comme nous l'avions prévu. J'aurais eu tant de choses à te raconter. Au revoir, troupeau de chèvres. À celles qui ont été tuées par les Corbeaux : pardonnez-moi de n'avoir pu vous sauver. À celles qui se sont perdues dans la nature : prenez garde à Neleos, débrouillez-vous pour qu'il ne vous rattrape pas.*

— Pardon, Ouste… chuchota-t-il.

Sa gorge se serra. Ses yeux le piquaient.

— Pardon de n'avoir pu te venger…

Il prit une profonde inspiration avant de poursuivre :

— Et toi, Issi… Issi, je suis…

Le nom de sa sœur lui fit l'effet d'avoir reçu de l'eau froide au visage. Ce n'était pas seulement à sa propre existence qu'il renonçait, mais aussi à celle d'Issi. Hylas était son grand frère. Il était censé veiller sur elle.

Exactement ce que leur mère avait attendu de lui. C'était le seul souvenir qu'il gardait d'elle. Il était couché sous les étoiles, enveloppé dans la peau d'ours, Issi blottie contre lui. Il faisait trop sombre pour distinguer les traits de leur mère, mais il avait senti sa main chaude lui caressant la joue et ses longs cheveux lui chatouillant le nez alors que, penchée vers lui, elle murmurait : « Veille sur ta sœur… »

S'il renonçait maintenant, il condamnerait Issi et déshonorerait la mémoire de leur mère. Au fond de lui, quelque chose – un noyau de force, dur et acharné – l'empêchait de laisser une telle chose arriver.

Épuisé, il se redressa. Frappa la planche de son poing. Se remit à pagayer.

Les étoiles brillèrent avec plus d'éclat. Le poignard de bronze scintillait, le pressant d'avancer.

Puis il le vit : un aileron qui glissait à sa hauteur, à une courte distance. Alors qu'il venait de décider de rester en vie, il allait mourir.

Il releva ses jambes sur la planche. Entendit le clapotement des vaguelettes contre le bois. Observa l'aileron le dépasser avant de revenir lentement pour lui tourner autour, toujours de loin.

Le requin sortit la tête. Plongea de nouveau. L'aileron changea de direction. Droit sur Hylas.

Plus rien n'existait, à l'exception du prédateur. Celui-ci leva encore une fois la tête et le garçon put observer sa gueule béante et ses dents tranchantes, incurvées. Ses yeux noirs croisèrent ceux d'Hylas, qui tenta de lui donner un coup de couteau. Le requin l'évita. Le poing du garçon érafla une peau dure comme le granit, puis l'animal s'éloigna.

Il regarda l'aileron fendre les flots, décrire un autre cercle paresseux avant de disparaître. Le garçon se blottit sur la planche, sans cesser de scruter les alentours.

Le requin surgit derrière lui. Hylas essaya de porter un autre coup, en pure perte, et faillit tomber à l'eau. Le poisson s'éloigna de nouveau. Et recommença à l'encercler.

Hylas avait désormais compris la tactique du requin : dans les montagnes, il avait vu des loups se comporter de la même manière. Le prédateur mettait à l'épreuve la résistance de sa proie. Il allait revenir à la charge encore et encore, jusqu'à ce que le garçon soit trop épuisé pour se défendre, puis il le tuerait. Il n'aurait pas longtemps à attendre, Hylas l'avait deviné.

Quelque chose lui frôla la cuisse. Il poussa un hurlement.

C'était seulement la mèche de cheveux du Keftien, dérivant sur les vagues. De la pointe de son poignard, il la lança un peu plus loin ; elle flottait sur l'eau sombre, tel un serpent noir.

Hylas jeta des coups d'œil affolés de tous côtés. Aucun signe du requin. Le clair de Lune formait une traînée d'argent martelé à la surface de l'eau, pareille à un sentier.

Un aileron noir le traversa. Puis se tourna et se dirigea vers lui. Avec un gémissement, le garçon se recroquevilla davantage sur la planche.

Dans le lointain, Hylas entrevit un étrange miroitement bleu.

Le requin avançait, implacable.

Le miroitement grandit, se fit plus vif. Il arrivait droit sur Hylas, dont les yeux passaient sans relâche du requin à cette lumière.

Autour de lui, la Mer se mit à scintiller, comme brûlant d'un feu bleu et froid. Cette chose venait dans sa direction en suivant le sentier de la Lune ; tandis qu'elle se rapprochait, le garçon distingua la courbe luisante d'un large dos – puis un second, et un troisième, qui tous nageaient vers lui, s'arquant et plongeant à l'unisson.

L'une des créatures bondit hors de l'eau : un poisson géant nimbé d'un bleu ardent, étincelant. Il pivota pour lancer un coup d'œil à Hylas, et s'enfonça dans la Mer dans un jet de lumière.

Le requin allait l'atteindre le premier. De sa main libre, le garçon s'agrippa à la planche et brandit son arme. Il visa le prédateur. La lame dérapa sur son flanc. L'animal piqua sous les flots, puis fendit la surface et revint à la charge.

Au même moment, la Mer parut exploser : un énorme poisson jaillit des vagues dans une pluie d'étincelles bleues. Ce n'était cependant pas un poisson, mais un dauphin. Hylas eut le temps d'observer son large corps luisant et son sourire énigmatique, tandis que l'animal plongeait de nouveau dans la Mer qui semblait en feu ; il sauta encore, cette fois au-dessus du garçon – si près que celui-ci put voir son ventre lisse et pâle et son museau couvert de fines cicatrices blanches.

L'espace d'un instant, les yeux du dauphin croisèrent les siens et Hylas entendit l'esprit de l'animal qui l'appelait – puis il disparut dans l'eau lumineuse. Il refit aussitôt surface et, avec une habileté surprenante, fit passer la mèche de cheveux du Keftien sur sa nageoire. D'un petit mouvement bref, il la lança au dauphin qui se trouvait derrière lui. Celui-ci l'attrapa dans sa gueule et piqua vers les profondeurs. Pendant ce temps, le premier dauphin, celui qui avait des cicatrices, se précipita sur le requin et le heurta avec violence. Le prédateur se retourna subitement pour le mordre, mais le dauphin était agile et les mâchoires du requin ne rencontrèrent que du vide.

D'autres dauphins attaquèrent à leur tour : ils cernèrent le requin et lui donnèrent des coups de museau. Hylas poussa un hurlement de triomphe. Le prédateur se fraya un passage entre ses adversaires et parvint à s'enfuir, mais les dauphins partirent à sa poursuite, laissant dans leur sillage des traînées scintillantes avant de s'évanouir dans l'obscurité.

Cependant, nombre d'entre eux restèrent auprès du garçon ; la Mer bouillonnait autour de lui, grouillant de dauphins qui sautaient et frappaient les vagues bleues, étincelantes, de leurs queues. Hylas les entendait s'appeler entre eux, échanger des cris aigus, irréels. Il distingua aussi leur souffle, un léger *pfft !*, vit l'orifice qu'ils avaient au sommet du crâne s'entrouvrir pour laisser échapper des jets d'eau irisés et aperçut aussi la lueur intelligente qui brillait dans leurs yeux sombres.

Il en oublia sa terreur et son désespoir. Stupéfait et admiratif, il les contempla qui passaient sous lui comme des flèches, laissant sur les flots des ribambelles de bulles lumineuses, puis jaillissaient à la surface, l'éclaboussant de ce feu bleu et froid.

Tu demanderas au Peuple des Nageoires d'aller chercher mon esprit... avait dit le Keftien. *Tu les verras venir à toi, bondissant tous ensemble au-dessus des vagues... tant de force... tant de beauté...*

Le requin avait disparu.

Le Peuple des Nageoires était venu à lui.

CHAPITRE QUATORZE

Au fil de la nuit, le miroitement flamboyant s'estompa et la peau des dauphins, d'un bleu chatoyant, passa à un argenté luisant, sans pourtant qu'ils cessent de former un cercle lumineux autour d'Hylas. Leurs yeux, pareils à ceux de loups, reflétaient le clair de Lune ; ils nageaient si près du garçon que celui-ci, s'il avait osé, aurait pu tendre la main pour les toucher.

C'étaient des créatures venues d'un autre monde. Ils se mouvaient souvent à l'unisson, pivotant et tournant ensemble ; et, bien qu'ils soient la plupart du temps silencieux, leurs cris étranges perçaient parfois la nuit. Visiblement, ils respiraient grâce à une narine située au sommet de leur crâne et sortaient brièvement de l'eau pour expirer en émettant un doux *pfft !* avant de plonger de nouveau. Et, même s'ils passaient à portée d'Hylas, ils l'ignoraient, concentrés sur quelque objectif mystérieux dont eux seuls avaient connaissance.

Ils l'avaient sauvé du requin. Pourquoi ? Ils appartenaient à la Mère des Créatures Sauvages – laquelle, comme tous les immortels, pouvait aussi bien créer que détruire. Que voulait-Elle donc à Hylas ?

Soudain, le cercle s'élargit et les dauphins se mirent à jouer. Celui qui avait le museau couvert de balafres était de retour – cela voulait-il dire que le requin était mort ? Hylas s'aperçut qu'il nageait souvent avec un dauphin plus petit, gris foncé, aux flancs abîmés, qui avait une entaille au bout de la queue. Probablement une femelle. Elle paraissait plus âgée. Ce devait être sa mère, devina le garçon. Un bébé dauphin ne la quittait jamais. Son nez était plus court et épais que ceux des adultes et il n'avait pas encore appris à respirer correctement : il n'arrêtait pas de crachoter par sa narine. Lorsque sa mère remontait à la surface, le petit devait sauter pour rester à sa hauteur, battant l'air de sa queue.

Le dauphin au museau balafré – le grand frère, peut-être ? – passa à toute allure devant Hylas et récupéra un bout d'algue sur son nez avant de le lancer à sa mère. Celle-ci l'attrapa sur sa nageoire et le lui jeta de nouveau, au-dessus de la tête du bébé. Ils s'amusèrent ainsi pendant un bon moment, puis le dauphin aux cicatrices laissa le bébé l'attraper. Hylas en était désormais convaincu : c'était bel et bien le grand frère. Quand Issi était petite, il la laissait gagner – jusqu'à ce qu'elle s'en aperçoive, ce qui ne manquait jamais de l'irriter.

Le jeu des dauphins se fit plus frénétique et Hylas s'en inquiéta. Leurs cris perçants et leurs sourires immuables dégageaient quelque chose de féroce. S'armant de courage, le garçon essaya de se frayer un passage entre eux en pagayant pour faire avancer sa planche. La réaction des animaux le terrifia : ils se pressèrent autour de lui et se mirent à frapper l'eau de leurs queues. *Bang bang bang*. Si fort qu'Hylas eut l'impression qu'on lui martelait le cœur. Pourquoi étaient-ils en colère ? Que lui voulaient-ils ?

Au bout d'un long moment, ils cessèrent leur vacarme, mais ils le cernaient toujours, claquant des mâchoires et plongeant si près de lui qu'il dut ramener ses jambes sur la planche. Ils lui avaient sauvé la vie en chassant le requin. Pourquoi refusaient-ils de le laisser repartir ?

À force de les regarder, Hylas avait la tête qui lui tournait. Il s'étendit, jambes repliées sous lui. Les dauphins, eux, continuaient de se mouvoir, encore et encore, sans jamais ralentir...

◇◇◇

Hylas s'éveilla dans la grisaille obscure qui précède l'aube. Les dauphins avaient disparu.

Ils lui manquaient. Ils l'avaient effrayé, mais, sans eux, il se sentait terriblement seul.

La terre lui parut un peu plus proche. Il distinguait des falaises frangées d'écume blanche. Pourtant, elle était encore hors d'atteinte. Jamais il n'aurait la force de pagayer jusque là-bas, pensa-t-il, désespéré.

Soudain, une masse vert pâle se précipita vers lui, jaillit dans les airs et retomba sur le ventre dans une gerbe d'éclaboussures. Le dauphin sortit de l'eau son museau balafré et le regarda.

Jamais Hylas n'avait été si heureux de voir un autre être vivant. Il le salua d'une voix enrouée.

Le dauphin émit un sifflement aigu avant de disparaître sous les flots.

— Reviens ! S'il te plaît ! Ne t'en va pas !

L'animal réapparut de l'autre côté de la planche, puis plongea de nouveau pour refaire surface à une distance étonnante, et se mit à onduler sur les vagues. Sa tête était gris foncé, son ventre d'un blanc qui tirait sur le gris ; sur son nez, les cicatrices formaient trois lignes droites, comme si des dents l'avaient éraflé. Pourquoi était-il de retour ? Où étaient les autres ?

Tout à coup, le dauphin baissa le museau et se mit à pousser la planche, si brusquement qu'Hylas bascula tête la première dans son monde bleu et vert.

Le garçon s'enfonça dans l'eau, qui grouillait de sifflements menaçants et de clics rapides, stridents. Le dauphin surgit sans prévenir, laissant dans son sillage des bulles argentées qui sortaient de sa narine. Il nageait à une allure inouïe, même s'il remuait à peine sa queue de haut en bas, se ruant vers Hylas en cliquetant de plus en plus vite et fort. Pris de panique, le garçon battit des jambes pour remonter, mais le dauphin l'en empêcha en tournant autour de lui avec une agilité incroyable, émettant des clics si rapprochés que les sons se confondaient pour devenir un bourdonnement perçant, semblable à une plainte qui picotait tout le corps d'Hylas. Le garçon décocha un coup de pied et heurta le flanc bien dur de l'animal. Celui-ci disparut. Hylas fendit la surface, hors d'haleine.

Tout près de lui, le dauphin hocha la tête et poussa un cri rauque qui ressemblait à s'y méprendre à un rire.

Ébranlé, Hylas nagea vers la planche et s'y hissa.

— Pourquoi as-tu fait ça ? hurla-t-il. Je ne t'ai rien fait !

Le dauphin rit de nouveau.

— Je ne t'ai rien fait ! répéta le garçon.

Le dauphin siffla. Bizarrement, le son ne sortait pas de sa bouche, mais du trou situé au sommet de son crâne. Comment comprendre ce que lui voulait une créature qui ne se servait même pas de sa bouche pour parler ?

L'animal plongea derechef et se précipita encore une fois vers la planche.

Hylas s'empara du poignard et, du plat de la lame, donna un coup sur le museau du dauphin.

Celui-ci pivota. Le fouetta de sa queue. Le garçon fut projeté dans l'eau.

Il remonta en crachotant.

Furieux et apeuré, il grimpa sur la planche.

— Ce n'est pas drôle !

Le dauphin ne s'était pas départi de son sourire permanent, irritant.

Il avait aussi souri au requin. À l'instar des autres dauphins. À vrai dire, aucun d'eux n'avait jamais cessé de sourire…

Peut-être n'était-ce pas vraiment un sourire, comprit alors Hylas. Peut-être était-il fait ainsi. C'était la forme de sa bouche, voilà tout.

Et ce rire… sans doute n'en était-ce pas un. En réalité, le dauphin était probablement en colère.

Pour s'en assurer, Hylas décida de l'imiter : il frappa l'eau de sa paume, poussa un cri aigu et claqua des mâchoires.

Surpris, le dauphin passa près de lui, puis martela la Mer de sa queue.

Pour la première fois, Hylas le fixa droit dans les yeux. Ceux-ci, marron foncé, étaient pleins d'intelligence et, même si le garçon n'en était pas tout à fait certain, ils lui parurent intrigués.

— Excuse-moi, dit-il.

Le dauphin continua d'onduler sur les flots.

— Excuse-moi de t'avoir attaqué. Tu m'as fait peur. Que me veux-tu ?

L'animal se rapprocha.

D'instinct, Hylas eut envie de lui toucher le museau, mais il n'osa pas. Le dauphin ouvrit la bouche ; apparurent une langue rose, émoussée, dont les bords étaient bizarrement ridés, et des dents blanches et coniques qui semblaient suffisamment acérées pour lui arracher la main.

— Que me veux-tu ? répéta Hylas.

Le dauphin sombra sous les vagues.

CHAPITRE QUINZE

Tout allait mal. Les autres étaient partis chasser, mais le dauphin ne les avait pas accompagnés car il lui fallait porter secours au garçon ; pourtant, celui-ci ne voulait pas de son aide.

Pour quelle raison ?

Le dauphin le voyait à la Surface, dérivant sur son petit morceau d'arbre, tenant dans sa nageoire cet horrible bâton. Il avait peur de ce bâton, visiblement plus tranchant que du corail. Mais il avait aussi de la peine pour le garçon.

Comme tous les humains, il n'était pas fait pour la Mer. Son corps était aussi plat que celui d'un flet et des algues poussaient sur sa tête. Il n'avait pas de queue, mais deux pattes qui ressemblaient à celles d'un crabe – cependant, les siennes étaient tendres, faciles à mordre. Ses nageoires avant étaient pires encore : à leur extrémité, elles étaient divisées en petites baguettes frétillantes qui devaient rendre la nage difficile, même si les requins les trouvaient succulentes.

À la pensée du requin, le dauphin frémit d'inquiétude. Sa bande et lui l'avaient poursuivi jusque dans le Noir-Profond, où ils lui avaient donné tant de coups de rostre qu'il ne reviendrait pas ; mais il y avait dans la

Mer nombre d'autres prédateurs et le garçon était une proie vulnérable.

Son problème était le suivant : le dauphin n'arrivait pas à lui faire comprendre qu'il ne lui voulait aucun mal. Lorsqu'il avait essayé, le garçon s'était fâché et lui avait cogné le rostre – ce qui avait fâché le dauphin à son tour, si bien qu'ils s'étaient tous deux mis à frapper les vagues et à se crier des choses méchantes.

Agacé, le dauphin s'enfonça dans le Bleu-Profond pour vérifier s'il n'y avait pas d'autres requins dans les eaux touffues. Rien. Bonne nouvelle.

Quand il remonta vers la Surface, le garçon ne bougeait plus.

D'abord, le dauphin le crut mort. Puis, voyant l'une de ses pattes remuer, il comprit qu'il faisait cette chose étrange, propre aux humains quand ils s'immobilisaient. C'était angoissant, mais le dauphin avait appris que c'était leur manière à eux de dormir.

Il sortit la tête des flots. Le garçon se réveilla en sursaut et cria à la façon des humains, en émettant des sons bizarres, étouffés. Le dauphin sentit sa terreur crépiter à travers l'eau. Il entendit les pulsations effrayées de son pauvre petit cœur chétif.

Tout allait mal. Comment apaiser la peur du garçon ? Le dauphin l'ignorait ; et il craignait que la situation ne s'aggrave à cause de ce bâton.

◊◊◊

Le dauphin lui manquait. Pourquoi avait-il disparu ? Qu'avait fait Hylas pour le chasser ainsi ?

Affaibli par la faim et par la soif, il était tellement épuisé que rester sur la planche lui demandait un véritable effort, sans parler de pagayer. Ses lèvres étaient gercées, sa peau pâle et fripée à force d'être dans l'eau depuis si longtemps. Sur son bras, envahi d'une douleur lancinante, la croûte qui couvrait la plaie était partie. Il lui était de plus en plus difficile de ne pas s'endormir.

La voix d'Issi traversa son esprit.

Allez, Hylas ! Dépêche-toi de me retrouver. Je suis affamée !

Telamon était là lui aussi, claquant la langue avec impatience.

Tu ne vas quand même pas renoncer maintenant ? Après tout le mal que je me suis donné pour emprunter le char de mon père !

Une vague le frappa au visage. Il se réveilla.

Ce n'était pas une vague, mais un morceau d'algue.

Le dauphin était de retour.

Hylas en fut heureux et effrayé à la fois. Son cœur se mit à battre à tout rompre. D'une main, il serra la planche, de l'autre, son poignard. L'animal allait-il de nouveau se précipiter sur lui ?

Il ne riait plus, ni ne faisait claquer ses mâchoires. Il nageait paisiblement, se cambrant au-dessus des flots juste assez longtemps pour respirer avant de replonger. Peut-être n'était-il plus en colère.

Avec hésitation, Hylas prit l'algue et la laissa traîner dans l'eau.

Le dauphin longea la planche sans se tourner vers le garçon ; cependant, il était à l'évidence conscient du moindre de ses gestes. La seconde fois, Hylas le vit regarder le poignard. Le garçon posa alors l'arme sur la planche et fit passer l'algue dans son autre main, maintenant libre. Il était tendu. L'animal aussi.

Il jeta l'algue dans les vagues et patienta.

Le dauphin la récupéra sur le bord de sa nageoire, la lança dans les airs, la rattrapa avec habileté sur son museau, nagea un instant sur le côté. Il repassa ensuite le long de la planche, sans lâcher l'algue.

Hylas essaya de s'emparer de l'algue, mais la manqua. Pendant un moment, l'animal joua à la lancer et à l'attraper, puis il parut l'oublier et s'enfonça sous les vagues. Non sans appréhension, Hylas scruta les flots. Reviendrait-il, cette fois encore ?

Il le vit soudain très loin sous la Mer, qui remontait à une vitesse incroyable. Il pagaya péniblement pour s'écarter de son passage, mais le dauphin refit surface près de lui, agita la queue et projeta hors de l'eau quelque chose qui passa au-dessus de la tête du garçon.

La chose retomba de l'autre côté. Le dauphin la récupéra et répéta l'opération. C'était un poisson. L'animal forçait un poisson à sortir de la Mer. *Essaie-t-il… de m'aider ?* se demanda Hylas.

Il projeta de nouveau le poisson dans les airs et, cette fois, Hylas parvint à le saisir. Avec un cri rauque et triomphant, le garçon lui cogna la tête contre la planche pour le tuer avant de mordre dans son ventre à pleines dents. Du sang, délicieux, jaillit dans sa bouche desséchée. Il cracha des écailles et engloutit les entrailles gluantes, moelleuses.

Après avoir arraché les yeux, il les mangea, coupa la tête et la jeta en offrande dans la Mer. Puis, d'instinct, il siffla et tapota les vagues du plat de la main.

Le dauphin apparut. Hylas répéta son geste.

— Tiens, dit-il d'une voix enrouée. C'est pour toi.

Il lui lança la queue du poisson. L'animal referma aussitôt ses mâchoires et l'avala tout rond.

— Merci, ajouta le garçon.

Le dauphin nagea devant lui. Fit demi-tour. Et se rapprocha.

Hylas tendit la main.

Le dauphin frôla ses doigts. Sa peau était fraîche et étonnamment lisse : la chose la plus lisse qu'Hylas eut jamais touchée. Il frotta doucement son flanc contre la paume du garçon dont, cette fois, il croisa les yeux. Les siens étaient marron, emplis de sagesse et de bonté. Il sembla à Hylas qu'ils lisaient en lui, devinant toutes les épreuves qu'il avait traversées : sa crainte des Corbeaux, le chagrin éprouvé à la mort d'Ouste, sa honte à l'idée de n'avoir su protéger Issi, sa solitude. Hylas comprit néanmoins que le dauphin ne faisait pas partie de son monde. Son regard était aussi profond que la Mer et, bien qu'il soit un être de chair, d'os et de nageoires, il était aussi un esprit marin qui appartenait à la Mère des Créatures Sauvages.

— Merci, Esprit, dit Hylas.

Esprit nagea en cercle autour de lui, puis posa son museau contre la planche et exerça une légère pression.

Hylas comprit enfin ce que le dauphin avait essayé de faire depuis le début : non pas le jeter à l'eau, mais le conduire vers la terre.

Les choses se déroulèrent alors beaucoup mieux. Hylas savait qu'il ne devait plus avoir peur et Esprit qu'il ne fallait pas le pousser trop fort. L'animal paraissait même deviner les instants où le garçon avait besoin de se reposer : il tournait alors autour de la planche en respirant paisiblement, jusqu'à ce qu'Hylas soit prêt à repartir.

Au bout d'un moment, l'épuisement gagna cependant le garçon, qui ne parvenait même plus à rester assis. Il se sentit glisser vers la Mer. Il n'avait plus la force de se hisser sur la planche. Esprit parut le comprendre, car il se mit à nager sous lui, comme pour lui proposer de le porter sur son dos. Sans réfléchir, Hylas attrapa des deux mains la nageoire du dauphin, en s'assurant que le poignard n'entrait pas en contact avec la peau grise et lisse, et Esprit l'emporta lentement en direction de la terre.

Celle-ci se rapprochait pourtant à une vitesse inouïe. Les yeux voilés par la fatigue, Hylas distingua une crête élevée en forme de dos de sanglier et des falaises rouge foncé striées de fientes d'oiseaux. Il crut entendre le cri guttural des cormorans et un autre son, impossible à définir : un étrange chant lointain, perlé.

Une brise fit frissonner la Mer, formant à sa surface de larges nappes sombres et étales pareilles aux empreintes d'un être immense, invisible. Esprit contourna un promontoire et Hylas aperçut l'entrée d'une grotte plongée dans la pénombre.

C'était de là que semblait sortir ce chant insolite. Quel était donc cet endroit ?

Les paroles du Keftien lui revinrent en mémoire. *Le Peuple des Nageoires t'emportera sur son île... là où les poissons volent et les grottes chantent... les collines qui marchent... les arbres de bronze...*

Puis il n'y pensa plus, car le dauphin arrivait dans une large baie paisible aux flots d'un bleu lumineux, vibrant de Soleil, où des vaguelettes léchaient une plage de galets blancs.

Hylas sentit tout à coup du sable sous ses pieds. *Du sable. Enfin.* Avec un gémissement soulagé, il lâcha Esprit et s'enfonça dans des algues violettes qui glissaient sous lui. Il rampa jusqu'au rivage, où il s'effondra.

La dernière chose qu'il entendit avant de perdre connaissance fut le doux *pfft !* du dauphin, lequel ondulait dans les eaux peu profondes, près de la grève.

CHAPITRE SEIZE

Pirra n'avait encore jamais vu d'oiseau nager – oui, nager – sous l'eau. Celui-ci, noir, avait les yeux verts. Était-il magique parce qu'il vivait sur cette île ? Ou bien était-ce une chose normale dont personne ne lui avait jamais parlé ?

Avec envie, elle le vit refaire surface avec un poisson dans le bec, qu'il engloutit aussitôt. L'estomac de Pirra gargouilla. Cela faisait un jour et une nuit que le pêcheur l'avait abandonnée ici, lui laissant seulement une outre d'eau et deux mulets séchés. Depuis, elle n'avait rien avalé d'autre, à l'exception d'une poignée de feuilles de sauge poussiéreuses.

Sur Keftiu, jamais elle n'avait eu à se préoccuper de nourriture. Lorsqu'elle avait faim, il lui suffisait de taper dans ses mains et un esclave lui apportait tout ce qu'elle désirait : de succulentes boulettes de fromage frit roulé dans des graines de sésame ; de la pieuvre grillée fourrée d'oseille ; des gâteaux aux figues couverts de noix pilées et de miel.

Ici, les choses étaient différentes. Il y avait bien des poissons dans des flaques d'eau entourées de rochers, mais, chaque fois que Pirra se penchait vers eux, ils disparaissaient. Elle ne s'était pas attendue à ce que ces animaux bougent autant. Elle ne les avait vus qu'en peinture ou déjà morts, posés dans des plats.

L'île ne voulait pas d'elle. Les oiseaux marins lui lançaient des cris perçants et les pierres tranchantes lui blessaient les pieds. La Mer ne cessait de se soulever, puis de refluer de la petite crique étroite dans laquelle Pirra s'était réfugiée, l'éclaboussant d'embruns qui piquaient sa joue brûlée. Elle n'osait cependant aller s'installer dans la vaste baie, de l'autre côté du promontoire. Il lui fallait absolument rester cachée : sa mère ou les Corbeaux étaient peut-être sur ses traces. Userref lui manquait, même si ce sentiment ne devait pas être réciproque – elle avait dû lui créer bien des ennuis en s'enfuyant ainsi. Elle détestait se sentir aussi vulnérable et apeurée. Elle n'avait ni sandales, ni cape pour la protéger du Soleil pendant le jour et du froid pendant la nuit ; de surcroît, elle ne savait pas allumer un feu.

Il était tellement effrayant de dormir dehors, avec tous les bruits environnants. Le ciel était immense et, se découpant devant les étoiles qui la scrutaient d'un air menaçant, voletaient des ombres inquiétantes, lesquelles auraient tout aussi bien pu être des oiseaux que des chauves-souris ou pire encore. Elle avait trouvé une grotte traversée par une rivière souterraine où elle allait régulièrement puiser de l'eau, mais pour rien au monde elle n'y aurait passé la nuit. Les grottes menaient au monde souterrain. Lorsqu'on y entrait, c'était à ses risques et périls.

Peu après le départ du pêcheur, un orage avait éclaté. Tristement, Pirra s'était abritée sous un genévrier et avait fini par être trempée. Elle avait ensuite vécu ce que tout Keftien redoute : le sol s'était mis à vibrer violemment. Blottie sous l'arbre, elle avait supplié le

Trembleur-de-Terre de s'arrêter. Était-il en colère parce que Pirra était ici, dans un lieu où elle n'avait rien à faire ?

Les tremblements n'avaient pas duré longtemps, mais elle n'avait pu fermer l'œil de la nuit, s'attendant à chaque instant à ce que le Taureau-qui-vit-sous-la-Mer reprenne ses trépignements. À l'aube, en guise d'offrande, elle avait jeté ses boucles d'oreilles dans les flots, embarrassée à l'idée de ne pas y avoir pensé plus tôt.

Elle n'avait pas sa place sur cette île ; sa présence ici était une grave erreur. Elle avait demandé au pêcheur de l'emmener à Keftiu, mais il lui avait répondu que c'était trop loin. En dépit de ses protestations, il l'avait débarquée ici. Le vieil homme, effrayé, avait paru impatient de repartir. Le lendemain matin, Pirra avait enfin compris pourquoi : elle avait reconnu la forme de la crête, qu'elle avait vue représentée sur des centaines de fresques.

Le pêcheur l'avait abandonnée sur l'île de la Déesse.

À Keftiu, des légendes circulaient sur les hommes et les femmes qui avaient vécu sur cette île dans les temps anciens. On racontait que leur orgueil démesuré avait provoqué la colère des dieux. Ils s'étaient un jour volatilisés à tout jamais. L'île, inhabitée, était désormais un lieu sacré, hanté par les fantômes de ce peuple que l'on surnommait les Disparus. Seules les prêtresses venaient ici de temps à autre pour accomplir des sacrifices et des rites secrets ayant pour but d'apaiser la Déesse...

Le Soleil s'éleva plus haut dans le ciel. Pirra sentait la faim la tenailler. Elle finit par se décider : elle irait faire une incursion dans la baie. Quand la barque du pêcheur s'était approchée de l'île, elle avait repéré une épave un peu plus loin sur le rivage. Peut-être y dénicherait-elle de quoi manger.

Et si elle ne trouvait rien ? Elle écarta promptement cette pensée. Les falaises l'empêchaient de s'enfoncer dans les terres ; d'après ce qu'elle avait compris, son nouvel horizon se confinait à cette crique, à la baie et à l'endroit où le navire avait fait naufrage.

Harcelée par les moustiques, Pirra grimpa jusqu'au sommet du promontoire. Essoufflée, dégoulinante de sueur, elle contempla la baie qui se déployait en contrebas.

Sur la plage, elle aperçut un corps.

Vive comme l'éclair, elle se baissa. Se glissa derrière un rocher.

L'écume léchait les pieds de l'individu étendu sur le ventre. Certainement un marin qui s'était noyé durant la tempête et que la Mer avait rejeté ici.

Pirra réfléchit. Dépouiller un mort de ses biens était une chose horrible. Cependant… il était vêtu d'une tunique et celle-ci pourrait lui tenir chaud pendant la nuit. Et cet objet posé près de lui ? N'était-ce pas un couteau ?

Une idée plus épouvantable encore rôdait dans son esprit : elle avait besoin de nourriture. Serait-elle capable de manger de la chair humaine ? Crue ?

S'armant de courage, elle jeta de nouveau un coup d'œil au cadavre.

Il s'était volatilisé.

L'espace d'un terrible instant, elle l'imagina en train de ramper derrière elle. Avant de le repérer un peu plus loin sur le rivage.

Ce n'était pas un cadavre, mais un garçon, qui avançait en trébuchant sur les galets. Stupéfaite, elle le reconnut : c'était le pâtre lykonien qui l'avait épiée alors qu'elle se brûlait la joue. Chose étrange, ses cheveux étaient plus clairs qu'auparavant, mais il ne pouvait s'agir que de lui : il avait les mêmes yeux plissés et le même nez bien droit, dans le prolongement de son front.

Le cœur de Pirra se mit à battre plus fort. Les Corbeaux étaient à la poursuite de ce garçon. Selon eux, il avait essayé de tuer le fils de Thestor. Elle était assez maligne pour deviner que les guerriers avaient menti à Userref afin qu'il cesse de se montrer trop curieux. Malgré tout… ce garçon était dangereux. Et il se dirigeait à présent vers l'endroit où elle était cachée.

Pirra se recroquevilla contre la roche.

Elle entendit les galets crisser sous les pieds du pâtre, qui se rapprochait. Puis un silence. Il s'était immobilisé au pied du promontoire. Juste au-dessous d'elle.

Des algues se mêlaient à son étrange chevelure, d'un blond tirant sur le roux. Sa tunique déchirée était tachée de sel. Ses jambes, sèches et musclées, étaient couvertes de bleus, et il avait une vilaine blessure au bras. Il serrait dans son poing un large couteau de bronze. Pirra retint son souffle.

Le garçon se mit à gravir les rochers.

Non, pensa-t-elle, *ne viens pas par ici !*

Il parut se raviser et redescendit avant de s'éloigner lentement le long de la plage.

Tremblante, Pirra respira de nouveau.

Il se rendit au pied des falaises, où il creusa un trou à l'aide d'un bout de bois. Que faisait-il ? Puis, d'un pas lourd, il alla au bord de l'eau, où il trouva une planche ballottée par les vaguelettes. Il la traîna jusqu'à un tas de gros rochers, sur laquelle il l'appuya. Il répéta plusieurs fois l'opération avec d'autres morceaux de bois flottant. *Oh non, il construit un abri,* se dit-elle. À moins de vingt pas de sa cachette.

Au fil de la matinée, Pirra continua d'épier le garçon. Il termina son abri en plaçant des branches épineuses sur les planches ; ensuite, il fit une encoche dans un bout de bois plat. Qu'avait-il en tête ? Intriguée, elle le vit s'asseoir, maintenir le morceau de bois avec un pied, puis prendre un petit bâton qu'il posa sur l'encoche avant de le frotter rapidement entre ses paumes. Soudain, Pirra aperçut un peu de fumée. Sans cesser de faire rouler le bâton entre ses mains, le garçon se pencha vers la planchette et souffla doucement. Une flamme apparut. Il ajouta des brins d'herbe sèche, des brindilles et enfin des branches entières. Il obtint bientôt un feu qui flambait vivement.

Pirra était ébahie – mais aussi fort irritée. Ce Lykonien crasseux savait faire une chose dont elle était incapable.

Ce vulgaire pâtre s'était montré plus malin qu'elle.

Consternée, elle continua cependant de l'observer. Le garçon taillait à présent trois bâtons ; à l'aide d'herbes tressées, il les fixa habilement à un morceau de bois flottant et fabriqua ainsi une lance à trois pointes. Puis il alla s'accroupir près des rochers.

Il frappa vite et, quand il se releva, un petit poisson se tortillait au bout de sa lance. Le garçon le mangea cru ; Pirra en eut la nausée. Il attrapa deux autres poissons qu'il fit griller au-dessus du feu.

L'après-midi était déjà bien avancé et Pirra avait tellement faim qu'elle en avait le vertige. Le garçon engloutit ses prises, à l'exception des têtes qu'il plaça à quelques pas de son abri – *probablement un rite sacrificiel rudimentaire*, songea-t-elle. Il y ajouta quelques lambeaux de peau desséchée pris sur ses épaules brûlées par le Soleil, ce qu'elle trouva absolument répugnant.

Il se dirigea vers le trou qu'il avait creusé plus tôt dans la journée, y puisa l'eau dans ses mains et la but avec avidité. Pirra comprit qu'elle avait dû remonter du sol – ce qui expliquait pourquoi il avait fait ce trou. C'était futé, pensa-t-elle, mais il ne devait pas y avoir beaucoup d'eau. Sur ce point, elle l'avait surpassé : il n'avait pas trouvé le ruisseau souterrain qui traversait la grotte.

Après avoir tué deux autres poissons qu'il enfouit dans les braises, il ramassa un gros tas d'algues sèches et en couvrit le sol de son abri dans lequel il se glissa.

Le crépuscule tomba. Pirra huma l'odeur de poisson cuit, portée par la brise. Ne pouvant en supporter davantage, elle en oublia le danger. Elle oublia tout.

Elle descendit la pente d'un pas furtif. À l'approche de l'abri, elle perçut un souffle léger. *Une bonne chose. Il dort profondément.*

Sous les flammes vacillantes, elle aperçut la queue noircie d'un poisson qui dépassait des cendres. En silence, elle s'empara d'un bâton.

Une main sortit brusquement de l'abri. La saisit par le poignet.

CHAPITRE DIX-SEPT

Pirra griffa, donna des coups de pied, mais le garçon, beaucoup plus fort, refusait de la laisser partir. De sa main libre, elle lui tira violemment les cheveux. Il replia le bras de Pirra dans son dos, la forçant à s'agenouiller sur les galets. De ses ongles, elle lui écorcha le visage. Le poing du garçon frappa sa joue déjà meurtrie. Elle poussa un hurlement qui le surprit. Il relâcha son étreinte. En se tortillant, elle parvint à se dégager et à s'enfuir.

Aussi rapide qu'un serpent, il se mit à la poursuivre.

Elle fit volte-face.

— Recule ! siffla-t-elle dans la langue des Akéens. Sinon, je te lance un sortilège !

Le garçon s'arrêta.

— Je suis sérieuse ! ajouta-t-elle d'une voix pantelante, en pointant un doigt tremblant sur lui. Je te ferai cracher tes entrailles et... ton sang, et tu mourras !

— Tu en serais incapable, rétorqua-t-il, à bout de souffle.

— Bien sûr que si. Tu en veux la preuve ?

Il lui décocha un regard furieux, s'essuyant la bouche du revers de la main. Cependant, il resta où il était, près de son abri.

Il ne devait pas être plus âgé qu'elle, même s'il semblait endurci et prêt à tout – chose qui effrayait Pirra. Derrière ses cheveux blonds et emmêlés, il l'observait d'un air soupçonneux. Elle avait l'impression d'être face à un animal sauvage.

Tant qu'elle ne montrerait pas sa peur, pensa-t-elle, il serait bien obligé de l'écouter. Bien sûr, elle ne savait pas lancer de sortilège, mais ce garçon l'ignorait.

Les pieds bien campés au sol pour que ses jambes cessent de trembler, elle déclara :

— Tu n'as donc pas compris où tu étais, toi, simple pâtre ? Sur l'île de la Déesse ! Et je suis la fille de la Grande Prêtresse de Keftiu. Ce qui signifie que tu me dois obéissance.

Il jeta un coup d'œil aux petites haches d'or qui décoraient la tunique de Pirra.

— Je ne suis pas un « simple pâtre ». Mon nom est Hylas, et je suis un guerrier.

Elle eut un petit grognement de mépris.

— Tu es un menteur, comme tous les Akéens.

Il se pencha dans l'abri et en sortit son couteau, qu'il brandit devant elle.

— Tu as vu cet objet ? C'est un poignard de guerrier !

L'arme, finement ouvragée, était en bronze. Elle fit mine de ne pas s'en alarmer.

— Tu l'as volé, répliqua-t-elle, dédaigneuse.

— Non. Il m'appartient.

Elle hésita. Il avança d'un pas. Elle recula.

— Où sont les autres ? demanda-t-il.

— Qui ça ?

— Ton peuple ! Les Corbeaux !

— Je suis seule ici, et les Corbeaux ne font pas partie de mon peuple.

— Vous étiez installés près de leur campement, tu ne peux pas le nier. Où est leur navire ?

— Je te l'ai déjà dit : je suis toute seule ! J'ai payé un pêcheur pour qu'il m'aide à m'enfuir. Mais il m'a abandonnée ici.

— Pourquoi devrais-je te croire ? Tu es folle. Quand tu m'as vu la première fois, tu m'as trahi et les Corbeaux m'ont poursuivi.

— Je ne suis pas folle !

Hylas secoua la tête.

— Leurs bateaux sont de l'autre côté de ce promontoire, pas vrai ?

— Si c'était le cas, pourquoi est-ce que j'aurais essayé de te voler un poisson ?

Il ne sut que répondre.

— Je te le répète : nous sommes sur l'île de la Déesse. Il n'y a que nous ici !

Il la scruta un instant. Puis il lui tourna le dos et se dirigea vers le feu.

Pirra était outrée. Sur Keftiu, personne ne se serait avisé de lui tourner le dos. C'était le comble de l'irrespect.

Voyant qu'il continuait de l'ignorer, elle reprit :

— Ce pêcheur va révéler aux miens où il m'a débarquée et ils viendront me chercher. Les Corbeaux les accompagneront. Tu as autant besoin de quitter cette île que moi.

Hylas grattait la cendre recouvrant un poisson qu'il venait de sortir des braises et qui sentait incroyablement bon.

— J'ai découvert une épave, ajouta-t-elle. Si je te montre où elle se trouve, tu auras de quoi fabriquer un bateau. Ensuite, nous pourrons partir.

Le garçon mangea vite, enfournant la chair blanche dans sa bouche et mâchant bien la peau.

— Donne-m'en ! ordonna Pirra.

— Tu n'as qu'à en attraper un toi-même, gronda-t-il, la bouche pleine.

— Comment oses-tu me parler ainsi ? Donne-moi de ce poisson !

— Débrouille-toi. Tu as faim ? Ça m'est égal.

Elle arracha l'une des paillettes de sa tunique.

— Tiens, dit-elle.

Hylas fronça les sourcils.

— Qu'est-ce que c'est ?

— De l'or. Un métal précieux. On l'échange contre autre chose.

— À quoi est-ce que ça me servirait ici ?

— Tu ne connais donc pas sa valeur ? Tu pourras t'acheter tout ce que tu désires.

Il balaya les alentours du regard.

— Où ça ?

Pirra serra les dents.

— Si tu ne partages pas ce poisson avec moi, je ne te dirai pas où le navire s'est échoué.

Il ricana.

— Je le trouverai bien sans toi.

Il s'essuya les doigts sur sa tunique – ce qui dégoûta Pirra –, passa devant elle en la bousculant et se dirigea tranquillement vers le bord de l'eau.

Pirra le suivit. Elle était tellement furieuse qu'elle dut ravaler ses larmes. Sans parler de sa joue, qui était en feu après le coup reçu.

Elle songea soudain qu'elle pourrait l'obliger à lui obéir si elle lui volait son couteau, mais Hylas, méfiant, l'avait glissé dans sa ceinture. Il y avait cependant une autre chose susceptible de l'aider : elle savait où trouver de l'eau, pas lui. Cela pouvait-il lui donner l'avantage sur le garçon ? Pourtant, si elle lui parlait de cette rivière souterraine, il risquait de lui faire mal afin de la forcer à révéler où était la grotte.

Dans la baie, elle aperçut un miroitement. Soudain, une énorme créature luisante bondit hors de la Mer avant de retomber dans l'écume.

Un grand sourire fendit le visage du garçon. Il se précipita dans l'eau en émettant un sifflement perçant.

Pirra en resta bouche bée.

Le dauphin était beaucoup plus gros que ce qu'elle avait imaginé, et plus beau que tous ceux qu'elle avait pu voir sur les fresques de la Maison de la Déesse. Admirative, elle le regarda jaillir de l'eau, puis plonger sous les vagues, encore et encore, sans jamais s'arrêter, ondulant sur un rythme gracieux. Lorsqu'il fut plus près, elle perçut son souffle doux, comme un léger reniflement. Elle avisa son sourire sacré. Plaçant le poing sur son front, elle s'inclina.

Hylas, de l'eau jusqu'à la taille, attendait. Le dauphin se rapprocha de lui. Et... le frôla au passage !

Pirra était stupéfaite. Incrédule, elle observa l'animal qui nageait autour du garçon, lequel l'éclaboussait gentiment. Cela plaisait visiblement au dauphin. Hylas s'avança dans la Mer et se mit à nager lui aussi. Lorsque le dauphin ralentit, il s'accrocha à sa nageoire et l'animal l'entraîna derrière lui, accélérant aussitôt l'allure. Le garçon, couché de tout son long, semblait voler au ras de l'eau.

Sans voix, Pirra les vit s'éloigner vers le large. Qui était ce garçon, capable d'appeler à lui une créature de la Déesse ?

Après avoir décrit une vaste courbe, Hylas et le dauphin regagnèrent le rivage. Une fois revenu dans des eaux moins profondes, le garçon lâcha l'animal, puis le contempla alors qu'il s'éloignait vers le large. Un sourire illuminait son visage maigre.

À la vue de Pirra, ce sourire s'évanouit.

— Voici comment les choses vont se passer, déclara-t-il d'un ton brusque. Désormais, c'est toi qui m'écouteras. Allez, emmène-moi à l'épave dont tu m'as parlé.

CHAPITRE DIX-HUIT

Hylas était presque certain que la Keftienne lui avait menti : elle ne savait pas lancer de sortilèges ; mais avait-elle dit vrai en affirmant qu'il n'y avait pas de Corbeaux sur cette île ? Il l'obligea à marcher devant lui, le poignard pointé sur son dos de crainte qu'elle ne l'attire dans un piège.

— Aïe, aïe ! criait-elle sans cesse en marchant sur les galets.

Était-ce donc la première fois de sa vie qu'elle allait pieds nus ?

Quand elle lui avait raconté qu'elle s'était enfuie, il ne l'avait pas crue. Pourquoi se serait-elle échappée ? Elle avait beau être sale et débraillée, il était évident qu'elle était la fille d'un chef, avec tout cet or autour de ses poignets, de son cou et sur sa tunique. À moins qu'elle ne soit réellement folle et que les siens aient décidé de se débarrasser d'elle ? La brûlure en forme de faucille qu'elle avait sur la joue semblait en témoigner.

Quoi qu'il en soit, sa présence était une gêne. Elle était incapable de se débrouiller seule, Hylas l'avait déjà compris, et il avait assez à faire pour survivre sans devoir la nourrir elle aussi. Il décida de la supporter le temps qu'il faudrait pour construire un radeau, et d'ensuite l'abandonner sur l'île.

D'un pas lent et pénible, elle le conduisit à l'une des extrémités de la baie, puis de l'autre côté d'un promontoire rocheux. Il fut soulagé de voir qu'aucun Corbeau ne s'y trouvait et que nul bateau ne mouillait sur le rivage – hormis celui qui avait fait naufrage, comme elle le lui avait expliqué.

Un navire solide, à la coque bombée, que la mer avait brisé aussi aisément que s'il avait été fait d'écorce. Hylas contempla les lames furieuses qui déferlaient dans l'étroit bras de Mer séparant l'épave du promontoire, trop large pourtant pour être enjambé, même en sautant. Il serait tout aussi inutile de se risquer à le franchir à la nage : il se noierait ou s'écraserait sur les rochers, ou bien les deux à la fois, probablement.

Et, même s'il atteignait le navire, comment s'en sortirait-il ? Il lui faudrait alors transporter cordages et morceaux de bois par-dessus les vagues, puis fabriquer un radeau et ensuite retrouver le chemin menant à la Lykonia sur la Mer infestée de requins...

— On pourrait se servir d'une des planches de ton abri pour faire un pont, proposa la fille.

— Mmm, marmonna-t-il d'un air indécis, alors que la même idée venait de lui traverser l'esprit.

— Une fois que tu seras de l'autre côté, tu me lanceras tout ce que tu trouveras, ajouta-t-elle.

— Tu as trop peur d'y aller toi-même ? répliqua-t-il avec mépris.

— Bien sûr que non. Seulement, je ne sais pas nager.

— Je croyais que les Keftiens vénéraient la Mer ?

— C'est vrai. Mais je n'ai jamais eu le droit de sortir de la Maison de la Déesse.

Il poussa un long soupir. Décidément, elle était encore plus inutile qu'il ne l'avait d'abord pensé.

Ils s'en furent chercher la planche, mais, comme la fille la lâchait sans cesse, il finit par la porter seul, sur son épaule. Il réussit à la placer au-dessus du bras de Mer, à la caler sur l'épave et à coincer l'autre extrémité sous des pierres. Puis, non sans appréhension, il se risqua à quatre pattes sur ce pont de fortune. Le bois glissant ployait sous son poids. Au-dessous, la Mer bouillonnait, et les embruns l'aspergeaient. Mais la planche tint bon et il réussit à passer de l'autre côté.

Avec prudence, il avança sur des débris à moitié submergés qui oscillaient dangereusement sous ses pieds. Il trouva des amas de voiles détrempées et des cordages en cuir emmêlés ; à son grand soulagement, il ne vit aucun cadavre. Seules une coiffe moisie et une sandale dont la lanière était cassée indiquaient que des hommes avaient navigué sur ce navire. Il pensa à ceux qui reposaient désormais au fond de la Mer, leurs yeux aveugles fixés sur les poissons nageant entre leurs cheveux.

Qui avaient-ils été ? Pas des Keftiens, en tout cas. Avec une assurance agaçante, la fille avait affirmé que la proue du navire prouvait qu'il venait de Macédoine, terre dont Hylas n'avait jamais entendu parler. Fallait-il la croire ? Il n'en était pas convaincu. Il regrettait que l'équipage n'ait pas été composé de Corbeaux, car alors ce seraient leurs corps à eux qui se trouveraient à présent au fond de l'eau, en train d'être mangés par les requins.

S'agenouillant près de la cale submergée, il aperçut de minuscules poissons qui entraient et sortaient comme des flèches d'énormes jarres brisées. Une créature longue et mince se glissa tout à coup dans une fissure. Hylas recula vivement.

— Qu'est-ce que c'est ? cria la Keftienne.

Hylas l'ignorait. Il jeta un autre coup d'œil. La chose lui rendit son regard. Ce n'était pas un serpent, en tout cas.

— Une sorte de... monstre, répondit-il en s'efforçant de ne pas laisser l'inquiétude percer dans sa voix.

— À quoi ressemble-t-il ?

La créature s'approcha, repéra le garçon et replongea aussitôt.

— Son corps est comme un sac. Il a de gros yeux et des tas de pattes... c'est comme un serpent, mais ce n'en est pas un.

— Oh, c'est une pieuvre. Un animal sacré, précisa la fille. Cependant délicieux. Vois si tu peux la tuer. N'aie pas peur, elle ne te fera aucun mal.

— Je n'ai pas peur ! hurla Hylas.

Il n'était pourtant pas bête au point d'obéir à cette Keftienne. Elle cherchait sûrement à lui jouer un tour.

En fouillant l'épave, il trouva un bout de peau de chèvre qui lui permettrait de fabriquer une fronde, un fourreau de cuir tressé, à peine pourri, dans lequel le poignard se nichait parfaitement, ainsi qu'une petite bourse de cuir que fermaient quantité de nœuds compliqués, pareils à un nid de vipères. Il eut l'impression qu'elle était vide, mais, quand il la décrivit à la fille, celle-ci déclara – avec la même assurance irritante que précédemment – qu'il s'agissait d'une bourse à vents : les marins les achetaient à des prophétesses et dénouaient les différents nœuds selon le vent dont ils avaient besoin pour naviguer ; il n'en avait donc jamais entendu parler ?

Hylas serra les dents et poursuivit son exploration. Il découvrit une petite jarre de terre cuite encore intacte, scellée avec de la cire.

— Tiens ! cria-t-il à la fille. Attrape !

Elle n'y parvint pas. La jarre se brisa sur les rochers et les olives qu'elle contenait se répandirent dans la Mer.

— Tu ne sais donc rien faire ? s'exclama-t-il.

— Tu ne m'avais pas prévenue !

— Oh, tais-toi un peu et va plutôt chercher à boire ! En espérant que tu arriveras à trouver mon point d'eau ? Près des falaises, derrière mon campement. Attends... tu auras besoin d'un récipient pour transporter l'eau. Prends le plus gros tesson de ce pot que tu viens de casser. Et dépêche-toi, je meurs de soif !

Elle s'éloigna, la tête basse. À son retour, elle posa une outre pleine sur la planche.

— Voilà ! lança-t-elle d'une voix rageuse.

— Où as-tu déniché ça ? demanda-t-il, ébahi.

— Ça ne te regarde pas.

— Pourquoi tu ne m'as pas dit que tu avais de l'eau ? J'ai tellement soif !

— Oh, quel dommage !

Dans un silence glacial, Hylas rampa le long de la planche, but tout son soûl, puis retourna sur l'épave. Après cet incident, ils n'échangèrent plus un mot.

Il lui fallait récupérer ce dont il avait besoin pour le radeau, mais ce n'était pas tâche facile. Il était encore fatigué après ce qu'il avait vécu en Mer et ses muscles réclamaient du repos. Trempé de sueur, il se démena pendant un long moment pour extirper une seule rame des débris.

Le dauphin vint le voir et nagea de long en large afin d'attirer son attention. Hylas l'éclaboussa un instant, car il savait que le dauphin aimait ça, puis il se remit au travail. L'indifférence du garçon parut ennuyer l'animal, qui se mit à hocher la tête et à claquer des mâchoires, comme s'il voulait quelque chose. Comment lui expliquer qu'il était occupé ? Hylas l'ignorait. Au bout d'un moment, Esprit renonça et s'éloigna.

Lorsque la rame fut dégagée, il la posa en hauteur, à l'abri des vagues.

Si Telamon avait été là, l'opération aurait été amusante, songea tout à coup Hylas. Son ami était un excellent organisateur dans ce genre de situations ; ils auraient aussi pu faire des pauses pour jouer à la lutte et se battre dans l'eau. Issi aurait adoré la Mer et toutes ces nouvelles créatures. Quant à Ouste, il aurait pataugé sur le rivage en remuant la queue et en chassant les mouettes…

— Pourquoi t'arrêtes-tu ? demanda la Keftienne.

— Et si tu allais nous chercher à manger ? cria-t-il en retour. Il y a assez d'herbe alentour pour fabriquer un piège à poissons. Tu pourrais aussi poser quelques collets.

Elle le dévisagea sans comprendre.

— C'est quoi, un collet ?

Il leva les bras au ciel. Cette fille était incroyable ! Il était étonnant qu'elle ait pu rester en vie toutes ces années.

Il batailla un long moment pour libérer une autre rame et, quand il leva de nouveau la tête, il s'aperçut que le Soleil baissait. La fille avait disparu. De même que la planche.

Incrédule, il la vit flotter en contrebas, dérivant vers le large. La Keftienne avait dû la jeter exprès.

Hylas se demandait comment il allait pouvoir retourner sur le promontoire quand la fille apparut sur les rochers avec l'outre, qu'elle était allée remplir.

En remarquant que la planche n'était plus là, elle fut abasourdie.

— Ce n'était pas mon intention, se justifia-t-elle. Je l'ai seulement tirée sur les rochers, avec l'idée de la remettre en place à mon retour.

— Pourquoi l'as-tu enlevée ? rugit Hylas.

— Comment vas-tu franchir ce bras de Mer ?

Sans lui répondre, il attacha les rames ensemble et les plaça au bout de l'épave, au-dessus des vagues.

— Tiens-les bien, cria-t-il. Et, cette fois, tâche de faire attention !

Il rampa sur ce nouveau pont de fortune et, dès qu'il fut de l'autre côté, il apostropha la fille, luttant contre l'envie de l'étrangler :

— Tu es vraiment folle ! Si j'avais été emporté et que je m'étais noyé, tu serais morte de faim ! Tu t'en rends compte, au moins ?

— Et si tu m'avais suivie et avais découvert où je puise de l'eau, tu n'aurais plus eu besoin de moi ! rétorqua-t-elle. Et tu m'aurais laissée mourir de faim de toute façon !

Il fut tenté de répondre qu'il était parfaitement capable de trouver ce fameux point d'eau : il lui suffisait de suivre sa piste sur le sol. Cependant, il se ravisa : il ne voulait pas qu'elle soit sur ses gardes.

— Si tu t'avises de me jouer un autre tour de ce genre, mon dauphin te dévorera, répliqua-t-il.

— Les dauphins ne mangent pas les êtres humains.

— Mais c'est peut-être le cas du mien, qu'en sais-tu ?

Cela la fit taire.

Finalement, Hylas n'avait récupéré que peu de choses du navire naufragé : une corde, la bourse à vents et un ballot de voiles qu'ils mirent à sécher sur les galets.

Une fois près de son abri, Hylas fabriqua une fronde et abattit un oiseau du premier coup. Il le fit cuire dans les braises et l'engloutit.

— Ce n'est pas juste ! protesta la Keftienne, outrée.

— Si, ça l'est. La première règle de survie est la suivante : ne porter secours qu'à ceux qui pourront t'aider en retour. Et ce n'est pas ton cas.

— Comment ça ? C'est moi qui ai trouvé l'épave et l'eau que tu as bue !

Il haussa les épaules.

— Je les aurais trouvées sans toi.

Furieuse, elle s'éloigna. Elle revint un peu plus tard avec trois hérissons marins enveloppés dans sa tunique. Elle les mangea crus en utilisant une brindille pour attraper la chair visqueuse.

— Tu ignores ce qu'est un collet, mais tu sais reconnaître des hérissons marins ? s'enquit Hylas avec méfiance.

— On appelle ça des oursins. Et j'ai vu comment les esclaves les préparaient dans les cuisines.

— C'est quoi, une cuisine ?

Elle se contenta de le fixer.

L'instant d'après, elle demanda :

— C'est quoi, un hérisson ?

— Un animal aussi gros qu'un sanglier, avec d'énormes crocs, mentit Hylas. Il rôde dans les buissons et, la nuit, il part en chasse.

Apeurée, elle jeta un coup d'œil derrière elle. *Ça lui apprendra,* songea le garçon. *Elle n'aurait pas dû enlever cette planche.*

Il refusa de l'accueillir dans son abri, si bien qu'elle dut s'en construire un, non sans mal ; comme elle n'avait pas eu l'idée d'aller ramasser des algues sèches, elle fut obligée de s'allonger sur les galets. Hylas éprouva une pointe de pitié pour elle, avant de se rappeler que son peuple était allié aux Corbeaux.

Par-dessus son épaule, il l'observa, recroquevillée sous une pile misérable de bouts de bois, de l'autre côté du feu. Elle était éveillée. Probablement guettant les hérissons.

La nuit s'épaissit et il resta étendu à écouter l'écume siffler sur les galets. Issi lui manquait. De même que ses papotages et ses questions sans fin. « Le problème d'Issi, avait dit un jour Telamon, c'est qu'elle doit sans cesse faire du bruit, n'importe lequel. Elle bavarde, elle chante, elle fredonne ou elle lance des pierres. Comme si rester silencieuse lui était littéralement insupportable. »

Mal installé, Hylas remua sur son lit d'algues. Telamon et Issi lui manquaient tous les deux. Il avait l'impression de ne pas les avoir vus depuis des mois. L'idée qu'il n'avait en réalité quitté la Montagne que depuis quelques jours l'effrayait.

Alors qu'il sombrait peu à peu dans le sommeil, il entendit Esprit qui soufflait doucement, non loin de la plage. Plus tôt dans la journée, le dauphin avait essayé de lui dire quelque chose. Était-il revenu pour la même raison ? Hylas était trop épuisé pour s'en préoccuper.

Demain, songea-t-il. *Il sera encore là demain.*

◇◇◇

Le dauphin commençait à s'inquiéter. Sa bande avait bel et bien disparu. Jamais cela n'était arrivé.

Au début, tandis qu'il portait secours au garçon, tout s'était bien passé. Il avait entendu les autres, qui chassaient un banc de mulets, s'appeler par leurs noms-sifflements ; ensuite, ils étaient partis dans l'une des criques de l'île pour aller se frotter le ventre sur le fond sablonneux. Très vite, le dauphin n'avait plus perçu leur présence, car ils s'étaient trop éloignés, mais le dauphin ne s'était pas alarmé : il savait qu'il pouvait les retrouver quand il en aurait envie.

Pas cette fois, cependant.

Dès qu'il avait quitté le garçon, il avait fouillé le Bleu-Profond sans rien trouver, à l'exception de quelques petits lambeaux de mulet. Il avait alors fait le tour de l'île. Il s'était enfoncé dans le Noir-Profond en cliquant avec anxiété et en essayant de distinguer les formes familières des siens, qu'il aimait tant.

Rien. D'un coup de nageoire, ils avaient disparu, le laissant seul.

Il avait sorti son museau à la Surface pour siffler leurs noms vers le Dessus. Il avait capté une réponse à peine audible. Leurs cris semblaient bizarrement étouffés, comme si leurs voix étaient obligées de traverser une terre avant d'arriver jusqu'à lui. Comment était-ce possible ? Ils n'étaient pourtant pas loin : pourquoi ne parvenait-il pas à les localiser ?

Le garçon était capable de l'aider. Pour un humain, il était intelligent, davantage que le dauphin ne l'avait d'abord cru. Il savait un peu nager et même retenir son souffle, l'espace de quelques clics. Et, bien qu'il ne puisse se faire comprendre dans la langue fluide et rapide des dauphins, il émanait de sa voix de la chaleur et beaucoup d'émotion, de sorte que le dauphin arrivait généralement à saisir le sens de ses paroles. Si le garçon apprenait que la bande était perdue, le dauphin était convaincu qu'il l'aiderait à retrouver les siens.

Cependant, il refusait d'écouter le dauphin. Depuis que cette fille était arrivée, le garçon était bien trop occupé à se disputer avec elle.

Le dauphin se demandait s'il pouvait se fier à la fille. À un moment, alors qu'elle était seule dans la petite crique, elle était maladroitement entrée dans la Mer sur ses pattes chétives qui lui rappelaient celles d'un crabe, comme si elle cherchait à devenir son amie. Il s'était approché et lui avait donné un léger coup de museau, mais elle était tombée et, en pataugeant, elle avait avalé de l'eau.

Encore un humain qui ne sait pas nager, s'était dit le dauphin avant de repartir, écœuré.

À terre, tout était sombre et paisible. Le garçon et la fille étaient plongés dans ce sommeil qui ressemble à la mort, cette immobilité que le dauphin trouvait si perturbante. Il détestait voir le garçon cesser de bouger. Le dauphin, lui, ne s'immobilisait jamais. Il n'arrivait pas à imaginer ce qu'on éprouvait lorsqu'on dormait ainsi. Rien que d'y penser, cela l'effrayait.

Avec impatience, il continua de nager le long du rivage. Les humains ne se réveilleraient pas avant l'arrivée du jour. En attendant, que faire ? Il était trop angoissé pour chasser. Et puis, il préférait ne pas s'éloigner de la Surface, car c'était là qu'il avait entendu sa bande pour la dernière fois.

La solitude lui faisait mal. Le doux soupir de l'évent de sa mère lui manquait, tout comme le bruissement de sa forme belle et lisse lorsqu'elle glissait à toute allure dans le Bleu-Profond. Même sa petite sœur lui manquait, avec ses tentatives ridicules pour jouer à chasse-algue.

Le Dessus était encore dans l'obscurité quand le dauphin prit une décision : il devait retrouver sa bande, mais il ne pourrait s'en charger seul. Il en avait assez que le garçon l'ignore. Il fallait l'obliger à *écouter*.

Et, pour y parvenir, il allait se rendre là où nul dauphin ne s'était jamais aventuré.

◇◇◇

Hylas se réveilla en sursaut après un rêve agaçant dans lequel la Keftienne, cette folle, lui avait volé son poignard.

Le Soleil n'était pas encore levé et le ciel virait tout juste au gris. L'arme était toujours à sa ceinture, mais l'outre avait disparu. La fille n'était pas dans son abri. Il ne la vit pas non plus sur le rivage. Elle s'était probablement éclipsée pour aller puiser de l'eau pendant qu'il dormait. Ou bien elle était tombée dans la Mer et s'était noyée, ce qui serait ennuyeux, car il avait besoin d'elle pour l'aider à construire le radeau.

Au même instant, elle émergea des broussailles épineuses qui poussaient au pied du promontoire.

— Au moins, cette question est réglée, déclara-t-il d'un ton sec. Je sais à présent où tu vas chercher ton eau. C'est une source ?

Elle parut ne pas l'entendre. Elle était pâle, à bout de souffle, et, sur sa joue, la brûlure en forme de faucille était d'un rouge terne.

— J'ai trouvé ton dauphin, dit-elle, pantelante. Il va mal.

CHAPITRE DIX-NEUF

Le dauphin avait seulement voulu les obliger à écouter. Il s'était dit que, s'il arrivait à monter sur la terre, les deux humains seraient forcés de lui prêter attention et l'aideraient alors à retrouver sa bande. Mais il avait essayé de quitter la Mer et celle-ci s'était fâchée contre lui : elle l'avait poussé de plus en plus loin sur le rivage de la crique. Maintenant, il était coincé là.

Pendant un moment, sa queue était restée au frais dans l'écume, puis les flots avaient peu à peu reflué et le dauphin s'était échoué. Il s'était tortillé, avait remué ses nageoires, en vain. Il avait peur. Il entendait les vagues, mais ne pouvait les atteindre.

Avant ce jour, il n'était jamais allé dans le Dessus plus de quelques clics de suite, lorsqu'il bondissait hors des flots, après quoi il était toujours retombé dans l'eau bleue et fraîche. Cette fois, cependant, il était piégé dans cet endroit affreux, où tout était piquant, brun, sec et, surtout, chaud.

Le dauphin n'avait jamais eu chaud de sa vie. Sa peau le tirait et il avait mal aux nageoires. Des grains de sable ne cessaient de se glisser dans son évent et il se sentait si effroyablement lourd qu'il avait à peine la force de les expulser. Pire encore, son beau Soleil vert, qui éclairait la Mer pour guider les dauphins lorsqu'ils chassaient, ce même Soleil était désormais d'un blanc éclatant, furieux.

Si furieux que le dauphin ne pouvait plus ouvrir les yeux ; il tenta alors de cliquer afin d'écouter les formes qui se trouvaient autour de lui. Aucun écho ne lui fut renvoyé. Cela voulait-il dire que, dans le Dessus, les clics ne marchaient pas ?

Même les bruits ordinaires étaient émoussés, et pourtant douloureusement sonores. Au lieu du murmure apaisant de la Mer résonnait un vacarme épouvantable ; sans oublier les piaillements des mouettes, qui lui faisaient mal aux dents.

Mais la sensation pesante qu'il éprouvait était plus atroce encore. Dans la Mer, il était léger et vif, comme tout dauphin se devait de l'être ; ici, il avait l'impression qu'un poids l'écrasait contre le sable. Respirer lui demandait un effort inouï, sans parler de bouger, et, lorsqu'une mouette vint se percher sur sa tête et se mit à lui picorer le rostre, il eut le plus grand mal à tressaillir pour la faire partir.

Un bourdonnement de voix dans le lointain. Le dauphin sentit un frémissement d'espoir le parcourir. Les humains s'étaient-ils enfin décidés à venir ? Il tenta de couiner pour appeler à l'aide, en pure perte : il était trop faible. Il luttait à chaque instant pour respirer.

Il n'arrivait pas à les voir, car ses yeux étaient trop secs pour s'ouvrir, mais il perçut un bruit sourd sur les galets : ils se précipitaient vers lui. Le dauphin devina l'anxiété de la fille et la terreur du garçon, qui devait se demander s'ils n'arrivaient pas trop tard.

Soudain, son dos fut aspergé d'une eau merveilleusement froide, qui apaisa sa nageoire bouillante, endolorie.

Comme de très loin, il les entendit courir vers les vagues. Puis une nouvelle giclée d'eau se déversa sur lui et des petites nageoires se mirent à lui tapoter les flancs avec douceur, prenant soin que l'eau n'entre pas dans son évent. Ils étaient venus ! Le dauphin était tellement heureux ! Il voulut le leur dire, mais il n'avait pas même la force de remuer le bout de sa queue.

Pendant un moment, l'eau lui fit du bien ; cependant, il avait encore très chaud et le Dessus continuait de le plaquer contre le sable.

Tout à coup, il comprit que l'eau qu'ils versaient sur lui ne suffisait pas. Ce n'était pas la Mer. Et, sans la Mer, il mourrait. Les bruits que faisaient les humains commencèrent à s'estomper. Le dauphin sentait encore leur présence, mais leurs voix s'évanouissaient.

Il perdit tout espoir. Il allait mourir ici, sur ce sable brûlant, épouvantable.

Jamais plus il ne reverrait sa bande.

CHAPITRE VINGT

Le dauphin avait paru retrouver un peu de vigueur lorsque Pirra avait vidé le contenu de son outre sur son dos. Mais, à présent, il ne bougeait plus. Ses yeux étaient clos. Sa peau, d'ordinaire d'un argent lumineux, était gris terne.

— Il est mort ? chuchota-t-elle.

Hylas se tourna brusquement vers elle.

— Tais-toi !

Pirra lut de la terreur dans les yeux du garçon. Elle comprit que cette idée lui avait aussi traversé l'esprit.

Hylas tomba à genoux près de l'animal et plaça l'oreille contre son évent.

— Il respire encore ? s'enquit Pirra.

Il lui fit signe de rester silencieuse.

Elle courut vers les vagues pour remplir son outre. À son retour, le garçon n'avait pas changé de position. Il croisa son regard, sans paraître la voir, avant de déclarer :

— Il est encore en vie. Mais tout juste.

D'une main tremblante, Pirra vida le contenu de l'outre sur le dos du dauphin. Quelques gouttes jaillirent près de son évent, qu'elle protégea de la main – non sans prudence, car il s'agissait d'une créature appartenant à la Déesse. Avec admiration, elle remarqua que l'évent avait, quand il était ouvert, la forme d'une pleine Lune et, lorsqu'il se refermait, celle d'un croissant parfait. Sous sa paume, la peau de l'animal n'était pas douce comme celle d'un être humain, mais lisse et dure, pareille à du marbre poli.

— Fais attention, lui dit Hylas. Il ne faut pas que l'eau entre dans sa narine, sinon il s'étouffera.

— Je le sais bien.

— Je vais m'en charger, ajouta-t-il en la poussant du coude. Toi, retourne puiser de l'eau.

— C'est ce que je comptais faire, grommela-t-elle.

Le garçon ne l'écoutait plus, trop occupé à caresser le flanc du dauphin.

— Ne renonce pas, murmura-t-il. Je ferai tout pour t'en empêcher. Nous allons t'aider à retourner dans la Mer. Mais ne renonce surtout pas !

Pour Pirra, qui n'arrêtait pas de trébucher, aller et venir de la Mer au dauphin se révélait épuisant. L'animal ne s'était échoué qu'à quelques pas des vagues, mais elle s'enfonçait jusqu'aux chevilles dans le sable brûlant. Au bout d'un moment, Hylas lui arracha l'outre des mains et la relaya, sans cesser d'encourager le dauphin à tenir bon.

Le Soleil s'éleva dans le ciel. Pirra le sentait taper contre son crâne, tout en imaginant quelle épreuve terrible ce devait être pour le dauphin. Elle jeta un coup d'œil à son sourire immuable. *En réalité, il ne sourit pas, il agonise*, songea-t-elle, horrifiée.

— Le Soleil est de plus en plus chaud, dit-elle.

Le garçon lui décocha un regard noir.

— Et alors ?

— Nous devrions l'en protéger, ou il mourra.

Hylas, sur le point de rétorquer, se ravisa subitement.

— Tu as raison, dit-il. Comment faire ?

Ils réfléchirent un instant en silence, puis s'exclamèrent à l'unisson :

— La voile !

— Je vais la chercher, déclara Hylas. Reste ici et continue de le rafraîchir.

Il fut de retour incroyablement vite, gravissant le promontoire avec la corde passée autour d'une épaule, la voile et une pile de bois flottant dans les bras. Il jeta son fardeau dans la pente et Pirra s'empressa d'aller ramasser le tout. Pendant qu'il construisait un abri, elle retourna vers le dauphin pour l'asperger encore une fois.

Elle demanda à Hylas s'il avait un nom. Le garçon lui répondit qu'il l'avait appelé Esprit ; il lança un coup d'œil méfiant à Pirra, comme s'il s'attendait à une remarque sarcastique de sa part. Mais celle-ci se contenta de dire que c'était un nom qui allait bien à un dauphin.

En très peu de temps, il planta dans le sable des bouts de bois en diagonale, attachés ensemble, de chaque côté d'Esprit. Pirra l'aida à déployer la voile au-dessus de cette armature sommaire ; la tente, branlante, n'était pas assez grande pour couvrir entièrement le dauphin et une coudée de queue environ dépassait. Cependant, la toile de laine aux mailles serrées protégeait sa tête et le reste de son corps ; Esprit les récompensa de leurs efforts en remuant légèrement le bout d'une nageoire.

Il leur fallait maintenant le remettre à la Mer.

Sans un mot, Hylas et Pirra se placèrent à la gauche et à la droite de l'animal, attrapèrent chacun une nageoire et essayèrent de le déplacer. Mais le dauphin, aussi lourd qu'une montagne, ne bougea pas d'un pouce.

Le garçon prit une longueur de corde et la noua autour de la queue d'Esprit.

— Une, deux, trois... on tire !

Ce fut sans effet.

— Nous lui faisons mal, fit observer Pirra tout essoufflée en indiquant l'endroit où la corde frottait sur la peau déjà à vif du dauphin. Nous n'y arriverons pas.

Sans un mot, le garçon dénoua la corde et, examinant ses empreintes dans le sable, fronça les sourcils. Celles qui se trouvaient à côté d'Esprit étaient sèches ; en revanche, celles qui étaient plus près des vagues se remplissaient d'eau...

En un éclair, Pirra comprit à quoi songeait Hylas.

— Creusons le sable autour de lui, proposa-t-elle, et la Mer viendra le libérer.

Chacun d'eux s'empara d'un bâton et se mit à déblayer le sable sous la queue du dauphin, tout en se relayant pour aller puiser de l'eau et la verser sur le dos d'Esprit. La Mer finit par s'engouffrer dans la tranchée, éclaboussant la queue de l'animal. Ce dernier fut parcouru d'un long frisson. Ce devait être si bon de se sentir de nouveau mouillé, songea Pirra.

Elle regarda le garçon, lui adressa un sourire que celui-ci ne lui rendit pas. La situation était trop grave pour qu'il puisse déjà se réjouir : visiblement, il tenait tant au dauphin que le voir ainsi lui était insupportable.

Très vite, ils s'aperçurent que le plus difficile restait à venir : la queue avait été simple à dégager, mais le ventre d'Esprit posait un autre problème. Il était impossible de soulever le dauphin, beaucoup trop lourd ; aussi Hylas s'efforça-t-il de le faire rouler de droite et de gauche afin que Pirra déblaie le sable. En vain. De plus, le garçon craignait de trop malmener l'animal, alors que ce dernier avait déjà du mal à respirer.

— Fais attention avec ce bout de bois, conseilla-t-il à la fille. Des échardes vont se glisser sous sa peau.

— C'est quoi, une écharde ? demanda Pirra.

Un peu plus tard, un éclat de bois se ficha dans son pouce.

— Aïe ! s'écria-t-elle.

Hylas et elle étaient à présent à genoux, à gratter le sable à mains nues. Malgré tout, après avoir réussi à creuser une cavité sous le ventre d'Esprit, ils comprirent que cela ne suffirait pas : l'eau glissait sous lui, mais pas suffisamment pour le faire flotter et l'entraîner dans la Mer.

Se redressant sur ses talons, Hylas essuya son front couvert de sueur.

— Ça ne marche pas.

Pirra acquiesça. Leurs regards se croisèrent au-dessus du dos du dauphin.

Elle jeta un coup d'œil à la voile qui protégeait l'animal des rayons solaires.

— Si nous arrivons à la placer sous lui, proposa-t-elle, nous parviendrons peut-être à le tirer un peu plus loin dans la tranchée.

Le garçon hocha lentement la tête.

— Oui, mais il se retrouvera alors en plein Soleil, et celui-ci est bientôt au zénith. Il nous faut un autre abri. Du genévrier ! s'exclama-t-il en claquant des doigts.

Il sortit le poignard de son fourreau et marqua une brève hésitation. Pirra devina qu'il n'avait pas envie de s'éloigner d'Esprit – mais, s'il restait près du dauphin, c'était à elle qu'il devrait confier son couteau.

— Donne-moi le couteau, Hylas, dit-elle avec insistance. Le dauphin a besoin de toi.

Le garçon la considéra d'un air soupçonneux avant de lui lancer l'arme. Elle l'attrapa d'une main – geste dont elle fut assez fière. Hylas, cependant, n'avait rien vu. Il était trop occupé à asperger le corps d'Esprit, qu'il continuait d'encourager à voix basse, et à déblayer la tranchée, laquelle ne cessait de se remplir de sable.

Les branches du genévrier, solides, égratignèrent copieusement Pirra, qui réussit toutefois à en tailler quelques-unes qu'elle jeta vers Hylas. Celui-ci les entrelaça, sans paraître se soucier des épines, et fabriqua un toit de fortune qui vint remplacer la voile. Ensuite, Pirra aida le garçon à faire glisser la toile sous le ventre du dauphin en l'inclinant d'un côté, puis de l'autre, afin de la placer le plus loin possible. Une fois l'opération terminée, ils se campèrent à la gauche et à la droite d'Esprit et, les talons bien enfoncés dans le sable, prirent chacun un coin de la voile.

Pourvu qu'elle ne se déchire pas, pensa Pirra.

— Tire ! ordonna le garçon.

Le tissu de laine se tendit – et tint bon. Le dauphin essaya d'accompagner leurs efforts en arquant légèrement sa colonne vertébrale.

Une minuscule vibration.

— Tu as senti ça ? demanda Pirra.

Mais Hylas forçait tant qu'il ne put répondre.

Ils tirèrent la voile encore et encore, tandis qu'Esprit continuait de cambrer le dos.

À chaque mouvement, la fille sentait leur fardeau s'alléger à mesure que l'arrière du dauphin entrait en contact avec l'écume : la Mer leur venait en aide.

— Ça marche, grogna Hylas.

Sans prévenir, Esprit agita violemment la queue ; celle-ci heurta Pirra, qui fut projetée un peu plus loin.

Elle se rassit en se tenant les côtes. Hylas poussait et tirait en même temps le dauphin, toujours en difficulté, vers les eaux peu profondes du rivage.

— Ça y est ! hurla-t-il.

Stupéfaite, Pirra vit l'animal glisser sur la voile, puis disparaître sous les flots.

Un silence angoissé retomba, que rompaient seulement les soupirs et le clapotis des vagues. L'écume se répandait sur le sable, pareille à un filet, effaçant déjà les traces de la lutte désespérée qui venait d'avoir lieu.

Les yeux braqués sur la Mer, Hylas recula.

— Est-ce que ça va ? demanda-t-il à Pirra sans se tourner vers elle.

— Mmm, marmonna-t-elle avant de se relever, non sans mal. Tu crois qu'Esprit est tiré d'affaire ?

Le garçon ne répondit pas.

Tous deux fouillèrent les flots du regard. L'eau, éclatante de Soleil, était turquoise. Aucun signe du dauphin.

Nous sommes peut-être arrivés trop tard, songea Pirra, soudain en proie à la terreur. *Et s'il était resté trop longtemps au Soleil ?* Elle craignait de voir apparaître le dauphin flottant sur l'eau sur le dos, mort.

Hylas, lui, avait l'air renfrogné. Il secoua la tête. À l'évidence, il pensait exactement la même chose.

Il porta deux doigts à ses lèvres et siffla.

Rien.

— Esprit !

Il s'avança dans l'eau jusqu'aux cuisses. Tapota la Mer du plat de la main. Appela de nouveau l'animal.

Pirra retenait son souffle.

La brise tourbillonnait tristement sur la crique. Une mouette passa devant eux, le bout de ses ailes frôlant l'eau.

Tout à coup, une gerbe d'éclaboussures agita la Mer : Esprit bondit dans les airs en poussant un cri strident, assourdissant.

Pirra tomba à genoux. Hylas resta immobile. Il lui tournait le dos, mais elle le vit enfouir son visage entre ses mains.

Pendant ce temps, le dauphin ondulait à l'embouchure de la crique, roulant sur le côté, une nageoire dressée, puis se glissant de nouveau sous l'eau en remuant la queue : il savourait pleinement ce retour dans le monde qui était le sien.

Hylas ne tarda pas à se ressaisir. Avec un hurlement de joie, il plongea et ressortit de l'eau dans une pluie d'embruns.

— Viens te rafraîchir ! lança-t-il à Pirra.

Se frottant les bras, celle-ci observait la Mer – cette Mer qu'elle vénérait depuis toujours, mais dans laquelle elle n'était jamais entrée, à l'exception du moment désastreux où elle avait essayé de se lier d'amitié avec Esprit et fini par avaler tant d'eau.

— Je ne peux pas ! Je ne sais pas nager.

— Ça n'a pas d'importance ! Je resterai près de toi, tu ne te noieras pas ! J'ai besoin de toi pour construire le radeau, tu n'as pas oublié ? ajouta-t-il avec un grand sourire.

Elle hésitait encore. Le garçon et le dauphin la regardaient. Deux créatures à l'aise dans un élément auquel elle n'était pas accoutumée.

— Au fait, comment tu t'appelles ? cria Hylas.

— Euh... Pirra.

— Allez, Pirra, viens nous rejoindre ! Tu pourras vraiment faire connaissance avec Esprit, maintenant qu'il va mieux !

Indécise, elle avança de quelques pas. L'eau lui lécha les mollets. Une sensation délicieuse. En chancelant, elle entra jusqu'aux genoux. Soudain le sol se déroba sous elle et, entre émerveillement et stupéfaction au contact de l'eau froide, Pirra se sentit soulevée par les flots ; tandis qu'elle s'enfonçait, elle sentit la Mer dissiper sa fatigue et la chaleur, laver ses égratignures, lisser ses cheveux avec de longs doigts frais et chanter à ses oreilles.

Hylas la saisit par le poignet et la tira vers lui.

— Viens par ici, c'est moins profond, lui conseilla-t-il. Tu auras pied.

À bout de souffle, folle de joie, Pirra crachota de l'eau et s'immobilisa, oscillant au rythme de la Mer. Des algues s'enroulèrent autour de ses chevilles, qu'elles caressèrent furtivement. Ses bracelets d'or étincelaient de nouveau, débarrassés de la poussière qui les avait ternis.

Tout près d'elle, Esprit glissa sous l'eau, son corps vert et luisant inondé de Soleil. Elle tendit la main vers lui. Le flanc du dauphin était aussi froid et lisse que de la soie mouillée. Le cœur de Pirra se gonfla de fierté : s'il était encore en vie, c'était en partie grâce à elle.

— Dès qu'il se rapprochera, lui conseilla Hylas, juste derrière elle, attrape sa nageoire des deux mains. Il t'emmènera en promenade sur son dos.

Pirra lança un regard plein de doute au garçon.

— Fais-moi confiance, ajouta-t-il. Tiens, le revoilà !

Esprit nageait juste au-dessous de la surface et seule sa nageoire affleurait.

Pirra se raidit.

— Allez, n'aie pas peur, l'encouragea Hylas.

— Je n'ai pas peur, marmonna-t-elle.

Elle mentait. Même si ce n'était pas le dauphin qu'elle craignait. Mais la Mer.

Esprit passa encore devant elle. Cette fois, elle ne prit pas le temps de réfléchir : elle posa une main, puis l'autre, sur le bord de sa nageoire. Elle fut brusquement emportée vers l'avant, entraînée par le puissant animal, qui prit la direction du large.

— Accroche-toi et contente-toi de flotter ! cria Hylas. Couche-toi sur l'eau. Pas besoin de battre des pieds. Et garde les bras bien tendus, ou tu seras secouée !

Pirra, agrippée à la nageoire robuste d'Esprit, sentit une onde de fraîcheur la submerger. Juste devant elle, elle voyait les flots glisser sur la tête luisante du dauphin qui montait et descendait, son évent s'ouvrant un instant, puis se refermant avec un doux *pfft !* En ondulant, sa queue vigoureuse chatouillait les orteils de Pirra. Il prit tout à coup de la vitesse et elle éclata de rire, parce qu'elle volait : oui, elle volait sur la Mer.

Après avoir décrit un large cercle scintillant qui la laissa hors d'haleine, exaltée, le dauphin la ramena dans la crique, où les attendait Hylas. Esprit écarta ses nageoires pour ralentir et Pirra le lâcha. Ses pieds s'enfoncèrent dans les algues et la Mer la porta un instant, le temps qu'elle retrouve son équilibre.

Hylas, de l'eau jusqu'à la taille, regarda le dauphin plonger sous les vagues et disparaître dans les profondeurs bleues.

— Nous avons réussi, déclara-t-il tranquillement.

Toujours essoufflée, Pirra baissa les yeux et observa l'eau étale. Ses pieds étaient vert pâle, à moitié enfouis sous des algues violettes, ondoyantes. Elle aperçut un petit objet brillant.

— Nous devrions faire une offrande pour remercier la Mer de lui avoir laissé la vie sauve, dit le garçon.

— Inutile, répondit Pirra. Regarde.

Une petite hache d'or s'était détachée de sa tunique et reposait sur le fond sablonneux.

— Ah, c'est une bonne chose, dit Hylas en hochant la tête. Oui. C'est une bonne chose.

CHAPITRE VINGT ET UN

Hylas, qui n'avait pas pensé à manger de toute la journée, se rendit soudain compte qu'il était affamé.

Pirra et lui partirent en quête de nourriture. L'île avait beaucoup à leur offrir. Le garçon attrapa un crabe dans une flaque entourée de rochers, puis abattit une mouette avec sa fronde. De son côté, Pirra dénicha une plante bizarre qu'elle appelait du fenouil marin ; pour Hylas, ses feuilles ressemblaient aux doigts d'un gros bébé vert.

Même le dauphin les aida en jetant sur les galets une créature grise et gluante, qui respirait faiblement : une pieuvre. Hylas voulut la relancer dans la Mer, mais Pirra l'obligea à la tuer. Il refusa toutefois de la nettoyer, et dit à Pirra de se débrouiller. Avec un bâton, elle gratta l'intérieur de l'animal en grimaçant de dégoût. À croire que c'était la première fois qu'elle voyait des entrailles, pensa Hylas. Ensuite, ils firent griller la pieuvre au-dessus du feu.

Il lui laissa une part de son repas, et elle partagea le sien elle aussi. Elle lui expliqua que les pieuvres sont sacrées car elles ont le sang bleu, ce qui dissuada presque Hylas d'y goûter ; finalement, il trouva la chair succulente, très tendre. Le fenouil n'était pas mauvais lui non plus, aussi croquant que du chardon, avec un goût de Mer. Pirra l'avait fait cuire dans un tesson de la jarre qu'elle avait brisée.

Lorsqu'ils eurent terminé, le Soleil baissait et les ombres rampaient depuis les falaises. Ils restèrent assis près du feu, Hylas se nettoyant les dents avec une épine, Pirra peignant sa chevelure emmêlée avec ses doigts, sourcils froncés. Plusieurs petites haches s'étaient détachées de sa tunique, mais elle avait encore ses colliers et ses bracelets. Sur sa joue, la marque avait viré au rouge vif. Comment pouvait-elle grimacer de douleur quand elle avait du mal à démêler un nœud dans ses cheveux, alors que jamais elle ne se plaignait de la brûlure ? se demanda Hylas.

Il songea à aller chercher des racines de mauve afin de lui préparer un cataplasme, puis il se ravisa. Elle l'avait aidé à sauver le dauphin, c'était vrai, mais cela ne faisait pas d'elle une amie. Il n'avait pas oublié que les Keftiens étaient alliés aux Corbeaux.

Par ailleurs, comment pouvaient-ils devenir amis, étant donné qu'il avait l'intention de l'abandonner sur l'île ? Cette idée lui plaisait de moins en moins ; cependant, quel autre choix avait-il ? Il lui était impossible d'emmener cette Keftienne avec lui en Lykonia. Hylas devait avant tout retrouver Issi. Il se dit qu'il n'arriverait rien de fâcheux à Pirra. Il lui laisserait de quoi manger ; un navire finirait par passer par là et lui porterait secours. Et s'il s'agissait des Corbeaux, eh bien, tant pis pour elle, il n'y pouvait rien.

À mesure que le crépuscule approchait, la fille paraissait plus agitée. Hylas devina qu'elle s'inquiétait à propos des hérissons. Autant la rassurer sur ce point, pensa-t-il. Il se mit à lui expliquer ce qu'était réellement un hérisson, mais elle eut l'air si ébahie qu'il fut pris d'un fou rire. Se tenant les côtes, il vit un grand sourire se dessiner sur le visage de Pirra, qui posa la main sur sa joue pour protéger sa brûlure.

— Je n'en reviens pas, finit-elle par dire d'un ton empreint de regret. Comment as-tu pu inventer une chose pareille ?

Hylas s'essuya les yeux.

— Tu aurais dû voir la tête que tu faisais !

— Tu n'es pas vraiment un guerrier, constata-t-elle en tripotant ses bracelets.

— Et toi, tu ne sais pas lancer de sortilèges.

Ils échangèrent un sourire hésitant.

— Mais je suis bel et bien la fille de la Grande Prêtresse. Je ne t'ai pas menti à ce sujet.

— Dans ce cas, pourquoi t'es-tu enfuie ?

Le visage de Pirra s'assombrit.

— Il le fallait.

— Non. Tu es riche. Tu as tout ce que tu désires.

— Oh, oui, je suis riche, répondit-elle avec tant d'amertume que le garçon en fut surpris. Tu vois cette tunique ? Elle est teinte en pourpre keftien, que l'on fabrique à partir de milliers de coquillages broyés. Elle est plus précieuse que de l'or.

— Tu as inventé tout ça, grommela-t-il.

Elle lui décocha un regard plein de curiosité.

— Tu ne sais pas grand-chose, finalement.

— J'en sais plus que toi.

— Pas à propos de Keftiu, en tout cas. Je parie que tu ignores même où ça se trouve.

Hylas resta muet.

— Keftiu est très loin d'ici, au sud. Un territoire aussi vaste que l'Akea. Mais nous n'avons pas de guerriers, seulement des paysans, des artisans et des marins. Chacun doit apporter un douzième de ce qu'il possède, récoltes, bétail ou objets, à la Maison de la Déesse. C'est dans ce lieu que je vis. La Maison est dix fois plus grande que la forteresse de ton Gouverneur...

— C'est impossible. Aucun endroit n'est aussi grand que Lapithos.

— Tu te trompes.

Hylas lui jeta un coup d'œil indécis.

— Pourquoi est-ce que tout le monde doit apporter des choses à la Maison de la Déesse ?

Pirra hésita avant de reprendre :

— Il y avait jadis une île au nord de Keftiu. La plus riche et la plus belle qui soit. Mais ses habitants provoquèrent la colère du Trembleur-de-Terre et celui-ci tapa si fort du pied que l'île explosa. Une vague immense traversa la Mer et frappa Keftiu. Le Soleil s'obscurcit. Un tremblement de terre détruisit la Maison de la Déesse.

Elle s'interrompit, les yeux rivés sur les flammes.

— Cela s'est passé très longtemps avant ma naissance et, depuis, tout a été reconstruit. Cependant, jamais nous n'avons oublié. La Mer donne la vie, mais elle apporte aussi la mort.

Hylas extirpa un petit bout de viande coincé entre ses dents.

— Dans les montagnes, la terre vibre parfois, mais jamais ainsi. C'est drôle, vous l'appelez la Déesse, et nous la Mère des Créatures Sauvages. En revanche, nous avons le même nom pour le Trembleur-de-Terre.

Pirra eut un petit sourire de mépris.

— Il arrive que même les Akéens comprennent certaines choses.

— Je suis lykonien.

Elle haussa les épaules.

— Cela revient au même. La Lykonia fait partie de l'Akea.

Hylas ajouta du bois au feu.

— Et cette Maison de la Déesse, à quoi est-ce qu'elle ressemble ?

— L'endroit... grouille de gens. Comme un essaim d'abeilles. Je l'appelle « la ruche de pierre ». Je n'y étais jamais seule, il y avait toujours quelqu'un pour m'épier.

Tandis qu'elle poursuivait son explication, Hylas imagina un grand village de pierre d'un blanc étincelant. Il tâcha aussi de se représenter d'énormes haches de bronze poli à double tranchant, des jarres à offrandes de cristal et d'or martelé, des amphores hautes de dix coudées contenant un vin noir et sucré et des hommes au torse nu voltigeant au-dessus de taureaux à la charge. Tout était prévu pour apaiser les dieux et empêcher que survienne une catastrophe.

— Voilà pourquoi je suis si riche, ajouta Pirra. J'ai passé presque toute mon existence dans une prison de pierre.

— C'est affreux, répondit-il non sans ironie. Des vêtements chauds. De douces peaux de mouton sur lesquelles t'endormir. De la viande chaque jour. Comment as-tu fait pour supporter tout ça ?

Elle se rembrunit.

— Je me doutais que tu ne comprendrais pas.

— Pourquoi t'es-tu brûlé la joue ?

Elle le dévisagea brièvement.

— Sais-tu en quoi ton poignard a été fabriqué ?

— Quoi ? demanda-t-il, surpris. Évidemment. Il est en bronze.

— Mais sais-tu ce qu'est le bronze ? C'est un alliage de cuivre et d'étain. Deux métaux que l'on trouve profondément enfouis dans la terre et que l'on accouple en les plongeant dans le feu.

— Qu'est-ce que cela a à voir avec ta joue brûlée ?

— Tout, répliqua-t-elle avec une brusque férocité. Les Akéens ont besoin de bronze pour fabriquer leurs armes. Ils ont beaucoup de cuivre, mais pas d'étain. Les Keftiens ont eux aussi besoin de bronze, et, même si nous n'avons ni cuivre ni étain, nous obtenons ce dernier dans les déserts lointains qui s'étendent à l'est. Voici ce qui s'est passé : ma mère a conclu un marché avec un gouverneur akéen. Nous échangerons notre étain contre leur cuivre. De cette manière, Keftiu et l'Akea auront du bronze.

— Mais quel mal y a-t-il à ça ?

— Laisse-moi terminer, rétorqua-t-elle.

À la lueur des flammes, elle affichait une expression aussi farouche que celle d'un épervier.

— Pour sceller cet accord, ma mère a accepté de me donner en mariage. Et j'ai refusé ! J'ai donc pensé que, si j'étais défigurée, les Akéens ne voudraient plus de moi. Je me suis trompée. Voilà tout. Ce qui explique pourquoi j'ai dû m'enfuir.

Hylas prit un bout de bois pour attiser le feu.

— Tu n'as pas emporté de nourriture avec toi. Une erreur stupide.

— De la nourriture ? s'écria-t-elle avec mépris. Tu ne penses donc qu'à manger ?

Il la regarda avec franchise.

— Tu ne sais pas ce que c'est, la faim.

— Si, je sais. Sur cette île, par exemple...

— Non. Le pêcheur t'avait laissé du poisson. La faim, c'est autre chose. C'est une souffrance.

— Mais, si tu étais pâtre, tu ne devais jamais être affamé : tu avais du lait et de la viande à volonté.

Hylas rit d'une voix rauque.

— Les chèvres que je gardais ne m'appartenaient pas ! Et puis, il est difficile de voler beaucoup de lait ; au bout d'un moment, cela se remarque et, dans ce cas, on est bon pour une correction.

Elle cligna des yeux.

— Tu étais battu ?

Il haussa les épaules.

— Et alors ? Je ne pouvais rien y faire.

— Mais... pourquoi tu ne t'enfuyais pas ?

— Tu crois que je n'ai pas essayé ? s'exclama-t-il, agacé. À chaque fois, ils envoyaient les chiens sur nos traces. Et, la dernière fois qu'ils nous ont rattrapés, ce n'est pas moi qu'ils ont battu. Mais Issi.

— Qui est Issi ?

Il jeta le bâton au loin.

— Il fera bientôt nuit, répondit-il sèchement. Réparons ces abris, sinon nous n'aurons pas d'endroit où dormir.

◊◊◊

Après avoir ajouté quelques planches aux abris, Hylas prit la carapace du crabe et se dirigea vers l'eau pour la donner à Esprit.

Il s'en voulait d'avoir laissé Pirra le distraire avec toutes ses histoires sur la Maison de la Déesse. Pas une fois elle n'avait mentionné les Corbeaux.

À dire vrai, il avait été tellement occupé à sauver le dauphin qu'il en avait presque oublié ce qui l'avait conduit sur cette île. Mais plus maintenant. Il en avait assez de fuir. Assez de se contenter de survivre. Les Corbeaux ne traquaient pas les Parias sans raison, et Hylas avait la ferme intention de découvrir pourquoi.

Esprit ne voulut pas de la carapace du crabe ; il la lança en l'air une ou deux fois, puis s'en désintéressa. Il s'était remis de son éprouvante journée, mais il paraissait pourtant sans énergie, inhabituellement calme. Lorsque Hylas entra dans l'eau, le dauphin pencha la tête sur le côté et le considéra d'un air triste.

Pour la première fois ce jour-là, le garçon se demanda comment l'animal avait pu s'échouer sur le rivage.

— Pourquoi as-tu fait ça ? dit-il doucement. Pourquoi as-tu voulu venir sur la plage ?

Le dauphin plongea dans les vagues. Les étoiles qui se reflétaient sur l'eau se mirent à tanguer derrière lui.

Il est seul, songea Hylas. *Où est passé son groupe ? Essaie-t-il de le retrouver ? C'est peut-être pour cette raison qu'il s'est échoué.*

Était-il possible qu'Esprit soit à la recherche de sa petite sœur, tout comme lui, Hylas, était à la recherche d'Issi ?

— Il doit se sentir seul, déclara Pirra.

Elle s'était approchée du garçon et se tenait au bord de l'eau, frêle silhouette dans la pénombre.

— Il n'a pas de bande ? De famille ?

— Ils sont partis. J'ignore où.

— Voilà pourquoi il a l'air malheureux. Les dauphins ne supportent pas la solitude.

— Que sais-tu des dauphins ? répliqua sèchement Hylas.

Pirra sourit.

— Les Keftiens les connaissent bien. Ils sont les gardiens de la Mer. Si on leur fait le moindre mal, on est condamné à mourir.

— Je savais tout ça, mentit le garçon.

Elle s'avança et tendit la main. Esprit glissa devant elle et se laissa caresser.

— On dit qu'un dauphin ne s'arrête jamais de bouger, ajouta Pirra. Qu'il entend tout ce qui se passe dans la Mer. Et qu'il peut même voir dans le noir. Il est aussi capable de percevoir des choses invisibles : un carrelet enfoui dans le sable, par exemple, ou un bébé dauphin dans le ventre de sa mère. Il peut aussi voir le cœur d'un homme battre dans sa poitrine.

Elle marqua une pause.

— Mais jamais je n'avais rencontré quelqu'un qui puisse parler à un dauphin.

— Je ne peux pas lui parler, pas vraiment, reconnut Hylas. En tout cas, je ne comprends pas ce qu'ils se disent entre eux. Parfois, j'arrive simplement à deviner ce qu'il ressent. Et quand il me regarde, c'est comme… comme s'il arrivait à lire dans mes pensées…

Il s'interrompit, embarrassé.

Esprit décrivit un cercle et, d'un coup de nageoire, aspergea Pirra. Celle-ci se mit à rire.

Hylas se retrouva à lui raconter sa traversée depuis la Lykonia – la barque à la dérive, la tempête, le requin et son sauvetage par les dauphins. Quel soulagement de pouvoir tout lui dire. Mais lorsqu'il mentionna le feu bleu, elle retint un cri de surprise.

— Tu as vraiment vu le feu bleu ?

— Pourquoi ? Que signifie-t-il ?

Elle hésita avant de répondre :

— Parfois, sur Sa requête, des dauphins se rassemblent autour de la Déesse. Ils nagent tout près d'Elle, si près qu'ils sont éclaboussés par Son ombre d'un bleu ardent. Oui, Hylas, Son ombre. Le feu bleu. Voilà ce dont tu as été témoin.

Il remonta sur la plage. La brise nocturne le fit frissonner. Il repensa à la première fois où il avait vu Esprit, jaillissant de la Mer dans une pluie d'un bleu étincelant. Il se sentait oppressé. Effrayé. Il n'avait pas envie que le dauphin soit sacré. Il voulait simplement qu'il soit son ami.

Pirra le suivit en pataugeant.

— Rares sont ceux qui ont déjà vu le feu bleu, dit-elle d'un ton paisible, en essorant le bas de sa tunique. Je me demande pourquoi c'est tombé sur toi.

Hylas se souvint du Keftien rencontré dans le tombeau et de sa mèche de cheveux flottant sur les vagues. Il avait le sentiment alarmant d'être entraîné dans quelque chose qui le dépassait et dont il ignorait tout. Pour quelle raison était-il arrivé ici, sur l'île de la Déesse ? Qu'y avait-il de l'autre côté de ces falaises, lesquelles les empêchaient de pénétrer dans les terres ?

— Hylas... murmura Pirra. Qui es-tu vraiment ? Et pourquoi les Corbeaux te pourchassent-ils ?

Étrange qu'elle soit la première à aborder ce sujet, pensa-t-il.

— Ils traquent les Parias, répondit-il, méfiant.

— Tu es donc un Paria ? Qu'est-ce que c'est, exactement ?

Il le lui expliqua avant d'ajouter :

— Je crois que vous autres, Keftiens, vous nous appelez le Peuple Sauvage.

Pirra réfléchit un instant.

— J'ai entendu parler d'eux. Il en reste cependant peu sur Keftiu. On raconte qu'ils ne quittent pas les hautes montagnes. Mais j'ignorais que certains vivaient en Akea. Pourquoi les Corbeaux en ont-ils après les Parias ?

— À toi de me le dire. Ils sont vos alliés.

— Ma mère a peut-être conclu un marché avec ces guerriers, déclara-t-elle avec irritation, mais moi, je n'ai rien à voir avec eux, si c'est ce que tu insinues !

— Tu dois pourtant être au courant de quelque chose ! Pourquoi m'ont-ils poursuivi cette nuit-là, sur la côte de la Lykonia ?

— Je n'en sais rien ! Userref m'a dit que…

— Qui est Userref ?

— Mon esclave. Les Corbeaux lui ont expliqué que tu avais tenté de tuer le fils de Thestor, mais nous avons compris que c'était…

— Quoi ? s'écria Hylas, scandalisé. C'est un mensonge !

— Oui, justement, nous ne les avons pas crus…

— Jamais je ne m'en prendrais à Telamon… C'est mon meilleur ami !

— Tu es l'ami du fils de Thestor ? s'exclama Pirra, frappée de stupeur. Mais… cela n'a aucun sens.

— Pourquoi ? Parce qu'il est riche et moi pauvre ?

— Non. Parce que c'est à lui que ma mère veut me marier et que…

— Telamon ? Tu es censée épouser Telamon ? Tu n'aurais pas pu me le dire plus tôt ?

— Pour quelle raison ? J'étais loin de m'imaginer que vous étiez amis !

— Pourquoi pas ?

Pirra s'apprêtait à répondre – puis elle se ravisa. Son visage se ferma. Hylas devina qu'elle était décidée à ne pas prononcer un mot de plus. À l'évidence, elle ne se fiait pas à lui. Un sentiment réciproque.

— Tu me caches des choses, affirma-t-il d'un ton accusateur.

— Toi aussi, rétorqua-t-elle. Où as-tu trouvé ce poignard ? Comment connais-tu le nom que nous donnons aux Parias, alors que tu prétends ne jamais avoir rencontré de Keftiens avant moi ?

Il ne répondit pas. Les liens fragiles qui s'étaient spontanément noués entre eux venaient de se rompre.

— Nous ferions mieux d'aller nous reposer, déclara Hylas d'un ton abrupt.

— Parfait, répliqua sèchement Pirra.

Cette nuit-là, Hylas resta éveillé dans son abri, à écouter l'eau noire qui léchait les galets.

Telamon n'avait pas mentionné le marché que son père avait conclu avec Keftiu. Mais il était vrai qu'il ne parlait jamais de ce qui se passait à Lapithos : il craignait de paraître vantard aux yeux de son ami. De plus, il aurait sans doute été embarrassé de lui avouer qu'il devait se marier.

À moins que Pirra n'ait menti. Qu'elle n'ait tout inventé afin de détourner l'attention d'Hylas des Corbeaux.

La Mer s'apaisa et le croissant de Lune s'éleva dans le ciel, mais Hylas n'arrivait pas à s'endormir. Après cette discussion sur les Corbeaux, ceux-ci lui paraissaient beaucoup plus proches. Il imagina leurs navires, sinistres, avec leurs voiles noires, qui fendaient les flots et venaient vers lui. La Mer les porterait-elle jusqu'ici ? Pirra le trahirait-il ?

Aucun bruit ne sortait de l'abri de la Keftienne, mais il entendait clairement sa respiration ; il comprit qu'elle ne dormait pas, elle non plus.

Elle ne lui disait pas tout. Hylas en était convaincu.

En tout cas, il était certain d'une chose : il ne pouvait lui faire confiance. Dès qu'ils auraient construit le radeau, il partirait et l'abandonnerait sur l'île.

CHAPITRE VINGT-DEUX

Pirra avait cru que les choses s'amélioraient entre Hylas et elle, mais la conversation de la veille avait tout changé. S'il était réellement ami avec le fils du Gouverneur de la Lykonia – ce qu'elle avait du mal à concevoir –, moins elle en dirait, mieux cela vaudrait.

Elle décida de faire profil bas et d'aider le garçon à construire le radeau ; une fois qu'ils auraient atteint l'Akea, elle lui fausserait compagnie.

Que se passerait-il ensuite ? Elle n'en avait qu'une vague idée. D'ailleurs, elle avait un problème plus urgent à régler : elle avait le pressentiment qu'Hylas prévoyait de l'abandonner sur l'île.

Non, elle devait se tromper. Il ne pouvait être aussi impitoyable – bien qu'il soit lykonien. Mais... si elle avait raison ?

Récupérer du matériel pour fabriquer le radeau se révéla épuisant. Tandis que Pirra attendait sur les rochers, Hylas franchissait le pont de fortune qui les séparait de l'épave ; là, à l'aide d'une hache trouvée dans la cale, il dégageait un morceau de bois, y nouait une corde et lui jetait l'autre extrémité. Elle se précipitait pour la rattraper, mais la manquait souvent, ce qui déclenchait la colère du garçon. Quand elle y parvenait, Hylas traversait la planche à quatre pattes et l'aidait à tirer le bout de bois jusqu'à eux.

Ils découvrirent aussi trois tablettes de cire d'abeille – ils décidèrent de les faire fondre et de s'en servir pour colmater les fissures – et quatre jarres intactes ; d'après leurs sceaux, Pirra comprit qu'elles contenaient des olives.

À la tombée de la nuit, trop fatigués pour se disputer, ils s'assirent près du feu et ôtèrent les échardes qui s'étaient glissées sous leur peau.

Le lendemain, ils transportèrent leurs trouvailles près de leurs abris ; Hylas avait insisté pour construire le radeau derrière les rochers afin que personne ne puisse l'apercevoir depuis la Mer. Les Corbeaux représentaient une menace constante, et Pirra et lui ne cessaient de surveiller l'horizon, craignant à chaque instant d'apercevoir un navire.

Hylas travaillait avec une détermination inébranlable, ne marquant de pause que pour aller poser quelques pièges à poissons ou des collets pour les oiseaux. Il ne demandait même plus à Pirra de lui montrer où elle allait puiser de l'eau, et, quand elle mentionna la grotte, il se contenta de hocher la tête et la laissa s'y rendre seule.

Elle aurait préféré qu'il l'accompagne. Elle détestait cet endroit. À l'entrée, des touffes d'asphodèles aux épines plus hautes qu'elle montaient la garde ; pour y pénétrer, elle devait se tortiller à reculons, les bras contre la poitrine, puis se laisser tomber dans l'obscurité froide, humide et emplie de murmures. Le plafond était trop bas pour qu'elle puisse tenir debout et les roches l'oppressaient. Mais elle ne pouvait demander à Hylas d'y venir à sa place, car c'était le seul lieu qu'elle connaissait mieux que lui.

Dans l'ensemble, ils parvenaient malgré tout à s'entendre, et Pirra commença à se dire que ses soupçons étaient infondés. À un moment, il lui lança une paire de sandales qu'il avait dénichée dans l'épave ; il les avait découpées afin qu'elles soient à sa taille. Un autre jour, Hylas lui apprit à nager : il l'obligea à sauter dans une large flaque entourée de rochers en lui criant de se servir de ses bras et de ses jambes. Elle avala tant d'eau salée qu'elle en eut des vomissements, mais elle finit par savoir barboter.

Une nuit, il fit un cauchemar. Il se mit à donner des coups de pied dans son abri et à hurler : « Issi ! Ouste ! Où êtes-vous ? » Lorsque Pirra le secoua pour le réveiller, il parut hébété, bien moins inflexible que durant le jour. Elle voulut savoir qui était Issi. En clignant des yeux, Hylas lui expliqua que c'était sa petite sœur et qu'elle avait disparu quand les Corbeaux les avaient attaqués ; il parla aussi de son chien, Ouste, tué par les guerriers. Pirra eut de la peine pour lui mais elle l'envia aussi, car il avait eu un chien. Elle était contente qu'il lui ait dit qui était Issi. Cela l'intriguait : elle s'était toujours demandé ce que cela faisait d'avoir une petite sœur.

Le troisième jour, ils entamèrent la construction du radeau. Ils avaient récupéré neuf longueurs de bois, quatre planches plus petites et deux rondins qui serviraient, selon Hylas, à mettre l'embarcation à l'eau – opération qui restait encore un mystère pour Pirra. Le garçon plaça deux planches à trois pas de distance, sur lesquelles, avec l'aide de Pirra, il aligna les autres morceaux de bois. L'idée était de déposer ensuite les deux planches restantes au-dessus, puis d'attacher leurs extrémités afin que les bouts de bois plus longs se retrouvent au centre.

La tâche se révéla extrêmement difficile. Afin de maintenir la structure en place, ils furent obligés d'y empiler des pierres ; Hylas dut creuser des encoches dans les planches pour éviter que les cordes ne glissent. Concevoir un gouvernail leur posa un autre problème, mais Pirra se souvint tout à coup d'une fresque qu'elle avait souvent observée dans les appartements de sa mère, laquelle représentait une barque de cérémonie égyptienne ; elle suggéra alors au garçon de fabriquer un gouvernail à l'aide d'une rame fixée sur trois bâtons qui serviraient de trépied.

Lorsqu'ils eurent terminé, Pirra se sentit très fière.

— Il a l'air parfait.

— Il fera l'affaire, répondit Hylas.

Il était occupé à rassembler les mulets qu'il avait mis à sécher en prévision du voyage et à attacher d'autres réserves de nourriture sur le radeau. Pirra remarqua alors qu'il avait laissé près des abris deux des quatre jarres d'olives trouvées dans l'épave, de même que la seconde outre dénichée dans la cale.

Elle faillit tomber à la renverse en comprenant que ces provisions lui étaient destinées, à elle. Son pressentiment se confirmait : Hylas avait bel et bien l'intention de l'abandonner sur l'île.

La consternation, la rage et le chagrin luttèrent en elle. La rage l'emporta. Ses mains furent parcourues de picotements. Elle entendit le sang battre à ses oreilles. Elle eut envie de se jeter sur lui, de le frapper de ses poings en hurlant : *Espèce de sale petit menteur !*

— Passe-moi cette corde, s'il te plaît, grommela Hylas.

— Va la chercher toi-même, rétorqua-t-elle sèchement.

Il leva les yeux vers elle.

— Qu'est-ce qui ne va pas ?

— Oh, je ne sais pas trop, répondit Pirra d'un ton doucereux. Je suis peut-être un peu irritée à l'idée d'avoir travaillé comme une esclave pendant quelques jours, en m'imaginant que tu m'emmènerais avec toi. Mais tu m'as menti.

Le garçon s'empourpra.

— C'est vrai, n'est-ce pas ?

— Oui, admit-il.

— Oui ? s'exclama-t-elle. C'est tout ce que tu trouves à dire ?

— Oui.

Elle n'en revenait pas.

— Tu n'as donc... aucun sens de l'honneur ?

Il étouffa un ricanement.

— L'honneur, c'est bon pour ceux qui mangent toujours à leur faim.

— Et de la gratitude ? Je t'ai aidé à sauver le dauphin ! À construire ce maudit radeau !

Hylas se redressa et fixa Pirra droit dans les yeux. Un regard posé, sans la moindre trace de honte.

— Je suis désolé, déclara-t-il, impassible. Mais je dois retrouver ma sœur. Tu me gênerais.

— Quoi ? s'écria-t-elle, furibonde. Si je ne t'avais pas aidé...

— Écoute, Pirra. Atteindre la Lykonia prendra peut-être des jours. Si nous sommes deux sur le radeau, comment ferons-nous pour manger ? Je ne pourrai pas attraper suffisamment de poissons pour nous deux, et toi tu ne sais pas pêcher. Par conséquent, soit nous mourrons de faim, soit je serai obligé de te jeter à l'eau, où tu seras dévorée par les requins. Je préfère te laisser ici : tu auras de meilleures chances de survie. Crois-moi, tu seras plus en sécurité sur cette île.

— Oh, comme c'est gentil. Je suis sans doute censée te remercier ?

— Non. Seulement te plier à ma décision.

— Tu es vraiment horrible ! Il n'y a que toi qui comptes, pas vrai ?

— Même si tu venais avec moi, reprit-il, que feraistu une fois arrivée en Lykonia ? C'est justement l'endroit que tu cherches à éviter ! Et tu ne pourrais pas retourner à Keftiu. Où irais-tu ?

— Je te déteste ! hurla Pirra.

Elle s'empara des outres et partit en courant en direction du promontoire.

◊◊◊

Pirra était tellement furieuse qu'elle en oublia presque d'avoir peur en arrivant à la grotte.

Les dents serrées, elle se faufila dans la fissure et se laissa engloutir par la pénombre ; là, elle plongea les outres dans la rivière souterraine en les tenant fermement par le goulot, avec l'impression d'étrangler des chatons.

Cependant, alors qu'elle gravissait de nouveau le flanc rocheux du promontoire, chargée des deux outres pleines, sa colère retomba et elle perdit courage. Il était normal qu'Hylas ne veuille pas d'elle. Elle n'était bonne à rien. Et lui hurler après n'avait pas servi à grand-chose – seulement à prouver qu'elle était incapable de garder son sang-froid, et que, par conséquent, il avait raison de ne pas l'emmener.

De même, il avait raison sur un autre point : elle n'avait nulle part où aller. Le désespoir la submergea. Elle n'avait personne au monde sur qui compter.

Elle entendit des cailloux rouler au-dessus d'elle et leva les yeux. Hylas arrivait à toute allure.

— Qu'est-ce que tu me veux ? demanda-t-elle d'une voix éteinte.

Le garçon la saisit par le poignet et l'entraîna derrière lui dans la pente.

— Vite ! s'écria-t-il, à bout de souffle. Où est cette grotte ?

— Quoi ?

— La grotte ? Où est-elle ? Nous devons nous cacher ! J'ai vu des navires au loin !

CHAPITRE VINGT-TROIS

— C'est Esprit qui m'a averti, expliqua Hylas, hors d'haleine, tout en dévalant la pente. Il n'arrêtait pas de faire claquer sa queue sur l'eau.

— Combien de navires as-tu vus ?

— Deux. Mais ils sont encore trop loin pour qu'on puisse savoir si ce sont ceux des Corbeaux. La grotte est ici ?

Ils venaient d'atteindre les asphodèles.

— Je vais entrer la première, dit Pirra.

Elle se tortilla dans la brèche et retomba sur les roches, tenaillée par la peur. Elle imagina les bateaux mouillant l'ancre dans la baie, les hommes débarquant sur le rivage… Sa mère, d'un tempérament implacable, n'hésiterait pas à faire fouiller l'île entière.

— Attrape !

Hylas lui lança les outres, puis sauta près d'elle.

Il avait apporté deux tiges de férule, embrasées aux flammes de leur feu de camp. Pirra s'étonna de la prévoyance du garçon ; il ne semblait pas non plus effrayé par la grotte. Selon elle, la lueur incertaine des torches ne faisait qu'accentuer les ténèbres qui les entouraient. Elle était presque convaincue que des fantômes les cernaient, se pressant dans ce passage obscur qui reliait le monde des vivants à celui des morts. Hylas ne les percevait-il donc pas ?

Il explora les lieux, scruta plusieurs fissures, puis s'agenouilla pour goûter l'eau noire qui courait à leurs pieds.

— Elle est bonne, constata-t-il. On pourrait rester cachés ici des jours.

— C'est hors de question, s'empressa de répondre Pirra. L'endroit est trop petit. Nous manquerions d'air.

— Mais non, je sens une légère brise, dit-il en flairant l'obscurité. Et une odeur salée. Il doit y avoir un chemin qui mène à la Mer, ajouta-t-il avant de claquer des doigts. Je m'en souviens, maintenant ! Le jour où je suis arrivé sur l'île, j'ai aperçu une grotte qui donnait directement sur la Mer. Voilà d'où vient ce courant d'air.

— Hylas...

Il passa la tête entre deux hauts piliers rocheux, froids et humides.

— Je crois que j'ai trouvé une ouverture, annonça-t-il.

Avant qu'elle ne puisse l'en empêcher, il se faufila dans l'interstice et disparut.

— Hylas ! siffla-t-elle avec insistance.

— Viens ! l'appela-t-il. Le passage s'élargit !

Prenant sur elle, Pirra se glissa à son tour entre les deux piliers.

Elle émergea dans une caverne exiguë, trop basse de plafond pour qu'on puisse s'y tenir debout, emplie d'un souffle moite.

— Nous allons nous perdre ! lança-t-elle, pantelante.

— Non. Pas si nous savons retrouver les deux hauts piliers près de l'entrée, et ce gros caillou rouge en forme de main que nous avons croisé dans le virage...

— Mais pourquoi nous enfoncer dans ces grottes ?

— Pour trouver une autre sortie d'où nous pourrons voir ces navires. Sinon, nous ne saurons pas s'ils se sont éloignés ou s'ils ont mis le cap sur l'île...

Sa voix faiblit tandis qu'il passait un coude dans le tunnel.

Pirra, courbée, le suivit en courant. À la lueur vacillante de sa tige de férule, des roches surgissaient devant elle et des ombres s'enfuyaient en rampant. Elle entendait des « plics » résonner de toutes parts – un léger bruit d'eau qui ne parvenait pas à couvrir le silence insondable de ce monde de pierre.

Quelque chose frôla sa cheville. Elle étouffa un cri.

C'était une guirlande de fleurs, si vieille et flétrie qu'elle tomba en poussière quand Pirra la repoussa du bout de sa sandale. Elle porta la main à son sceau. Les parois rocheuses lui renvoyaient l'écho de sa propre peur. Dans l'obscurité, elle distingua de petits épis d'orge friables, lesquels avaient dû être récoltés nombre d'étés plus tôt, et des feuilles d'olivier aussi grises que la mort. D'autres personnes les avaient précédés ici. Elle pensa aux Disparus : les gens qui avaient autrefois vécu sur cette île et qui s'étaient mystérieusement évanouis.

Çà et là, glissées dans des anfractuosités, elle aperçut de modestes offrandes de terre cuite : un oiseau minuscule, un taureau, un serpent. Les Keftiens, accoutumés à ces rituels, se rendaient souvent dans des sanctuaires situés dans les montagnes ou dans des grottes, où ils déposaient les premiers fruits de leurs récoltes ainsi que de petits animaux sauvages d'argile ou de bronze.

Sur une corniche, elle vit un dauphin d'argile couché sur le flanc ; ses yeux peints, délavés par l'âge, étaient curieusement vifs.

Devant elle, la torche d'Hylas n'était plus qu'un petit point lumineux.

Pirra redressa la figurine et reprit sa course derrière le garçon.

◊◊◊

Se retrouver coincé sur le rivage avait été une expérience effroyable, et jamais le dauphin ne se serait de nouveau approché de cette terre s'il n'avait pas été aussi inquiet pour les siens. Ils étaient perdus quelque part à l'intérieur de l'île et leurs cris de plus en plus ténus lui indiquaient qu'ils s'affaiblissaient.

Et maintenant, l'île avait aussi avalé le garçon et la fille.

Le dauphin ne pouvait pas les abandonner. D'abord parce qu'ils lui avaient sauvé la vie ; et ensuite, parce qu'ils comptaient beaucoup pour lui, plus que tous les autres humains qu'il avait eu l'occasion de rencontrer. Il ne voulait pas qu'il leur arrive quoi que ce soit de fâcheux.

Surtout au garçon. Même quand il était occupé, cela ne l'empêchait pas de tapoter les vagues avec sa nageoire dès que le dauphin était dans les parages ; et, lorsque le dauphin s'approchait, le garçon le caressait et s'adressait à lui dans sa langue étrange et rugueuse.

De même, quand la nuit était tombée dans le Dessus et que la fille dormait, le garçon descendait parfois sur la plage et attendait tranquillement dans les eaux peu profondes ; le dauphin venait alors nager autour de lui. Durant ces moments, ils n'avaient plus besoin de se parler : le garçon et le dauphin, tout en étant ensemble, pouvaient se sentir seuls et penser à ceux qui leur manquaient.

Ce devait pourtant être épouvantable d'être un humain ! Être obligé de supporter cette affreuse chaleur éblouissante ! Ne pouvoir se mouvoir dans les forêts ondulantes de varech vert et frais, où nagent de délicieuses brèmes. Ne pas connaître les terrains de chasse obscurs et profonds où il faut cliquer très fort et très vite pour dénicher les raies qui s'enfouissent sous le sable. Tout cela donnait envie au dauphin d'attraper le garçon par la nageoire et de plonger avec lui, de traverser le Bleu-Profond scintillant pour rejoindre le Noir-Profond et lui montrer ce que c'était que d'être réellement un dauphin, lorsqu'on ne fait plus qu'un avec la Mer.

Voilà pourquoi le dauphin ne pouvait s'éloigner de l'île : un enchevêtrement d'inquiétude, de pitié et d'amour le retenait à cette terre. Il lui fallait retrouver sa bande et veiller sur les humains.

Mais pourquoi avaient-ils disparu dans ce trou ?

Le dauphin avait compris depuis quelque temps que le garçon et la fille se cachaient, car ils observaient souvent la Mer et il sentait leur peur crépiter à travers l'eau. Il avait deviné qu'ils cherchaient à éviter d'autres humains. Le dauphin savait désormais qu'il ne s'était pas trompé : lorsqu'il avait prévenu le garçon à propos des arbres flottants, celui-ci s'était aussitôt enfui.

Mais pourquoi étaient-ils allés se terrer dans un trou, comme une paire d'anguilles ? Et pourquoi avoir choisi celui-ci entre tous ?

C'était ce trou qui menait à l'Endroit des Échos Chantants. Tous les dauphins en connaissaient l'existence, mais aucun ne s'y était jamais aventuré. Ce lieu n'était pas fait pour les dauphins – et pas davantage pour les humains. Il était réservé aux échos qui chantent, aux pauvres fantômes maigres et, parfois, à la Lumineuse en personne.

Tandis que le dauphin se mouvait dans les courants compliqués qui se croisaient à l'extérieur de la grotte, il se demanda quoi faire. Il entendait les voix étouffées des humains, très loin à l'intérieur de l'île. Pourquoi s'enfonçaient-ils autant ? Ne savaient-ils pas à quel point c'était dangereux ?

Le bleu du ciel se fit plus intense. Bientôt, il ferait sombre. Mais le dauphin continuait de nager, essayant de percevoir leurs voix.

Il prit soudain conscience d'une nouvelle menace. Il la sentit dans sa nageoire et dans sa mâchoire inférieure, tout à coup douloureuse. Il prit peur.

Quelqu'un était en colère. Et, quand Il était en colère, Il frappait la mer de Son énorme queue et des montagnes entières s'effondraient.

C'était lui que le dauphin craignait le plus.

Celui-du-Dessous.

◊◊◊

— Là-bas ! murmura Hylas près de Pirra. Deux navires. Tu les vois ?

Elle acquiesça.

Après l'obscurité des cavernes, quel bonheur d'émerger dans cette vaste grotte ouverte sur la Mer ! Il avait été difficile de l'atteindre, à cause d'un fleuve souterrain qui traversait la galerie : Hylas et Pirra avaient dû avancer le long d'une corniche, plaqués contre la paroi, risquant à chaque instant de basculer dans l'eau. Quand enfin ils étaient arrivés à l'entrée de la grotte, ils avaient aperçu Esprit qui nageait non loin en claquant des mâchoires. Il paraissait agité. Était-ce la présence des navires qui l'inquiétait ? Hylas l'ignorait. Mais Pirra l'avait à peine remarqué, trop occupée à inspirer des goulées d'air marin, tandis que les pulsations de son cœur s'apaisaient.

Près d'elle, Hylas expira profondément.

— Les navires sont plus petits que tout à l'heure. Ils s'éloignent.

La main sur le front afin de pouvoir supporter l'éclat rougeoyant du Soleil, Pirra scruta les petits points sur l'horizon.

— Ce ne sont pas des bateaux keftiens, affirma-t-elle, soulagée.

— Comment le sais-tu ?

— Leurs voiles sont d'une autre couleur, et leurs proues sont différentes.

— Tu arrives à les distinguer ? Tu dois avoir des yeux d'épervier.

— Ce ne sont pas non plus des Corbeaux. Je crois qu'il s'agit de Phéniciens.

— Comment se fait-il que tu en saches autant, alors que, jusqu'à tout récemment, tu n'étais jamais allée nulle part ? s'enquit le garçon, soupçonneux.

— Les murs de la Maison de la Déesse sont couverts de fresques, répliqua-t-elle d'un ton sec. Et nombre d'entre elles représentent des navires de divers territoires : la Macédoine, l'Akea, les îles Obsidiennes, la Phénicie, l'Égypte. Depuis que j'ai trois étés environ, je n'ai rien d'autre à faire que de les observer. Voilà comment je sais à quoi ressemblent tous ces bateaux.

Une vague vint s'écraser contre les rochers ; ils reculèrent, protégeant des embruns leurs tiges de férule enflammées.

— Nous ferions mieux de repartir d'où nous venons, annonça Hylas.

Pirra jeta un regard anxieux derrière elle. L'entrée de la grotte était béante, prête à les avaler.

— On ne pourrait pas prendre un autre chemin ? proposa-t-elle.

— Lequel ? répondit-il en indiquant les falaises escarpées qui se dressaient au-dessus d'eux et la Mer qui déferlait en contrebas. Si nous nagions là, nous nous fracasserions contre ces rochers – même s'il est probable que tu te noierais avant.

Ils n'eurent d'autre solution que de s'enfoncer de nouveau dans les ténèbres froides. Et, cette fois, l'obscurité parut plus épaisse, car leurs torches étaient presque consumées.

Pirra, résolue, se persuada qu'elle était capable d'y arriver puisqu'elle avait déjà effectué ce parcours. À mesure que la voix de la Mer s'estompait, son étonnement fut grand quand elle s'aperçut que le monde extérieur n'était plus qu'un disque de lumière pâle, lequel disparut après le premier tournant.

Où était passé Hylas ? Elle ne le voyait pas devant elle.

— Hylas ? appela-t-elle.

Rien, à l'exception du plic-ploc de l'eau et de son propre souffle angoissé.

— Hylas !

Elle entendit alors des pas qui couraient dans sa direction. Puis une lumière apparut. Le garçon surgit devant elle, l'air étrangement excité.

— J'ai trouvé une autre caverne ! annonça-t-il, pantelant. Une cachette idéale. Nous pourrons y passer la nuit.

— Quoi ? s'exclama-t-elle. Tu proposes de camper dans ces grottes ?

— L'endroit est assez grand, bien aéré, et il y a de l'eau en quantité.

— Mais les navires sont repartis !

— Ils pourraient revenir.

Hylas devina qu'elle était effrayée. Son visage se durcit.

— Ils ne sont peut-être pas allés très loin, Pirra. Il serait insensé de retourner sur la plage pour l'instant : nous y serions trop visibles. Mieux vaut rester ici.

— Fais ce que tu veux, répondit-elle froidement. Moi, je m'en vais.

— Ne sois pas bête. Si nous nous séparons maintenant, nous risquons de nous faire repérer plus facilement.

— Et alors ? De toute façon, tu as prévu de m'abandonner sur l'île dès demain.

Il ne releva pas sa remarque.

— Écoute… reprit-il.

— Non, c'est toi qui vas m'écouter ! Ton pire cauchemar, c'est de ne plus jamais revoir ta petite sœur. Le mien, c'est de me retrouver enterrée vivante. Par conséquent, tu es libre d'agir à ta guise, mais moi, je préfère sortir d'ici !

Sur ces mots, elle s'enfuit en courant, serrant sa torche dans une main, s'aidant de l'autre pour suivre la paroi à tâtons. Hylas ne chercha pas à la rejoindre, ce qui ne fit rien pour apaiser sa colère.

Le chemin du retour lui parut plus court que l'aller et, bientôt, elle croisa le gros caillou rouge en forme de main qui marquait le tournant. Juste avant que sa tige de férule ne s'éteigne, elle put apercevoir les piliers noirs entre lesquels ils s'étaient faufilés et la lueur bienvenue qui se déversait depuis l'entrée de la caverne.

Elle laissa tomber sa torche, se jeta contre la roche et commença à se hisser vers la grotte. Un morceau de pierre se détacha dans sa main. Elle trouva une autre prise. La paroi vibra.

Elle eut à peine le temps de se demander ce qui se passait. La terre gronda. En l'espace d'une seconde, le grondement se transforma en mugissement. Les roches tremblaient. La lumière semblait danser devant ses yeux. Des pierres commencèrent à s'écraser autour d'elle, tandis que la terre rugissait de plus en plus fort – tant et si bien que Pirra eut l'impression que ce fracas traversait tout son être.

Le Taureau-qui-vit-sous-la-Mer s'agitait dans son sommeil et elle, Pirra, se trouvait dans le pire endroit imaginable : une caverne.

— Hylas ! hurla-t-elle.

Sa voix fut engloutie par les rugissements furieux du Trembleur-de-Terre.

Sans savoir comment, elle réussit à trouver une cavité et se glissa dedans. Puis elle en ressortit aussitôt, de crainte que la roche ne s'effondre sur elle.

Une pierre s'abattit sur sa nuque et des étincelles explosèrent devant ses yeux. Elle essaya de se relever. En pure perte. La terre vibrait si violemment que Pirra ne pouvait tenir debout.

Soudain, la lumière du jour s'éteignit et l'entrée de la caverne se referma brusquement devant elle. Ce fut la dernière chose qu'elle vit.

CHAPITRE VINGT-QUATRE

Hylas ouvrit les yeux. Les referma. Les rouvrit. Peu importait. Autour de lui, c'était le noir total.

Étendu sur le sol, les bras au-dessus de la tête, il sentit les dernières vibrations de colère du Trembleur-de-Terre le parcourir. Il était couvert de poussière. Il toussa à s'en faire pleurer, mais, si étonnant que cela puisse paraître, il n'était pas blessé. Et il n'avait pas perdu le poignard, toujours logé dans le fourreau attaché à sa ceinture.

Quand les grondements firent enfin place au silence, il se releva. Il ne savait pas où il se trouvait ; il pouvait tenir debout en restant courbé. Derrière lui, il perçut un souffle d'air et entrevit une lueur. Devant lui, les ténèbres.

Le cœur battant, il toucha la solide paroi rocheuse. Le plafond de la caverne avait dû s'effondrer.

Il cria le nom de Pirra. Aucune réponse, à l'exception d'un lointain clapotis et du mutisme vigilant de la pierre.

Il l'appela encore et encore. Sa voix lui sembla craintive. Il se tut. Le silence fut pire encore.

Il avait du mal à comprendre ce qui s'était passé. L'instant d'avant, Pirra se trouvait là, furieuse contre lui. À présent, ne restait qu'un amas de roches. Il ressentit un grand vide. Elle méritait mieux que de finir écrasée dans un tremblement de terre. Pourvu qu'elle soit morte rapidement et sans souffrir, pensa-t-il.

En clignant des yeux et en crachant de la poussière, il fit demi-tour et, chancelant, se dirigea vers la lumière.

Au bout de quelques pas, il entendit un léger couinement.

Le dauphin.

Hylas voulut lui répondre par un sifflement. Ne réussit qu'à émettre un faible chuintement. Fit une nouvelle tentative.

L'oreille aux aguets, il attendit, angoissé.

Puis il perçut un appel dans le lointain.

Le garçon déglutit. Tant qu'Esprit était là, il n'était pas seul. Il imagina le dauphin qui nageait à l'entrée de la grotte, ou qui, peut-être, essayait même de s'aventurer dans le cours d'eau se déversant dans les flots salés, tout en lançant son cri limpide qui résonnait dans l'obscurité, pareil à un fil d'argent destiné à guider Hylas vers la lumière.

Si seulement il parvenait à atteindre la Mer ! Avec l'aide d'Esprit, il pourrait retourner dans la baie et là, il...

Et Pirra ? l'interrompit une petite voix.

Quoi, Pirra ? répliqua Hylas. *Je ne peux plus rien pour elle à présent. Elle est morte.*

Et si elle était encore en vie, quelque part derrière ces pierres ? Coincée. Blessée. Terrifiée.

Les sifflements du dauphin se répercutaient dans la pénombre, incitant Hylas à rejoindre l'animal. À se rendre en lieu sûr.

Il frappa la roche de son poing. Il devait d'abord se soucier de lui. Sinon, il ne s'en sortirait pas. Et il ne pourrait repartir en Lykonia pour sauver Issi.

Ton pire cauchemar, c'est de ne plus jamais revoir ta petite sœur, lui avait dit Pirra. *Le mien, c'est de me retrouver enterrée vivante.*

Même sans eau ni nourriture, elle tiendrait peut-être des jours. Elle mourrait lentement. Seule. Dans l'obscurité.

◇◇◇

Pirra était pelotonnée sur le sol. D'après sa respiration sifflante et la chaleur étouffante, elle comprit qu'elle se trouvait dans un espace exigu. Elle n'osait bouger, de peur de découvrir à quel point l'endroit était étroit.

Elle avait mal à l'arrière du crâne et, sur sa joue brûlée, une douleur lancinante s'était ravivée. Cependant, elle n'avait pas l'impression d'être blessée. Il faisait si sombre qu'elle ne pouvait pas même voir son poing devant ses yeux. Le monde entier avait disparu. Elle avait l'impression d'être la dernière survivante.

— Hylas ? appela-t-elle. Hylas !

Aucune réponse. Soit il était mort, soit il essayait de trouver un chemin vers la Mer. Elle était seule, pareille à une fourmi, coincée sous une montagne de rocs.

Prise de panique, Pirra serra très fort son sceau de pierre et, du bout des doigts, traça les courbes de l'oiseau qu'elle connaissait si bien.

Elle s'efforça d'imaginer un véritable faucon, semblable à celui qu'elle avait contemplé du navire, en compagnie d'Userref. Elle voulut le faire plonger, rapide et libre, dans un ciel sans limites…

Elle n'y parvint pas. Le faucon qu'elle avait à l'esprit était pris au piège, tout comme elle. Pirra entendait presque ses battements d'ailes apeurés alors qu'il se cognait contre les rochers.

Maladroitement, elle se tourna sur le ventre. Ses cheveux s'accrochèrent un instant à la pierre, à un doigt au-dessus de sa tête. Elle essaya de tendre un bras devant elle. Sa main rencontra de la pierre. Elle déplia une jambe. Ses orteils se cognèrent à de la pierre. Encore. Son cœur tambourinait dans sa poitrine. Dans sa tête, le faucon s'affola.

Elle ferma les yeux. Lutta contre l'envie de hurler. De lancer coups de pied et de poing autour d'elle. *Inspire. Expire. Lentement. Voilà, comme ça.*

Les pulsations de son cœur s'apaisèrent quelque peu. Le faucon se fit plus calme.

Cette minuscule victoire lui donna l'impression d'être plus forte. Elle décida d'explorer chacun des recoins de pierre qui l'entouraient. Cela lui permettrait peut-être de trouver une brèche.

À tâtons, elle passa les mains sur le sol, juste devant son visage. Elle découvrit une cavité de la taille d'un poing. À l'intérieur, elle sentit quelque chose sous ses doigts. Était-ce une… tasse ? Oui. Une tasse brisée. L'odeur terreuse de poterie arriva jusqu'à ses narines.

Elle inspira profondément. Cette tasse avait été fabriquée par quelqu'un. Le monde extérieur existait encore.

Continuant de palper la pierre, Pirra fut surprise de dénicher un autre objet ; on aurait dit une aiguille en os poli. Elle découvrit ensuite un morceau d'argile ovale percé d'un trou, qu'elle reconnut aussitôt. Un poids de tisserand. Dans la Maison de la Déesse, les femmes nouaient les fils de laine à des poids comme celui-ci afin qu'ils restent bien tendus sur le métier à tisser. Les jours de grand vent, les rangées de poids émettaient des claquements sourds. Pirra avait grandi avec ce son dans les oreilles.

Mais pour quelle raison un tel objet se trouvait-il dans cette grotte ? Personne ne faisait d'offrande de ce genre aux dieux.

Lui vint brièvement à l'esprit un début de réponse, qu'elle chassa.

Ses mains continuaient de se promener sur la roche, sans rencontrer la moindre fissure. Devant elle, pas une seule issue. Son cœur se remit à battre de plus belle. Ravalant sa panique, elle tâta la roche du bout des orteils.

Un interstice. Était-il assez large pour qu'elle puisse s'y faufiler ?

En se tortillant comme un serpent, elle recula. Les paillettes de sa tunique se frottaient à la pierre et, l'espace d'un instant terrifiant, elle resta coincée. Puis elle franchit soudain l'ouverture, glissa et roula à moitié le long d'une pente caillouteuse.

Et atterrit comme une masse, trempée de sueur, à bout de souffle.

Pirra ignorait où elle se trouvait, mais elle eut cependant l'impression que l'endroit était plus grand et l'obscurité moins épaisse. Elle parvenait à deviner quelques contours.

Elle distingua une caverne longue et étroite, au sol couvert de petits monticules étranges et luisants de pierre jaunâtre. Le plafond, si près qu'elle pouvait le toucher, était rouge foncé et ridé, pareil à une bouche énorme. À l'autre extrémité de cette chambre souterraine, à environ trente pas d'elle, un trait de lumière oblique perçait la pénombre.

Elle s'humecta les lèvres. Si de la lumière entrait dans ces lieux, elle, Pirra, devait pouvoir en sortir.

Avec empressement, elle entreprit de se diriger vers cet objectif. La caverne était trop basse pour qu'elle puisse avancer à quatre pattes, aussi rampa-t-elle en s'aidant des coudes et des orteils. Elle attrapa l'un des monticules et se propulsa en avant. Ses doigts glissèrent sur la roche suintante. Elle trouva une meilleure prise sur un affleurement qui avait la forme d'une main.

Son sang se glaça dans ses veines.

C'était une main. Une main de pierre.

Pirra poussa un cri, recula et... se retrouva nez à nez avec une tête.

Une boue épaisse, solide, paraissait s'être déversée sur le crâne, pétrifiant chair et os, les soudant pour l'éternité. De la bouche de pierre, béante, sortait un hurlement muet. Les yeux, de pierre eux aussi, luisaient d'un éclat terrible, affamé.

En un éclair, l'horrifiante vérité jaillit dans l'esprit de Pirra. Les monticules jaunes sur lesquels elle se traînait étaient des morts qui avaient été transformés en pierre.

De toutes parts, des hommes, des femmes, des enfants peuplaient la caverne, gisant là où ils s'étaient effondrés alors qu'ils se bousculaient pour atteindre la lumière ; figés pour toujours dans l'agonie.

Était enfin révélé le secret longtemps enfoui du sort qu'avaient subi les Disparus. Ils s'étaient certainement réfugiés dans ces grottes, comme Hylas et Pirra ; mais le Trembleur-de-Terre avait fait s'effondrer le plafond et ils s'étaient retrouvés enfermés là.

Quand le tremblement de terre avait commencé, ils avaient sans doute eu le temps de rassembler quelques-unes de leurs possessions et de les apporter avec eux, ce qui expliquait la présence de la tasse, de l'aiguille et du poids de tisserand. Dans cette caverne, ils avaient dû avoir de l'air, et peut-être avaient-ils léché les roches humides pour ne pas mourir de soif. Ils avaient probablement survécu ici des jours durant. Tout en sachant que jamais plus ils ne reverraient la lumière du jour.

Pirra sentit son ventre se nouer. Pour rejoindre la fissure, il lui fallait ramper par-dessus les cadavres, en essayant de ne pas les tirer de leur long sommeil.

Serrant les mâchoires, elle reprit sa progression à tâtons. Çà et là, le rai de lumière lui laissait entrevoir un bras rejeté vers l'arrière, un genou replié contre une poitrine. Des doigts écartés dentelés de pierre. Une bouche pétrifiée à jamais ouverte. Des visions de cauchemar.

En passant devant ces corps, elle avait l'impression que son ombre leur donnait vie. Était-ce une main de pierre qui essayait de s'emparer de sa cheville ? Pirra s'efforça d'avancer plus rapidement, se faufilant entre deux cadavres allongés face à face, les bras étirés. Sa tunique s'accrocha de nouveau à quelque chose. Impossible de la dégager. Elle tendit les mains, trouva une prise. Un doigt pétrifié, friable, se brisa dans son poing.

Un murmure s'éleva dans la caverne.

Pirra avait la bouche sèche. Terrifiée, elle ouvrit la paume et fixa le doigt. Poussa un cri et le jeta au loin.

Ce bras de pierre ne venait-il pas de tressaillir ? Et cette tête, ne s'était-elle pas libérée de la roche pour se tourner vers elle et la suivre du regard de ses yeux aveugles, courroucés ?

Tout autour d'elle, contre les parois, elle vit des renfoncements plongés dans l'obscurité, où de sinistres silhouettes étaient recroquevillées. Le murmure s'intensifia. Les ombres commencèrent à se mouvoir.

En gémissant, Pirra rampa plus vite. Derrière elle, elle percevait l'empressement, épouvantable, des morts, lesquels lui paraissaient voraces.

Elle finit par atteindre le trait de lumière. Son dernier espoir s'envola. La fissure dans le plafond était trop étroite ; elle ne pouvait pas même y passer le poing. Et, devant elle, un amas de pierres bloquait l'entrée de la caverne.

Un soupir des fantômes affamés. *Nous savons... ah... nous savons...*

Pirra, effondrée, à bout de souffle, pressa son visage contre le sol.

Était-ce ce qu'ils avaient vécu ? se demanda-t-elle. Étaient-ils déjà morts lorsqu'ils avaient été pétrifiés... ou encore en vie ?

Elle imagina la pierre froide se durcir sur ses pieds, se figer autour de ses jambes, obstruer nez, bouche et gorge...

Gagnée par l'affolement, elle serra les poings.

Tu es la fille de la Grande Prêtresse, se dit-elle avec sévérité. *Tu n'as pas le droit de capituler.*

Derrière elle, les fantômes poussèrent un râle et reculèrent dans l'ombre.

— Tu n'as pas le droit de capituler, répéta-t-elle à haute voix.

Elle détestait sa mère ; mais, étrangement, le fait de penser à elle apaisait Pirra. La Grande Prêtresse Yassassara était bien différente des autres femmes. Elle ne vivait que pour servir la Déesse et jamais elle n'avait eu d'affection pour un être vivant. Néanmoins, elle était forte. Sans doute un peu de cette force coulait-elle dans les veines de sa fille.

Rassemblant toute son énergie, Pirra s'agenouilla et scruta les alentours.

Les Disparus s'étaient tus. Elle ne distinguait plus que des pierres autour d'elle.

L'une d'elles, près de son pied, ressemblait à une coquille de triton.

Elle la ramassa d'une main tremblante. C'était effectivement une coquille de triton. Elle la tint délicatement dans sa paume, examinant sa base incurvée où le gros gastéropode avait dû vivre et, du doigt, traça les sillons convolutés qui montaient en spirale jusqu'à son extrémité la plus fine. Pirra s'aperçut alors qu'il ne s'agissait pas d'un véritable coquillage : il était en marbre.

Elle en avait déjà vu un identique dans la Maison de la Déesse, sculpté dans de l'albâtre blanc. Un objet sacré, que seule la Grande Prêtresse avait le droit de toucher. Elle l'utilisait lors des rites qui suivaient la première récolte d'orge – et parfois, en temps de troubles, quand elle cherchait à solliciter l'aide des dieux, elle portait la pointe à ses lèvres et soufflait.

La coquille de triton que Pirra venait de trouver était parfaite, à l'exception d'une minuscule encoche à son extrémité. Celle-ci avait certainement été pratiquée sur Keftiu, car il n'y avait que là-bas que l'on possédait ce savoir-faire. Ce coquillage, qui lui rappelait sa terre natale, lui redonna quelque espoir. Cependant, elle n'osa souffler dedans. Cela risquerait de provoquer un terrible éboulement.

Sans lâcher l'objet, elle se mit à explorer le tas de roches qui obstruait l'issue. Sans découvrir la moindre brèche.

— Puisque c'est ainsi, je vais me charger d'en faire une, marmonna-t-elle.

Elle délogea une petite pierre et la posa derrière elle. Puis une autre. Et encore une autre. Elle continua plus vite, faisant rouler celles qui étaient trop lourdes pour être soulevées. La caverne résonnait de bruits qui étouffaient les soupirs des fantômes. Pirra avait l'impression d'ériger une barrière sonore lui permettant de les tenir à distance.

Haletante, elle finit par marquer une pause. Elle donna de petits coups sur les rochers à l'aide de la pointe du coquillage de marbre, à l'affût du moindre son creux qui lui indiquerait qu'elle était sur le point de trouver un passage.

Rien.

Elle frappa de nouveau.

De l'autre côté du mur, elle perçut un tapotement.

CHAPITRE VINGT-CINQ

— Pirra ! appela Hylas.

Il attendit, à l'écoute.

De l'autre côté de la paroi rocheuse résonna un tapotement semblable ; puis un torrent de mots cliquetés, pareil à la langue des éperviers. De soulagement, ses épaules s'affaissèrent.

— Pirra, c'est moi ! Parle en akéen, je ne comprends pas le keftien !

Un silence étonné.

— Hylas ?

— Es-tu blessée ?

— Juste une bosse sur le crâne. Et toi ?

Il secoua la tête avant de se rappeler qu'elle ne pouvait le voir.

— Non.

Il se mit à gratter la roche. D'après les bruits s'élevant de l'autre côté, il comprit que Pirra s'activait de même.

Elle lui demanda comment il avait pu la retrouver. Hylas expliqua qu'il avait d'abord réussi à se frayer un passage à travers le premier éboulement et s'était ensuite perdu dans un dédale de cavernes. Il avait sifflé pour appeler Esprit ; le dauphin lui avait répondu, puis il avait entendu la voix de Pirra.

— On aurait dit que tu parlais à quelqu'un.
— Oui, c'était le cas.
— À qui ?
— À moi-même.

Hylas délogea une autre roche et distingua la main de Pirra qui se faufilait dans l'interstice. Il s'en empara. Ses doigts étaient aussi froids que des serres.

— On va te sortir d'ici, lui dit-il.

Mais la fissure était trop étroite et, tandis qu'ils l'élargissaient, des cailloux dégringolèrent sur eux ; le plafond de la grotte émit un craquement.

— Tout va s'effondrer, dit Pirra d'un ton brusque. Il faut que je passe maintenant.

Elle avait raison. Les rochers ne resteraient pas longtemps en place.

Des deux mains, Hylas lui attrapa le poignet.

— Laisse ton autre bras derrière toi, conseilla-t-il. Tourne les épaules sur le côté et plaque le menton contre ta poitrine. Je vais te tirer.

— Et si je reste coincée ?
— Non, ça n'arrivera pas.
— Qu'est-ce que tu en sais ?
— Expire profondément, marmonna-t-il avant de se mettre à la tirer vers lui de toutes ses forces.

Pirra ne bougea pas d'un pouce. Prenant appui sur ses talons, Hylas fit une nouvelle tentative. Les rochers gémirent. De la poussière se mit à pleuvoir sur eux. Pirra poussa un petit glapissement. Puis, soudain, elle franchit l'ouverture ; Hylas et elle s'éloignèrent en trébuchant, tandis que des pierres s'effondraient au-dessus du passage qu'ils venaient de dégager.

En toussant, ils écoutèrent le fracas diminuer. Il faisait si noir qu'Hylas ne pouvait distinguer le visage de Pirra, mais il l'entendait respirer.

— Tout va bien ? demanda-t-il, hors d'haleine.

— Mmm, grommela-t-elle.

Il savait pourtant qu'elle devait être tout égratignée et que son épaule était foulée, tant il avait tiré violemment sur son bras.

— Hylas ? dit-elle à voix basse.

— Oui ?

— Merci.

Il fronça les sourcils.

— Allez, viens. Il y a un moment, j'ai aperçu une lueur. C'est peut-être une issue.

Il partit le premier, les mains tendues devant lui afin de tâter le terrain. Les parois étaient suintantes et l'air imprégné d'une odeur humide et froide. Il sentit qu'ils s'éloignaient de la Mer et s'enfonçaient vers le cœur impénétrable de l'île. Derrière lui, il entendait le bruit des sandales de Pirra résonner sur la pierre et le murmure de son souffle. Ne plus être seul, pensa-t-il, changeait tout.

Lorsqu'il lui demanda comment elle avait survécu au tremblement de terre, elle lui raconta une effroyable histoire à propos d'un peuple perdu surnommé les Disparus ; elle expliqua de quelle manière il lui avait fallu ramper sur leurs cadavres pétrifiés. Comment avait-elle réussi à ne pas perdre la raison ? Quand on était la fille de la Grande Prêtresse de Keftiu, il était peut-être normal de ne pas avoir peur des fantômes. Ou bien elle était tout simplement courageuse, conclut-il.

Ils arrivèrent bientôt à une intersection. Le premier chemin était silencieux, plongé dans les ténèbres ; dans le second, ils distinguèrent une faible lueur et un murmure d'eau, comme celui d'une source.

— Celui-ci ne me dit rien qui vaille, chuchota Pirra.

— Il y a pourtant de la lumière. Nous aurons plus de chances de trouver une sortie de ce côté.

— Je sais, mais il ne me plaît pas...

Hylas comprenait ce qu'elle éprouvait ; cependant, ils n'avaient pas d'autre choix. Après une brève discussion, ils s'y engagèrent.

La lueur grandit et devint une lumière d'un bleu-vert aqueux. Autour d'eux, les roches ruisselantes étaient sillonnées de rides et de plis, comme si, autrefois, elles avaient été des vagues, plus tard changées en pierre par quelque immortel. La caverne était emplie de clapotis et de bruits d'eau tombant goutte à goutte. Leurs échos s'enroulaient les uns aux autres pour former un chant mystérieux, à peine perceptible et impossible à interpréter.

Hylas sentit un frisson lui courir dans le dos. Il avait déjà entendu cette mélopée quelque part. Dans le lointain, au-delà des flots. Le jour où le dauphin l'avait emmené jusqu'à l'île. *Là où les grottes chantent*... avait dit le Keftien.

Soudain, les parois s'écartèrent et le chant gagna en intensité. Près de lui, Pirra retint un cri.

Devant eux, béante, s'ouvrait une vaste caverne qui contenait un lac d'un bleu stupéfiant. Du plafond pendaient des plis rocheux pâles et luisants. Des lances de pierre blanche s'élevaient au-dessus de la surface étale de l'eau et, au cœur du lac, reposait un îlot peuplé de piliers tordus ; ceux-ci semblaient monter la garde, pareils à des hommes pétrifiés. Au-dessus de l'îlot, un trait de lumière bleue, étincelante, se déversait d'une fissure dans le plafond.

Hylas avait la gorge nouée.

— Cette fente, là-haut, dit-il doucement. Elle est peut-être assez large pour qu'on s'y faufile.

Pirra resta muette, mais il devina ce qu'elle pensait. Pour l'atteindre, il leur faudrait traverser le lac à la nage et, une fois sur l'îlot, escalader l'un de ces menaçants piliers.

— Nous n'y arriverons pas, finit-elle par répondre.

— Je crois qu'il n'y a pas d'autre moyen.

Le lac était froid. Des pierres oscillaient sous leurs pieds. Quelque chose passa près de la cheville d'Hylas. Le chant clapotant, étrange, continuait de vibrer à ses oreilles ; s'y mêlait le bruit de l'eau qui coulait, bien que le lac soit d'une immobilité irréelle.

Plus ils avançaient, plus le bleu se faisait vif, au point que, très vite, ils se retrouvèrent nimbés de lumière, la même lumière surnaturelle qui avait accompagné les dauphins lorsque ceux-ci avaient sauvé Hylas du requin. Elle le baignait tout entier, teintant sa peau de bleu. L'ombre de la Déesse.

— Nous ne pourrons pas monter sur l'îlot, chuchota Pirra. La rive est trop escarpée.

— Nous allons passer de l'autre côté, précisa Hylas à voix basse.

Comme elle ne répondait pas, il se tourna vers elle. Pirra n'était plus une fille, mais un esprit aquatique : visage bleu et lèvres noires, longue chevelure sombre et crépue.

La pente s'accentua et il trébucha, se retrouvant avec de l'eau jusqu'à la poitrine.

— Je vais devoir nager, annonça-t-il en claquant des dents. Si tu as oublié comment faire, accroche-toi à mes épaules.

Vues de près, les colonnes qui veillaient sur l'îlot étaient énormes – certaines courbées et trapues, d'autres minces et élevées. Toutes avaient la tête inclinée et les bras raidis le long de leurs flancs.

Hylas sentit la main de Pirra lui serrer plus fort les épaules.

— S'ils se mettent à bouger... souffla-t-elle.

Au-dessus d'eux, la fissure était plus large qu'ils ne l'avaient cru. S'ils réussissaient à l'atteindre, peut-être pourraient-ils sortir de la caverne.

Osant à peine rider la surface du lac, Hylas fit lentement le tour de l'îlot et finit par trouver un endroit où la rive était plus douce, comme si elle les invitait à venir à terre. Ses pieds entrèrent en contact avec de la roche.

Pirra enfonça tout à coup les ongles dans la peau de son dos.

— Hylas ! siffla-t-elle. Regarde ! Elle est ici !

Il leva la tête.

La voie était bloquée.

Non par les gardiens de pierre.

Mais par la Déesse en personne.

CHAPITRE VINGT-SIX

Elle se dressait là depuis des milliers d'étés, et elle continuerait de s'y dresser pendant des milliers d'autres. La Grande Déesse. La Mère des Créatures Sauvages. Celle-qui-détient-le-Pouvoir.

Ses bras étaient croisés sous Ses seins de pierre anguleux. L'ovale lisse de Son visage rayonnait, aussi blanc que la Lune. Des mains humaines avaient peint Son regard inhumain avec du sang ancien. Ces mêmes mains avaient sculpté Son image dans cette caverne chantante, afin qu'Elle puisse insuffler la vie à cette chair de marbre à chacune de Ses visites.

Pirra avait les larmes aux yeux. Dans la Maison de la Déesse, jamais elle n'avait senti la présence divine avec une telle intensité. Elle inclina la tête, incapable de supporter la vue d'un être aussi parfait, aussi effroyable.

Près d'elle, Hylas était cloué sur place.

— Ne la fixe pas trop longtemps, chuchota Pirra. Tu en serais aveuglé. Comme lorsqu'on scrute le Soleil.

Le garçon s'humecta les lèvres. Puis désigna la fissure dans le plafond.

— Comment allons-nous l'atteindre ?

Pirra le fixa.

— C'est impossible ! Nous serions trop proches d'Elle !

— Et pourtant il le faut ! Par quel autre moyen sortirions-nous ? Si nous pouvons rejoindre ce pilier, le plus éloigné... d'Elle... nous arriverons peut-être à y grimper.

Pirra avait la gorge serrée. Des serpents de pierre s'enroulaient autour des pieds de la Déesse, qui s'élevait au-dessus d'un énorme monticule d'os blanchis. Peut-être les vestiges d'offrandes déposées par des suppliants, morts depuis longtemps ; ou bien les restes des suppliants eux-mêmes. Pour parvenir à la fissure, Hylas et elle auraient à gravir ce tas d'ossements sous les regards vigilants des gardiens de pierre et de la Déesse...

Mais Hylas avait raison. Ils n'avaient pas d'autre choix.

— Nous devons d'abord faire une offrande, murmura Pirra. Ou jamais elle ne nous autorisera à sortir.

À ces mots, elle entreprit d'enlever ses bijoux. Constatant qu'elle n'arrivait pas à ôter ses bracelets, qui se coinçaient autour de son poignet, elle arracha de sa tunique autant de paillettes qu'elle le put.

— Tiens, dit-elle en en tendant la moitié à Hylas. Nous les placerons là-bas, près de ce serpent de pierre. Demande à la Déesse de nous laisser partir, mais pas à haute voix, seulement par l'esprit ; et surtout, ne croise pas ses yeux.

Ils se mirent à grimper le monticule. Des os craquaient sous leurs pieds. Pirra sentait le regard peint, pénétrant, de la Lumineuse qui se portait sur elle. Elle résista à l'envie soudaine de redresser la tête et de La fixer.

Parmi les ossements, elle remarqua des graines de pavot, des coquillages et des ailes d'oiseaux, friables. La terre, l'eau et l'air, pensa-t-elle. Ceux qui avaient déposé ces offrandes dans ce lieu savaient exactement ce qu'ils faisaient.

L'or qu'ils placèrent près du serpent tinta froidement au contact de la roche. Le chant des eaux gagna en intensité. Une lumière bleue se mit à onduler près des pieds luisants de la Déesse, autour desquels se lovaient les reptiles de pierre. Un bref instant, Pirra crut voir l'un d'eux remuer.

Hylas lui effleura le poignet et, ensemble, ils s'approchèrent du gardien qu'il leur fallait gravir. Pirra sentit son ventre se nouer. Le pilier était bosselé, couvert de gouttelettes d'eau qui donnaient à sa surface l'aspect d'une peau moite. Pirra imagina qu'un bras de pierre se libérait brusquement de la roche pour l'enfermer dans une étreinte dont jamais plus elle ne pourrait s'échapper.

Hylas avait déjà croisé les mains pour lui faire la courte échelle.

— Passe la première ! Vite ! Grimpe !

Il la souleva si haut qu'elle toucha à peine le gardien. À l'intérieur de la longue fissure, elle trouva une corniche étroite sur laquelle elle se percha, éblouie par l'éclat lointain du monde extérieur. Était-ce donc une deuxième saillie qu'elle voyait un peu plus haut, à sa portée ? Et là, un piton planté dans la roche ? Stupéfaite, elle en distingua d'autres, qui montaient en spirale jusqu'au sommet. Sans doute avaient-ils autrefois permis à des prêtresses de pénétrer dans la caverne.

— Il y a des marches ! chuchota-t-elle en se penchant vers Hylas.

Il ne répondit pas. Il se tenait devant la Déesse, parfaitement immobile.

— Hylas, viens ! Dépêche-toi !

Il leva les yeux vers Pirra. Celle-ci fut frappée par la détermination qui s'affichait sur le visage du garçon.

— Continue, lui dit-il. Moi, je veux comprendre.

— Quoi ? Qu'est-ce que tu fais ?

— Je dois... j'ai quelque chose à Lui demander.

Horrifiée, Pirra le vit s'approcher de la Déesse. Dangereusement près. Hylas s'agenouilla devant Ses pieds d'un blanc de Lune. Il tendit une main tremblante et, de son majeur, frôla l'un des genoux de marbre. Puis il porta son doigt à sa bouche et le lécha.

Il leva la tête et s'adressa à la Lumineuse :

— Issi est-elle encore en vie ?

◊◊◊

— Issi est-elle encore en vie ? demanda Hylas.

Sa voix se réverbéra d'un bout à l'autre de la caverne. *En vie ?... en vie ?*

Le doigt avec lequel il avait touché la Déesse le picotait ; sa langue le brûlait. Le chant de l'eau – toujours aussi incompréhensible – résonnait sous son crâne.

Tout à coup, le clapotis et le bruit des gouttes s'évanouirent. Avec l'impression que sa poitrine s'écartait, il sentit un vif élancement le parcourir, comme si un fil de lumière avait transpercé son cœur d'un hameçon et le tirait à présent hors de son corps.

Quelque chose se modifia en lui et, soudain, il eut une conscience aiguë de tout ce qui l'entourait. Dans les profondeurs du lac, illuminé par le feu bleu et froid, Hylas perçut les courants qui s'entrecroisaient, les poissons qui mordillaient le fond et des doux bruits de succion des mollusques. Il entrevit des esprits des eaux qui clignotaient avant de disparaître, leurs chevelures d'un vert aquatique et leurs membres minces et argentés. Plus loin, dans le monde du dessus, il distingua aussi l'odeur musquée des bêtes sauvages qui gardaient l'île et, sur sa peau, il sentit le souffle frais et salé de la Mère des Créatures Sauvages...

Le chant de l'eau était en lui, et ses notes enchevêtrées se faisaient plus lisses, telles des algues flottant dans un puissant courant. La voix de la Déesse murmura dans son esprit. *Ta sœur est en vie...*

Hylas vacilla.

Lentement, il releva la tête, protégeant ses yeux de son bras. La Déesse de marbre étincelait de lumière.

— Est-ce qu'elle... va bien ? bredouilla-t-il. Vais-je la retrouver ? Pourquoi les Corbeaux me traquent-ils ?

Un rire d'immortel emplit la caverne. *Tu cherches la vérité... Mais prends garde... La vérité est une morsure...*

Le fil qui s'était accroché à son cœur se rompit d'un coup sec.

Le garçon frissonna. Il était de retour sur le monticule d'ossements, le chant des eaux aux oreilles.

— Hylas ! cria Pirra depuis la corniche. Attention !

Sur le tas d'offrandes, quelque chose se mouvait. Des coquillages et des os s'entrechoquèrent, tandis qu'une ombre longue et effilée glissait vers lui. L'un des serpents de pierre était revenu à la vie.

Le garçon se redressa tant bien que mal. Le reptile darda sa langue bifide dans sa direction afin de humer son odeur. Hylas recula. En un clin d'œil, le serpent fondit sur lui. Hylas se jeta sur le côté. Des crochets égratignèrent son mollet. Avec un cri, il dégaina son poignard – mais le manche resta coincé dans le fourreau. Impossible de le dégager. Le reptile attaqua de nouveau. Le garçon s'empara d'un os et frappa le serpent à la tête. Celui-ci battit en retraite en sifflant.

En se débattant pour avancer sur les ossements, il atteignit le gardien et entreprit de le gravir aussi vite que possible. Le serpent, lui, chercha à s'enrouler autour du pilier puis, dans un sifflement, retomba à terre.

— Vas-y, monte ! lança-t-il, haletant, à Pirra, silhouette sombre qui se découpait dans l'éclat lumineux du jour.

La terreur lui donnait des ailes ; il trouva pitons et corniches, et grimpa si vite que ses muscles le cuisaient. En contrebas, les sifflements du reptile s'évanouirent. De la poussière pleuvait sur lui, sale et âcre, comme de la cendre. À présent, il n'entendait plus que les sandales de Pirra sur la pierre et sa propre respiration saccadée.

Pirra disparut dans le monde du dessus. Avant de réapparaître, les mains tendues pour l'aider. Une fois qu'il se fut hissé au sommet de la fissure, il resta étendu, hors d'haleine. Il s'en était sorti. Comment était-ce possible ? Il perçut le cri d'un faucon, qui planait très haut, porté par le vent. Il distingua une crête noire et un Soleil d'un rouge courroucé.

Rouge ? Pourtant, le Soleil était déjà bas sur l'horizon lorsqu'ils s'étaient réfugiés dans la grotte ; n'était-il donc pas monté dans le ciel ? Il en conclut que soit ils avaient passé une nuit et une journée dans les cavernes, soit... soit le temps n'existait plus en ces lieux.

Ses pensées se brouillaient. Il ne comprenait plus rien. Mais Issi était encore en vie. Et il se raccrocha à cet espoir.

Pirra le dévisageait d'un air étrange.

— Dans la caverne, tu as parlé à une voix que je n'ai pas pu entendre.

Il hésita avant de répondre :

— Cette voix m'a dit que ma sœur était en vie. Et aussi que la vérité était une morsure. Elle voulait parler du serpent, je suppose.

— Peut-être. Les paroles de la Déesse peuvent cependant être interprétées de différentes manières.

Ils se relevèrent. Parcoururent les alentours du regard.

Hylas sentit une odeur âcre qui lui était atrocement familière.

Pirra prit une poignée de terre et ouvrit la main. De la cendre grise et fine s'en échappa.

— Quel est cet endroit ? demanda-t-elle.

CHAPITRE VINGT-SEPT

Quel est cet endroit ? se demandait le dauphin alors qu'il remontait le cours d'eau sinueux. Le souffle qui jaillissait de son évent lui paraissait résonner de manière incroyablement sonore et, quand il pointait la tête à la Surface, il entendait, à de nombreux clics de là, les échos et les chuchotis des fantômes. Mais il continuait pourtant, bien décidé à retrouver le garçon.

Au début, lorsque Celui-du-Dessous s'était mis à frapper la Mer de sa queue, le dauphin, affolé, avait nagé de long en large devant la grotte. Parmi les flots déchaînés, il avait dû éviter les gros rochers qui basculaient des falaises. Comment les humains pourraient-ils survivre à cette chose ?

Les gigantesques coups de queue avaient fini par diminuer – d'abord un grondement sourd, puis un frémissement et enfin quelques ondulations sur l'eau. Angoissé, le dauphin avait essayé de capter les bruits que faisait le garçon quand il courait, ou quand il tapotait les vagues avec ses pauvres petites nageoires. Rien. Seulement la voix de la Mer et les grognements de la pierre en colère.

Le dauphin avait émis de longs cris aigus et retentissants. Au bout d'un moment, il avait entendu l'appel du garçon, qui lui répondait. Le dauphin n'avait pas cessé de siffler afin de le guider vers l'extérieur de la grotte. Mais, après un temps, le garçon s'était tu.

Le dauphin n'avait pas hésité. Lorsqu'il s'était échoué sur le Dessus, le garçon l'avait sauvé. À présent, c'était à lui de sauver le garçon.

Sans éprouver la moindre crainte, il avait plongé entre les mâchoires de la grotte – la grotte dans laquelle nul dauphin ne s'était jamais aventuré avant lui.

Avec une terrifiante rapidité, le cours d'eau s'était rétréci. Le dauphin avait perçu à quel point il était sinueux et piquant, tapissé de coquilles et de corail. Malgré tout, il ne s'était pas arrêté.

Cela faisait maintenant un long moment qu'il filait ainsi. Alors qu'il piquait vers les profondeurs, le cours d'eau se divisa : un enchevêtrement de ramifications, comme dans une forêt de varechs. Ses clics résonnaient de manière confuse. De quel côté se diriger ?

Le dauphin décida de nager vers l'endroit qui lui paraissait le plus froid et le plus profond – mais il était tellement étroit que la peur l'étreignit. Des algues s'accrochaient à son rostre et le corail égratignait ses nageoires. Par instants, il pouvait à peine se faufiler dans certains passages et, à deux reprises, l'eau devint si peu profonde qu'il faillit s'échouer. Une anguille, qui avait sorti le nez d'un trou, lui mordit la queue. Une pieuvre le prit pour un rocher et se fixa à son évent ; quand il parvint enfin à s'en débarrasser, il était paniqué, à bout de souffle.

Pire encore, l'eau devenait étrange. C'était encore la Mer et, pourtant, ce n'était plus la Mer. Elle lui paraissait bizarrement très fluide, et elle ne le portait pas comme elle l'aurait dû. Elle n'avait même plus le goût de la Mer.

Abruptement, les échos chantants gagnèrent en intensité et, au-delà, il perçut un rire pareil à un gargouillis.

Passant le rostre à la Surface, il vit que le cours d'eau se poursuivait sur quelques coups de queue, puis s'ouvrait sur une vaste baie, sous un ciel rocheux d'un bleu étincelant. Tout autour de lui, il aperçut de fragiles fantômes humains et, dans l'eau paisible, de hautes pierres qui lui conseillaient de reculer. Au milieu de la baie, il y avait une île qui semblait faite d'ossements d'oiseaux et de poissons. Et en son centre se dressait une pierre effroyable, embrasée par le feu bleu et froid.

Le dauphin perdit courage. Jamais il ne retrouverait le garçon. Il devait rebrousser chemin.

Le cours d'eau était cependant trop étroit. Comment faire demi-tour ?

Il plongea plus profondément et essaya de nouveau de se retourner, en ramenant maladroitement son rostre vers sa queue ; mais les rochers, comme les serres d'un crabe, se pressaient contre ses flancs.

Pris de panique, le dauphin lutta. Les rochers l'empêchaient de bouger.

Il sentit de légers remous parcourir l'eau : les fantômes s'approchèrent, se penchant au-dessus de lui en frôlant son dos de leurs nageoires fines et longues. Il entendit le rire cascadant de la Lumineuse.

Désespérément, il siffla pour appeler le garçon.

Le garçon ne vint pas.

Ce fut autre chose qui vint le rejoindre.

CHAPITRE VINGT-HUIT

— Qu'est-il arrivé dans cet endroit ? demanda Pirra, éblouie par l'éclat rougeoyant du Soleil couchant.

Ils avaient débouché dans une vallée aux versants escarpés, d'où toute verdure semblait avoir disparu. Sous leurs pieds, le sol était couvert de cendres, lesquelles libéraient une puanteur qui prenait à la gorge. Pirra observait les étranges arbres noirs dont le feuillage avait la couleur du sang séché.

— Probablement un feu de forêt, répondit Hylas. Je n'en ai pourtant jamais vu d'aussi important.

Il cassa une branche de laurier noire. Chaque feuille était intacte mais calcinée, teintée d'un rouge foncé luisant.

— Comme du bronze, fit remarquer Pirra.

Remarque qui parut déconcerter Hylas.

— Les arbres de bronze, murmura-t-il.

— Quoi ?

— J'ai un mauvais pressentiment. Dans les montagnes, nous évitons les endroits où il y a eu un feu de forêt, car ils attirent les... Nous les appelons les Furieux, ajouta-t-il en baissant le ton.

Pirra frémit.

— Nous aussi.

Ils échangèrent un regard.

Hylas jeta la branche au loin.

— Il fera bientôt nuit. Mieux vaut ne pas rester ici. Je crois que notre campement se situe quelque part à l'ouest, au-delà de cette crête.

— Ce n'est pas une crête, mais une falaise. Jamais nous ne parviendrons à la gravir.

Hylas parcourut les alentours des yeux.

— Visiblement, nous ne pouvons partir que vers le sud.

— Ce qui nous éloignera davantage de nos abris.

— Je sais. Mais nous n'avons pas d'autre choix.

Pirra avait le sentiment désagréable que c'était ce que l'île avait voulu depuis le début. Elle les avait d'abord attirés dans les grottes, et à présent elle les avait comme éjectés dans cette vallée dévastée, dans un but obscur mais bien précis.

Ils se mirent en route. Aucun signe de vie autour d'eux. Ils passèrent devant les carcasses noircies d'animaux qui n'avaient pas réussi à s'échapper à temps. Pirra trouva les restes carbonisés d'un oiseau minuscule. Elle perçut que son petit esprit – tout comme ceux des pauvres arbres brûlés et des autres créatures mortes – la suppliait de découvrir la cause de ce désastre. Le cœur même de l'île avait été meurtri, calciné par un grand feu.

Le Soleil sombra derrière la crête et la lumière se mit à baisser. Leurs pieds s'enfonçaient profondément dans l'épais tapis de cendres. Le bruit de leur pas ne faisait qu'amplifier le calme qui régnait sur les lieux.

Hylas, la tête basse, boitait légèrement ; il avait une marque bleutée sur le mollet, là où les crochets du serpent l'avaient éraflé. Au bout d'un moment, il s'immobilisa.

— Il commence à faire noir. Cherchons un endroit où dormir.

Pirra fut horrifiée.

— Pas ici ! Lorsque la Lune se lèvera, nous...

— Elle ne va pas se lever, Pirra. Ce sera une nuit sans Lune.

Ils savaient tous deux ce que cela signifiait. Ces nuits-là, les gens laissaient généralement une torche allumée, par peur des fantômes et des esprits malfaisants.

— Et comment allons-nous trouver de l'eau ? s'enquit Pirra.

Hylas ne sut que répondre. Elle pensa avec regret à leurs outres, restées dans les cavernes.

Quelques étoiles constellaient déjà le ciel lorsqu'ils atteignirent une gorge plongée dans l'obscurité, qui partait vers l'ouest. Elle était flanquée de cyprès sombres. Plus loin, Pirra distingua un peuplier solitaire qui semblait monter la garde.

— Ce défilé mène peut-être à la Mer, dit-elle, indécise. Si nous l'empruntons, nous pourrons rejoindre notre campement en longeant la côte.

— Cet endroit ne me dit rien qui vaille, répondit le garçon. Nous ferions mieux de poursuivre vers le sud.

— Mais c'est la direction inverse.

— Si nous nous fions aux animaux, ils nous conduiront peut-être à une source.

— Quels animaux ? Ils sont tous morts !

— Non. Certains ont réussi à s'enfuir. Regarde les traces qu'ils ont laissées.

— Les traces ? répliqua-t-elle. Quelles traces ? Qu'est-ce que tu racontes ?

La soif la rendait irritable.

— Quoi ? s'étonna le garçon. Tu ne sais pas ce qu'est une trace ? Ce sont des empreintes de pattes sur le sol. Elles fournissent des indices.

Avec impatience, il lui montra ce qui était, selon lui, la piste d'un lièvre, puis une rangée de lignes sinueuses faites par un serpent. Il expliqua que les espaces qui les séparaient indiquaient les endroits où l'animal avait contracté ses anneaux.

— Ah, je vois, c'est comme l'écriture, conclut-elle. Si tu avais commencé par là, j'aurais compris tout de suite.

— L'écriture ? Qu'est-ce que c'est ?

— Quoi ? Tu ne sais pas ce qu'est l'écriture ? s'exclama-t-elle avec ironie. Ce sont des marques qui expriment quelque chose.

Avec un morceau de charbon de bois, elle traça des signes sur un caillou.

— Voilà. Ce mot te désigne : il représente le mot « chèvre ».

— Comment ça ? Ce caillou ne veut rien dire du tout. C'est juste un caillou.

— Oh, oublie donc ça ! s'exclama Pirra avec impatience. Je vais aller jeter un coup d'œil dans ce défilé. Je parie qu'il mène à la Mer.

— Parfait. Fais ce que tu veux.

— Parfait.

Elle s'éloigna en traînant des pieds dans la cendre. Hylas resta où il était pour examiner de plus près les précieuses empreintes.

Il faisait plus sombre dans la gorge. Le vent se leva brusquement, soulevant des colonnes de cendre qui paraissaient suivre Pirra. Les arbres morts agitaient bruyamment leurs doigts de bronze, friables. Elle frissonna. Elle décida de marcher jusqu'au peuplier, puis de rebrousser chemin.

Soudain, son sang ne fit qu'un tour. Très haut dans le ciel, elle entendit un bruissement, comme des battements d'ailes larges et rapides. Une ombre se découpa sur les étoiles.

Pirra repartit au pas de course vers l'entrée du défilé. Elle y retrouva Hylas, qui scrutait les étoiles.

— Qu'est-ce que c'était ? chuchota-t-elle.

— Je crois que j'ai vu une créature tapie sur le sol. Et puis elle s'est envolée. J'ai d'abord pensé à un vautour...

— Un vautour ? Qu'est-ce que c'est ?

— Un gros oiseau qui se nourrit de cadavres. Mais je n'ai pas l'impression que c'en était un. Jamais un vautour n'aurait filé aussi vite.

Aucun d'eux n'avait envie de formuler à haute voix ce qui les tourmentait ; cette fois, lorsqu'ils se remirent en chemin, ils évitèrent de s'éloigner l'un de l'autre.

Peu de temps après, Hylas fit signe à Pirra de s'immobiliser et de demeurer silencieuse.

C'est alors qu'elle l'entendit : un lointain murmure.

— De l'eau. Que la Déesse soit louée, murmura-t-elle tandis qu'ils reprenaient leur route dans l'obscurité.

Au détour d'un éperon rocheux, ils tombèrent sur une foule de créatures sauvages qui se bousculaient : lynx, loups, chevreuils, qui tous grattaient le sol, unis par le besoin effréné de trouver de l'eau. Des corbeaux s'envolèrent tout à coup. Un cerf se rua vers Pirra, l'esquiva de justesse et s'enfuit dans les ténèbres dans un vacarme assourdissant. Elle vit alors ce qui causait le désespoir des animaux : le Trembleur-de-Terre avait enterré une source sous une chute de pierres. Elle était désormais inaccessible.

— Ne bouge pas, la prévint Hylas en tirant son poignard.

Il se plaça devant elle.

Un lion se trouvait à quatre pas d'eux. C'était un mâle énorme à la crinière emmêlée, un vieux combattant dont le museau était couvert de cicatrices. Dans ses yeux se reflétaient les étoiles. Vacillant, il s'approcha d'eux en laissant échapper des grognements rauques, saccadés.

Il s'immobilisa, haletant ; de longues traînées de salive sortaient de sa gueule écumante. Puis, avec un soupir d'épuisement, il s'écroula sur le flanc et posa sa grosse tête dans la poussière.

Hylas rengaina son arme.

— Il souffre, constata-t-il. Regarde ses pattes.

À la vue des coussinets du lion, à vif, calcinés par le feu, Pirra eut la nausée. Chaque pas avait dû être pour lui une torture.

Oubliant sa soif, elle courut à l'endroit où la source était enfouie et se mit à écarter des pierres.

— Si nous pouvions lui donner à boire…

En peu de temps, Hylas et elle dégagèrent un trou suffisamment large pour puiser dans leurs mains une petite quantité d'eau graveleuse. Le lion, qui respirait difficilement, les contemplait avec une patience mêlée de lassitude. Mais, lorsqu'ils firent couler un mince filet d'eau dans sa gueule, ils s'aperçurent qu'il était trop faible pour l'avaler.

— Ça ne sert à rien, constata Hylas.

— Il y a certainement un moyen de l'aider…

— Non, Pirra. C'est trop tard.

Il posa les mains sur le flanc palpitant de l'animal.

— Va en paix, murmura gentiment le garçon. Puisses-tu trouver un corps neuf et puissant – et ne plus avoir mal.

Les yeux dorés du lion se voilèrent. À l'instant où son esprit s'envola dans la nuit, Pirra sentit un souffle chaud, fugace, frôler son visage.

◈◈◈

Adossée à une roche, Pirra s'efforça d'avaler la dernière bouchée de viande de lion, dure et amère.

Hylas aurait préféré ne pas avoir à consommer la chair d'un autre chasseur ; selon lui, pareille chose allait à l'encontre des coutumes anciennes – cela était toutefois permis si l'on mourait de faim. Pirra lui avait demandé ce qu'il entendait par « coutumes anciennes », mais le garçon n'avait pas répondu.

Ils s'étaient installés à l'écart de la source afin d'éviter d'être piétinés par les animaux assoiffés. Comme la nuit était chaude, ils n'avaient pas cru bon de bâtir un abri. Hylas, à force de patience, était parvenu à allumer un feu avec une pile de charbon de bois – au moins, il y en avait en abondance alentour –, puis il avait recommencé à déblayer la source, avec détermination. Pirra lui avait suggéré d'attendre le matin, mais il l'avait rabrouée sèchement. Il n'avait pu sauver ni Ouste, ni le lion ; il n'avait donc pas l'intention de laisser d'autres créatures mourir s'il pouvait l'empêcher.

Ensemble, ils dégagèrent le point d'eau ; lorsque Hylas fit remarquer que même un hérisson aveugle serait capable de le trouver, ils s'arrêtèrent.

Ensuite, le garçon avait écorché une partie du lion et découpé une côte qu'ils avaient fait griller avant de tâcher de la manger. Pour finir, ils avaient traîné la carcasse dans les broussailles afin que d'autres bêtes puissent s'en repaître. Ils avaient laissé le cœur et la queue sur un rocher, en offrande à la Déesse.

Il fallut peu de temps aux animaux pour découvrir que la source était de nouveau accessible et, d'où elle était assise, Pirra distinguait un bruit constant de pieds, de pattes et de sabots qui se disputaient l'endroit. Des grondements s'élevaient soudain – de courtes échauffourées qui s'apaisaient rapidement, cédant la place à de lents lapements et à des clapotis, tandis que l'eau gouttait de museaux dont la soif était assouvie.

Pirra, épuisée, ne parvenait cependant pas à se détendre ; elle craignait à chaque instant d'entendre un autre battement d'ailes.

Elle savait pourquoi Hylas avait insisté pour écorcher le lion et déterrer la source : il avait besoin de détourner son esprit des créatures qui hantaient ce lieu.

Assis face à elle, de l'autre côté du feu, il était occupé à racler la vessie du lion avec des cendres afin de fabriquer une nouvelle outre. Il sentit le regard de Pirra posé sur lui et releva la tête.

— Tu sais, dans le défilé... je ne crois pas que c'était un vautour.

— Moi non plus, répondit-elle, la gorge serrée.

Un bruissement d'ailes les fit sursauter. Un corbeau passa au-dessus d'eux avec un *crôa !* sonore.

Hylas respira profondément. Pirra scruta les ténèbres.

Elle ne pouvait se souvenir d'un temps où elle n'avait pas redouté les Furieux. Tout le monde – prêtresses, paysans, esclaves – en avait peur.

Ils ont toujours été là et ils survivront pour l'éternité. Ils sont l'ombre qui vous suit à minuit, la terreur qui transforme les rêves en cauchemars. Lorsque vous vous réveillez, terrorisé par l'obscurité, ou que vous frémissez de peur sans que vous sachiez pourquoi, cela signifie que les Furieux ne sont pas loin. Ils viennent du Chaos qui existait bien avant les dieux. Ils traquent ceux qui ont assassiné les leurs. Il est possible de les repousser quelque temps en prononçant un charme ancien ; vous pouvez même les semer en vous déguisant ou en fuyant votre terre natale, mais, tôt ou tard, ils vous retrouveront et une folie fiévreuse s'emparera de votre esprit.

— D'habitude, ils pourchassent uniquement les gens qui ont commis des crimes atroces, chuchota Pirra. Et, comme il n'y a que nous dans les parages, je me demande ce qu'ils font ici...

— Je l'ignore, répondit Hylas. Mais je regrette de ne pas avoir de nerprun. Dans les montagnes, on dit que cela aide à les tenir à distance.

Ils restèrent silencieux, plongés dans leurs pensées. Tous deux savaient que les Furieux peuvent toutefois détruire ceux qui les approchent de trop près – même si ces derniers n'ont rien à se reprocher.

Hylas jeta un peu de charbon de bois dans les flammes. Pirra tressaillit.

— Je vais attiser le feu toute la nuit, annonça-t-il. Pourvu que l'aube ne tarde pas trop.

◇◇◇

Ils dormirent jusqu'au lever du Soleil, ce qui ne manqua pas de les surprendre. Après avoir rempli leur outre neuve, ils se remirent en route. La lumière grise qui commençait à poindre dans la vallée ranima leur courage.

En milieu de matinée, ils arrivèrent à une piste qui paraissait mener vers la Mer ; cependant, un peu plus loin, elle déboucha sur une clairière obstruée par un amas d'arbres calcinés. Les pentes qui la bordaient étaient couvertes de pins couchés, comme si une main géante les avait fait basculer. La manière dont ils étaient disposés, en travers les uns des autres, intrigua Hylas. Il alla les examiner de plus près.

Il trouva des marques de hache sur les troncs. Autour des arbres noircis, il déterra les ossements brûlés de plusieurs bœufs et quelques fragments de terre cuite. Il en renifla un. Il sentait l'huile. Il en resta interloqué.

— Quelqu'un a mis le feu exprès, affirma-t-il. Ces arbres ont été abattus avant d'être arrosés d'huile et incendiés. Puis le vent a poussé le feu vers la vallée.

— Mais… qui aurait pu vouloir brûler la vallée entière ? balbutia Pirra. Ils ont dû perdre le contrôle de la situation.

Hylas se pencha pour observer une plaque de granit placée devant le tas de bois. Il y découvrit une pile de pointes de flèche en obsidienne, luisantes. Il en ramassa une et la fit tourner entre ses doigts : elle avait la forme d'une feuille de peuplier. Identique à celle qu'il avait arrachée de son bras.

— Les Corbeaux, déclara soudain Pirra d'une voix dure.

— Comment ça… ? murmura Hylas.

— On raconte qu'ils brûlent leurs sacrifices.

— Un sacrifice ? Tu crois qu'il s'agit de ça ? Mais qu'espéraient-ils obtenir ?

— Je ne sais pas.

— Aucun sacrifice ne devrait prendre une telle ampleur. Ils ont dû détruire assez de bois pour bâtir dix villages.

— Quand je pense aux pauvres esprits de tous ces arbres…

À l'idée des créatures mortes dans l'incendie et de ces arbres sans défense, Hylas sentit la colère monter en lui. Et c'était l'œuvre des Corbeaux. Encore eux.

— Que se passe-t-il exactement sur cette île ? murmura-t-il. C'est comme si… tout était lié.

— Que veux-tu dire ?

— Pourquoi ce navire s'est-il échoué ici ? répondit-il, préoccupé. Qu'est-il arrivé à la bande d'Esprit ? Et pour quelle raison le Trembleur-de-Terre s'est-il réveillé ? Depuis que les Corbeaux m'ont attaqué en Lykonia, on dirait qu'une sorte de logique, comme un canevas, se met en place, seulement je ne parviens pas à la comprendre. Et j'ai l'impression d'être une mouche piégée dans une toile d'araignée.

Pirra resta silencieuse un instant. Elle tendit le cou vers les arbres couchés qui jonchaient le versant ouest.

— Selon toi, est-ce qu'on pourrait grimper de ce côté ?

Hylas suivit son regard.

— Peut-être. Je vais aller voir. Attends-moi ici.

Les arbres étaient en équilibre instable, et leurs branches brisées formaient des piques. Le garçon cria à Pirra de reculer, par précaution. Une fois arrivé au milieu de la pente, il avisa un surplomb escarpé qui rendait toute ascension impossible.

À croire que l'île refusait de les laisser sortir de cet endroit.

La descente se révéla plus difficile. Ses mains et ses pieds maculés de charbon de bois glissaient sur les prises. Le fourreau de son poignard s'accrocha à une branche. Se retourna. L'arme tomba. Roula vers le bas.

Pirra courut le ramasser.

— Je l'ai ! lança-t-elle.

Jetant un coup d'œil par-dessus son épaule, Hylas repéra quelque chose qu'il n'avait pu voir à l'aller : une petite vallée encaissée, dissimulée derrière un éperon rocheux de l'autre côté de la clairière. Il aperçut un éclat de vert lumineux et sentit son courage se réveiller. Le feu n'avait pas ravagé ce ravin, lequel conduisait à la Mer, Hylas en était convaincu.

Il était sur le point d'annoncer la bonne nouvelle à Pirra quand, dans la vallée, les buissons remuèrent.

Le garçon se figea.

D'autres mouvements.

Quelqu'un approchait.

CHAPITRE VINGT-NEUF

L'homme qui émergea du ravin boitait. Il marchait dans l'ombre, comme s'il ne voulait pas être vu, se dirigeant vers la clairière.

Vêtu d'une tunique de cuir rêche tachée par le sel, il allait pieds nus, portant en bandoulière une outre à moitié pleine ainsi qu'un simple couteau de silex coincé dans un morceau de ficelle qui lui servait de ceinture. Ses cheveux bruns étaient longs – il ne pouvait donc s'agir d'un esclave ; et, bien qu'il ait l'allure d'un voyageur errant, il avait la carrure d'un guerrier. Il était trop loin pour qu'Hylas parvienne à distinguer ses traits, mais il semblait vigilant, sur ses gardes, ce qui emplit le garçon d'appréhension.

Depuis son poste parmi les arbres abattus, Hylas lança un coup d'œil en contrebas. Aucune trace de Pirra. *Pourvu qu'elle ait entendu l'homme arriver et qu'elle soit allée se cacher*, pensa-t-il.

Sans quitter l'ombre, l'homme s'immobilisa devant les pointes de flèche des Corbeaux. Il les contempla un long moment. Porta sa main à son couteau. Balaya lentement la clairière du regard. Un regard intense, semblable à des braises ardentes, qu'Hylas sentit se braquer dans sa direction.

L'inconnu se dirigea ensuite vers les vestiges calcinés du sacrifice, directement sous Hylas. Il se pencha pour ramasser un tesson de terre cuite. Le renifla. Le reposa. Puis trouva une grosse roche contre laquelle il s'appuya en se massant la cuisse droite, comme si elle était douloureuse. Il tira quelques feuilles d'une bourse, les broya entre ses doigts et les frotta sur son front avant de mâcher ce qui restait ; il fit passer le tout avec une gorgée d'eau de son outre et s'essuya les lèvres du revers de la main.

— Toi, là-haut, dit-il calmement. Tu ferais mieux de descendre.

◊◊◊

— Je sais que tu es là, reprit l'Inconnu. Toi et moi, nous savons que le seul moyen de sortir de ce tas de bois, c'est par le bas.

Un scarabée grimpa sur le pied d'Hylas. Il n'osa pas le chasser d'un geste de la main.

L'Inconnu croisa les bras et bâilla.

— Je peux attendre tout le jour. Toi aussi ?

Le scarabée s'éloigna, pour être remplacé par des fourmis.

— Très bien, déclara l'Inconnu. J'attendrai.

Le Soleil monta plus haut dans le ciel. La sueur gouttait le long des flancs d'Hylas. Le vent se leva, souffla des cendres dans ses yeux. Il avait la bouche sèche. Pirra avait gardé leur outre.

— Ça ne doit pas être très amusant, là-haut, fit observer l'Inconnu.

Il émanait de sa voix, pourtant aussi douce que le miel, une sourde fermeté qui incitait à l'écouter et à lui obéir.

— Tu auras bientôt soif. Et faim. Les garçons comme toi ne tiennent jamais bien longtemps sans eau ni nourriture.

Hylas retint une exclamation de surprise. Comment cet homme pouvait-il savoir à quoi il ressemblait ?

— Oh, j'en sais beaucoup sur toi, ajouta l'Inconnu, comme s'il avait lu dans ses pensées. Tu es maigrichon. Fatigué. Tu boitilles de la jambe gauche. Qu'est-ce qui t'est arrivé ? Tu as marché sur une épine ?

Le vertige s'empara soudain d'Hylas. Était-il possible que cet homme n'en soit pas réellement un ? Se pouvait-il qu'il soit un immortel ayant pris apparence humaine ?

Malgré tout… s'il s'agissait d'un immortel, il avait certainement le pouvoir de l'obliger à descendre.

Mais, s'il ne s'agissait que d'un homme, pourquoi ne gravissait-il pas la pente pour aller le chercher et le traîner jusqu'en bas ? À moins qu'il ne puisse grimper à cause de…

— Tu as raison, concéda l'Inconnu. À cause de cette égratignure que j'ai à la cuisse, je préfère rester où je suis. Au fait, comment t'appelles-tu ?

Une question tellement inattendue qu'Hylas faillit répondre.

L'homme haussa les épaules.

— Très bien. Puisque c'est ainsi, je vais te donner un nom. Je vais t'appeler Puce. Car seule une puce serait capable de sauter là-haut. Maintenant, écoute-moi bien, Puce : si tu refuses de descendre, je vais être forcé de m'en prendre à la fille…

— Non, arrête ! s'écria Hylas.

— Ah, il sait donc parler, constata l'Inconnu d'un ton sec. Et, d'après son accent, je dirais qu'il vient de Lykonia…

— Ne lui fais pas de mal !

— Tout dépend de toi, pas vrai ?

Hylas se mordilla la lèvre. L'Inconnu détenait-il vraiment Pirra ? Dans ce cas, où était-elle ? Cherchait-il plutôt à le berner ?

Soudain, il comprit. *Mes empreintes.* L'homme avait examiné les empreintes qu'il avait laissées. Et celles de Pirra.

L'Inconnu ramassa de la cendre qu'il fit couler entre ses doigts.

— Un bon marin sait toujours où se dirige le vent. Même si tu ne connais certainement rien à tout ça, puisque tu viens des plaines.

— Non, je... commença Hylas.

Il se tut aussitôt. Ferma les yeux.

— Tu viens des montagnes ? Évidemment. Vu ta cachette, j'aurais dû m'en douter. Tu es pourtant bien loin du mont Lykas, pas vrai, Puce ?

Hylas resta muet. Il avait l'impression d'être une souris, piégée par un renard dangereusement rusé.

L'Inconnu s'écarta du rocher auquel il était adossé et se mit à rassembler des branches, qu'il empila peu à peu au pied de la pente. Que manigançait-il ?

Agacé, Hylas le vit se diriger, toujours en boitant, vers l'entrée du ravin, pour revenir presque aussitôt avec une poignée d'herbes duveteuses. S'agenouillant avec maladresse à cause de sa jambe blessée, il tira son couteau et, non sans habileté, fit naître des étincelles dans l'amadou.

— Tu te demandes ce que je prépare, lança-t-il, désinvolte. Eh bien, je vais te l'expliquer. Que fais-tu quand l'hiver est achevé et que ta hutte est infestée de vermine ? Tu l'enfumes en jetant de l'armoise sur le feu.

Il souffla sur le petit bois, puis s'écarta pour laisser la brise attiser la flamme.

— Ça marche aussi avec les puces.

En un rien de temps, des volutes de fumée noire, poussées par le vent, montèrent vers Hylas. Bientôt, il fut incapable de respirer ; toussant et avalant de la fumée, il tenta de s'enfuir en se traînant sur le sol à l'aveuglette, perdit l'équilibre et dégringola.

En un clin d'œil, l'Inconnu le tira vers le bas, lui plaqua le visage contre terre et posa la pointe de son couteau sous sa mâchoire.

— Où sont-ils ? demanda-t-il d'une voix rude comme le granit.

— Qui ça ? haleta Hylas.

— Les fils de Koronos ! Réponds ! Vite et sans mentir !

— Je ne sais pas de qui tu parles !

Des mains vigoureuses prirent la ceinture d'Hylas, s'en servirent pour lui nouer les poignets, puis le forcèrent violemment à s'agenouiller ; l'homme le serrait si fort contre lui que le garçon crut ses omoplates sur le point de se briser.

— Où sont les Corbeaux ? dit l'homme. Tu dois le savoir, puisque tu es un de leurs espions !

— Non, c'est faux !

— Cette réponse ne me suffit pas. Si tu veux vivre plus longtemps que cette branche à laquelle je viens de mettre le feu, décide-toi à parler !

— Je ne suis pas un espion, je le jure !

L'Inconnu le fit pivoter et le maintint à bout de bras pour l'observer. Hylas se trouva face à un visage dur, brûlé par le vent. Il vit une barbe sombre, effilée, incrustée de sel, et des yeux enfoncés dans leurs orbites, étrangement clairs, comme délavés par des années passées à scruter les lointains. Ils examinaient Hylas avec toute la compassion qu'un lynx peut éprouver pour sa proie.

— Si tu n'es pas leur espion, aboya l'homme, que fais-tu ici ?

— J'essaie justement de leur échapper !

L'Inconnu le fixa – un regard qui parut fouiller jusqu'aux racines de son esprit.

— Tu es futé, finit-il par répondre. Mais dis-toi bien que je suis plus futé encore.

Hylas déglutit.

— Je... je suis assez futé pour m'en être rendu compte, bredouilla-t-il.

Les ridules qui bordaient les coins de la bouche de l'Inconnu se creusèrent, comme s'il avait voulu sourire sans se rappeler comment faire.

— Quel âge as-tu, Puce ?

— Euh... douze étés.

— Douze.

Une fugitive expression de pitié traversa les traits sévères de l'homme.

— Est-ce possible ? murmura-t-il. Bien avant ta naissance, j'étais déjà en fuite...

— À cause des Corbeaux ?

— Entre autres.

Un bref instant, l'homme eut l'œil hagard.

— Dis-moi, Puce, reprit-il, que sais-tu des Corbeaux ?

Hylas prit une profonde inspiration.

— Nous étions sur la Montagne, avec les chèvres, quand ils nous ont attaqués, Issi et moi. Issi, c'est ma petite sœur. Nous avons été séparés. Ils ont tué Skiros, un autre Paria. Thestor, le Gouverneur, les a laissés entrer sur son territoire, mais j'ignore pourquoi. Je me suis échappé et j'ai échoué ici. J'essaie de retourner en Lykonia pour aller chercher ma sœur. C'est tout ce que je sais.

Il mentait, car il n'avait pas parlé des Keftiens, mais cela l'aurait obligé à mentionner Pirra – et il espérait que l'Inconnu l'avait oubliée.

— Combien étaient-ils, ceux qui vous ont attaqués ? À quoi ressemblaient-ils ?

Hylas les décrivit du mieux qu'il put.

— Leur... chef, qui... est-il ? bafouilla-t-il.

L'homme cracha sur le sol.

— Kratos. Kratos, fils de Koronos.

— C'est quoi, Koronos ?

— Pas quoi, mais qui. Koronos est à la tête du clan qui gouverne Mycènes. Ses membres étaient jadis honorés et respectés. Et puis, devenus ivres de pouvoir, ils se sont emparés de ce qui ne leur appartenait pas. Tu les appelles les Corbeaux : c'est le surnom que les gens, terrifiés, leur ont donné. Désormais, il désigne le clan tout entier, ainsi que les guerriers qui combattent pour lui. À moi de te poser une question, maintenant : pourquoi Kratos te pourchasse-t-il ?

— Je n'en sais rien. Il traque tous les Parias. Je suis peut-être le dernier encore en vie. Sans compter Issi.

L'Inconnu accueillit ces paroles en silence. Hylas sentit son esprit subtil évaluer, avec une rapidité stupéfiante, les ramifications et les conséquences possibles de cette réponse.

Le garçon rassembla son courage.

— Es-tu... un dieu ?

De nouveau, les rides qui entouraient la bouche de l'Inconnu se creusèrent.

— C'est possible. Comment pourrais-tu en être certain ?

— Un dieu aurait une ombre ardente.

— C'est juste. Mais, si j'en étais un, je pourrais te contraindre à penser le contraire.

Sa voix, de nouveau doucereuse, n'avait néanmoins pas perdu cette fermeté qu'Hylas y avait déjà perçue. Cet homme devait être capable de vous faire croire que le feu était de l'eau.

— Sais-tu te métamorphoser ? demanda Hylas. Comme l'Homme-de-la-Mer ? Ou bien es-tu un autre esprit ayant pris une apparence humaine ?

— Oh, je m'y connais bien en déguisements. J'ai souvent eu l'occasion de m'entraîner.

Les flammes crépitèrent. Hylas sursauta. La branche était presque consumée.

L'Inconnu l'avait remarqué, lui aussi.

— Que vais-je faire de toi, Puce ? J'ai envie de croire à ton histoire… Mais… puis-je prendre un tel risque ? Ce ne serait pas la première fois que les Corbeaux me tendraient un piège ; et ce n'est pas ma générosité qui m'a permis de rester en vie jusqu'à maintenant.

Hylas décida de se lancer.

— Je sais où se trouve ton navire.

L'Inconnu se figea.

— Comme c'est commode. Un peu trop, cependant.

— C'est vrai. Je t'en prie, fais-moi confiance. Ses voiles sont taillées dans une toile brute, il transportait des jarres d'olives et… j'ai aussi découvert une bourse à vents avec des tas de nœuds !

L'homme relâcha un peu son étreinte.

— Des survivants ?

— Je n'en ai vu aucun.

— Comment ça, pas un seul ?

Le garçon secoua la tête.

Les traits de l'Inconnu se modifièrent imperceptiblement. Hylas comprit que, en dépit de sa dureté, ses compagnons avaient dû compter pour lui.

— Je peux te conduire à l'épave, proposa-t-il.

— Explique-moi où elle est, cela m'évitera de devoir rester avec toi.

— Si je te le disais maintenant, tu... me tuerais sûrement.

— Je te tuerai peut-être, de toute façon. Ce serait la chose la plus sage à faire.

Le feu siffla. La branche s'écroula dans une pluie d'étincelles.

— Le navire est loin ? demanda l'homme.

— Non, mentit Hylas. Nous pourrions y arriver à la tombée de la nuit.

— Où est-il ?

— Sur des rochers, au bout d'un promontoire. Mais on peut facilement atteindre l'épave, à condition que le vent ne souffle pas trop.

L'Inconnu releva le garçon et s'empara d'un tison encore rouge.

— De quel côté ?

Hylas réfléchit vite. Il était essentiel qu'il donne l'impression de savoir où il allait – ce qui n'était nullement le cas. Cela éliminait le ravin par où l'homme était venu.

— Vers le nord, déclara-t-il avec assurance.

Tandis qu'ils prenaient la direction de la vallée incendiée, Hylas chercha à échafauder un plan. Mais aucune idée ne lui vint. Il espérait simplement que Pirra avait quitté cet endroit depuis longtemps et qu'elle aurait la présence d'esprit de ne pas revenir sur ses pas.

◇◇◇

Blottie derrière un rocher, Pirra les entendit partir. Hylas avait-il un plan ? Pourquoi conduisait-il cet homme vers la vallée brûlée ?

À l'idée qu'elle ferait mieux de les suivre, son ventre se noua. Si elle s'approchait trop d'eux, elle était certaine que l'Inconnu l'attraperait et l'étriperait, comme il le ferait avec n'importe quelle proie. Si elle traînait trop, elle se perdrait. Elle s'imagina en train d'errer, seule, dans la vallée sacrifiée, et d'avancer à l'aveuglette dans ce défilé maudit, empli de l'épouvantable présence des Furieux…

Hylas avait cependant besoin d'elle. Pirra n'avait pas le droit de l'abandonner à son sort. S'il n'avait pas été là, elle serait encore enfouie sous les roches, dans les cavernes.

Elle but une gorgée d'eau de son outre et s'arma de courage. Une chose était sûre : il lui fallait du nerprun pour se protéger, au cas où elle se retrouverait près de ce défilé. L'Inconnu avait l'esprit hanté. Hylas l'avait-il deviné ? Elle l'ignorait.

Pirra se précipita dans le ravin et fouilla désespérément dans les broussailles. Du laurier, du houx… pas de nerprun. Elle ne savait pas exactement à quoi ressemblait cette plante ; elle n'en avait qu'une vague idée, grâce à des représentations sur des fresques et à quelques feuilles qu'elle avait vues dans un bol. Et, pendant ce temps, Hylas et l'homme s'éloignaient.

Elle finit par trouver un arbuste de nerprun et poussa un cri de triomphe. Après avoir coupé, à l'aide du poignard de bronze, quelques petites branches qu'elle glissa dans sa ceinture, elle s'empressa de remonter vers la clairière.

Bien sûr, elle était vide. Hylas et l'Inconnu étaient déjà loin.

Elle partit à toute allure dans la direction qu'ils avaient prise – du moins, celle qu'elle estimait être la bonne. Car il y avait sur le sol beaucoup plus de pistes que dans son souvenir et examiner les différentes traces se révéla beaucoup plus difficile qu'elle ne l'avait cru.

Elle échafaudait des plans fous pour sauver Hylas, lesquels tournoyaient dans son esprit, tous aussi irréalisables les uns que les autres. L'Inconnu donnait l'impression d'être un vagabond, mais il avait les gestes d'un guerrier. Si elle avait deviné juste, il était plus dangereux encore : il avait dû commettre les crimes les pires qui soient.

Hylas avait dû s'en rendre compte, même s'il n'avait pas entendu le charme que l'Inconnu avait marmonné lorsqu'il avait broyé ces feuilles entre ses doigts.

Quand Pirra avait-elle entendu quelqu'un murmurer cette formule dans la Maison de la Déesse pour la première fois ? Elle ne se le rappelait pas ; elle savait néanmoins que ce charme était utilisé sur Keftiu depuis des milliers d'années – de même qu'en Égypte, ainsi que le lui avait expliqué Userref. Cela faisait très longtemps que les gens terrifiés chuchotaient ce sortilège ; il était plus ancien que la construction de la toute première Maison de la Déesse ou que les montagnes de pierre que les Égyptiens avaient élevées dans le désert. Plus ancien encore que les tribus sauvages qui avaient vécu dans les cavernes, avant que les dieux n'enseignent aux hommes à cultiver la terre.

C'était le plus vieux sortilège au monde.

Le sortilège qui protégeait des Furieux.

CHAPITRE TRENTE

Les ombres rampaient entre les racines des arbres. La peur s'insinuait dans la gorge d'Hylas. Près de lui, l'Inconnu ne cessait de jeter des coups d'œil inquiets aux arbres calcinés, humant l'air comme un cerf cherche à flairer le danger.

— Pourquoi me conduis-tu de ce côté, Puce ? gronda-t-il.

— C'est le chemin qui mène à ton navire, mentit le garçon.

— Je l'espère bien.

L'Inconnu tenait sa torche bien haute, comme pour repousser la nuit autour d'eux. Parfois, il récitait un charme dans sa barbe ou mâchait une feuille prise dans sa bourse. Il s'agissait de feuilles de nerprun, et, même si Hylas ne l'avait pas déjà deviné, la formule qu'il prononçait lui aurait fait comprendre que l'homme ne portait ni amulette, ni sceau de pierre. Il ne voulait pas se trahir auprès de ceux qui le pourchassaient : les Furieux.

Le ciel, couvert, était teinté de rouge. La vallée silencieuse retenait son souffle. Le défilé hanté n'était plus très loin. Hylas repensa aux ténèbres qui se mouvaient sous les cyprès noirs. Il tendit l'oreille. Aucun battement d'ailes. Le simple fait de se trouver en compagnie de cet homme le mettait en danger, un danger mortel, il le savait.

La lumière déclinait quand ils atteignirent la source. Les bêtes assoiffées avaient tant piétiné le sol qu'il ne restait plus qu'une mare bourbeuse. Mais l'endroit était désert, à l'exception de nuées de moustiques.

Aucune chauve-souris, remarqua Hylas. Les insectes auraient pourtant dû les attirer.

— Nous ne nous arrêterons pas longtemps, annonça l'Inconnu. Nous devons quitter ces lieux avant la nuit.

Il attacha Hylas à une souche d'arbre, posa sa torche contre une roche et s'empressa de boire ; après être allé remplir son outre, il versa de l'eau sur sa cuisse blessée. Puis, à la grande surprise du garçon, il lui apporta l'outre et l'autorisa à se désaltérer à son tour.

— Merci, dit Hylas.

L'Inconnu ne parut pas l'entendre. Le tison était presque consumé et il fouillait les environs, en quête d'une autre branche.

Hylas n'arrivait pas à le cerner. Il était dur, effrayant, il avait dû commettre un crime atroce pour que les Furieux le traquent ainsi ; mais il avait par instants de brefs élans de bonté et, à contrecœur, le garçon avait envie de se lier d'amitié avec lui. C'était comme si deux hommes coexistaient à l'intérieur de ce corps puissant : l'un ne voulait pas de mal à Hylas, l'autre était prêt à tout pour survivre.

Une bourrasque fit tourbillonner la poussière, qui s'éleva en spirales. Aussi vif qu'un lézard, l'Inconnu s'empara de sa torche ; il fit volte-face pour balayer la pénombre du regard. Il avait le visage farouche et ses dents brillaient dans sa barbe.

Le vent retomba. L'homme abaissa le tison. Son front luisait de sueur. Il s'aperçut qu'Hylas le fixait.

— La peur est une drôle de chose, dit-il. Si l'on vit assez longtemps avec elle, elle devient une compagne. Mais tu sais déjà tout ça, pas vrai, Puce ? Tu sais parfaitement ce qui ne va pas dans cette vallée.

Hylas acquiesça.

— Qu'as-tu fait ? Pour quelle raison te poursuivent-ils ?

L'Inconnu le dévisagea.

— Tu es trop jeune pour comprendre. Trop jeune pour être mêlé à ça. Tu devrais être dans tes montagnes, à t'occuper de tes chèvres.

— Les Corbeaux les ont tuées. Ils ont aussi tué mon chien.

L'homme se rembrunit. Lorsqu'il lui demanda ce qui était arrivé à son couteau, Hylas sursauta.

Voyant que le garçon restait muet, il ajouta :

— Tu as un fourreau vide accroché à ta ceinture. Où est ton couteau ?

— Je... je l'ai perdu.

L'Inconnu attendit un instant, puis reprit d'un ton posé :

— Sais-tu pourquoi les Corbeaux ont incendié cette vallée ?

Hylas fit non de la tête. Où cet homme voulait-il en venir ?

— Réfléchis un peu, Puce. Les gens se livrent à des sacrifices quand ils souhaitent obtenir quelque chose. Et les Corbeaux, pour brûler une vallée entière, devaient avoir un motif sérieux.

Il alluma soigneusement une nouvelle branche avec le tison, puis s'approcha de la souche et s'assit près du garçon.

— Je me suis demandé pourquoi Kratos prendrait la peine de traquer ainsi les Parias, poursuivit-il. Le serpent attaque lorsqu'il est menacé. Aussi, pose-toi la question suivante, Puce : pourquoi les Corbeaux, maîtres tout-puissants de Mycènes, se sentiraient-ils menacés ? Comment un petit Paria maigrichon pourrait-il mettre en danger le clan de la Maison de Koronos ?

— Je l'ignore, répliqua Hylas.

— J'ai une réponse. Pour menacer les Corbeaux, il suffit de leur enlever l'objet qui préserve leur pouvoir. Sais-tu ce que c'est ?

Le garçon secoua de nouveau la tête.

— Un poignard est à l'origine du pouvoir des Corbeaux, affirma l'Inconnu.

Il marqua une pause, curieux de voir comment Hylas allait réagir à cette précision. Mais celui-ci ne dit mot.

— Étrange, n'est-ce pas ? Ce n'est ni une coupe d'albâtre, ni un collier d'or pur. Mais un simple poignard de bronze. Trois rivets et une marque gravée sur le manche : une roue de char pour écraser l'ennemi. Avec cette arme, ils sont invincibles. Sans elle, ils perdent leur puissance.

Hylas luttait pour rester impassible et ne pas trahir sa stupéfaction – cependant, en son for intérieur, il était en proie à un terrible vertige. Il se souvint soudain du Keftien qui, avant de mourir, l'avait pressé d'accepter le poignard. *Je l'ai volé. Il est précieux. Garde-le, mais surtout ne le montre à personne.*

— Comment... est-ce possible ? bredouilla-t-il. Comment leur pouvoir pourrait-il être contenu dans un couteau ?

— Je vais te l'expliquer, répondit l'Inconnu, sans cesser de le fixer attentivement. Le premier Gouverneur de la Maison de Koronos mena jadis une bataille acharnée contre ses ennemis. Il tua leur chef d'un coup qui fendit en deux son casque et sa tête. Plus tard, il forgea un poignard à partir du métal de ce casque. Il trempa le bronze chaud dans du sang prélevé de ses propres blessures. Puis, après avoir immolé sept taureaux, il invoqua le Ciel-Père : il lui demanda d'imprégner l'arme du pouvoir de son clan et de lui donner la force et l'endurance du bronze. Le Ciel-Père envoya un aigle, signe que la prière du Gouverneur avait été entendue. Depuis cette époque, tant que la Maison de Koronos détient ce poignard, elle demeure invincible.

Il s'interrompit, sans détourner les yeux du visage d'Hylas.

— Lorsque, de loin, j'ai vu la vallée brûlée, j'ai compris une chose : les Corbeaux avaient perdu leur poignard. Voilà pourquoi ils sont venus sur cette île. Voilà pourquoi ils ont pratiqué ce sacrifice. Pour supplier les dieux de les aider à le retrouver.

Le vent s'était tu. Seul résonnait le murmure de la source.

Tout à coup, l'Inconnu se pencha vers Hylas.

— Est-ce pour cette raison qu'ils s'en prennent aux Parias, Puce ? Un Paria leur a-t-il volé leur précieux couteau ? Toi, peut-être ?

Le garçon croisa son regard.

— Je ne l'ai pas volé. Je le jure, sur la vie de ma sœur.

— Mais tu as déjà vu ce poignard.

— Oui.

— Où est-il, à présent ?

— Je l'ignore.

— Comment sais-tu ce qu'il représente ?

— Par le récit que tu viens de me faire.

— Quand l'as-tu vu pour la dernière fois ?

Hylas hésita.

— Il y a quelques jours. Je l'ai... perdu... il est tombé dans la Mer...

Il voulut détourner les yeux, mais l'homme le scrutait avec tant d'intensité qu'il en fut incapable. Il avait deviné qu'Hylas mentait.

— Est-ce que c'est la fille qui l'a ? Celle dont j'ai aperçu les empreintes dans la clairière ?

— N... non, bafouilla le garçon. Je ne sais pas où il se trouve, c'est la vérité !

— Si bizarre que cela puisse paraître, je te crois. Nous voilà tous les deux dans l'ignorance, il me semble.

Il se releva et fit quelques pas, comme s'il tâchait de prendre une décision. Une décision qui ne lui plaisait pas. Puis il redressa les épaules et jeta à Hylas un regard fugitif, plein de pitié.

— Je suis désolé, Puce. Pourquoi m'as-tu conduit jusqu'ici, dans cet endroit terrible ?

Hylas sentit sa bouche se dessécher.

— Qu'as-tu l'intention de faire ?

L'Inconnu passa l'outre en bandoulière, détacha le garçon et l'aida à se relever.

— Allez, viens, gronda-t-il. Qu'on en finisse.

Ils laissèrent le point d'eau derrière eux. Peu après, dans l'obscurité, les cyprès noirs surgirent devant eux.

— Non, dit Hylas. Ton épave n'est pas de ce côté.

L'homme resta muet.

Le peuplier solitaire se dressait au centre du défilé, telle une sentinelle. L'Inconnu coinça sa torche dans le creux d'une branche et obligea Hylas à s'asseoir sur les racines de l'arbre. Puis il le ligota au tronc avec des gestes rapides, en lançant de fréquents regards vers le ciel qui s'assombrissait.

Hylas claquait des dents.

— Que vas-tu faire ? répéta-t-il.

L'homme dégaina son couteau et se coupa une mèche de cheveux, qu'il noua autour du cou du garçon. Ensuite, il ramassa un morceau de charbon de bois et, tenant fermement Hylas, traça des marques sur son front et sur sa poitrine.

— Je m'en veux, Puce, déclara l'homme d'un ton farouche. Infliger pareille chose à un enfant... Mais il le faut. Je dois les empêcher de m'attraper. Ce n'est pas seulement ma vie qui est en jeu. Et il n'y a pas d'autre moyen.

Il se releva, s'empara de sa torche et s'adressa aux ombres qui se pressaient dans le défilé.

— Esprits de l'air et des ténèbres ! Voyez cette marque sur son front et sur son cœur : c'est celle d'Akastos ! Venez à lui. Prenez-le. Dévorez-le !

— Akastos, chuchota Hylas, haletant. C'est donc ton nom. Tu as placé ton signe sur moi. Tu m'as marqué avec tes cheveux. Je suis... un appât ! Tu vas m'abandonner ici, me livrer aux Furieux !

L'homme partit en boitant vers l'entrée du défilé.

— Si tu me laisses, jamais tu ne retrouveras ton navire ! cria Hylas.

— Mais si, répliqua Akastos. D'après toi, il est facile à atteindre si le vent n'est pas trop fort. Depuis que mon bateau a fait naufrage, le vent souffle vers le nord-ouest, ce qui signifie que l'épave est sur la côte nord-ouest.

— Même si tu réussis à le rejoindre, tu seras piégé ici lorsque les Corbeaux débarqueront sur l'île ! Ils vont venir, j'en suis sûr ! Je connais une cachette, je peux t'aider...

— Je n'ai pas besoin de ton aide.

— Je t'en prie !

Le désespoir qui vibrait dans sa voix incita Akastos à s'arrêter.

— Ne me laisse pas ici, le supplia Hylas. Je suis innocent !

— Je sais, répondit l'homme, troublé. Mais je ne peux me permettre d'agir autrement.

Il passa la main sur son visage.

— Nous sommes semblables, toi et moi. Tous deux des survivants. Tu auras peut-être une idée qui te permettra de les léser de leur dû.

— Akastos !

Il avait disparu.

Le silence qui suivit fut effroyable. À travers les branches noires, Hylas vit s'évanouir les dernières lueurs du jour. Quelques pâles étoiles luisaient dans le ciel.

Puis des nuages les éteignirent. L'obscurité s'épaissit. Ce serait une nuit sans Lune.

L'écorce rugueuse du tronc écorchait le dos d'Hylas. Les marques d'Akastos lui tiraillaient la peau. Il sentait l'odeur du bois calciné et de la cendre, nauséabonde.

Il entendit un bruissement d'ailes.

CHAPITRE TRENTE ET UN

Hylas se débattit furieusement. Les liens tinrent bon. Il voulut frotter les marques d'Akastos pour les effacer, mais il lui était impossible de les atteindre, car ses bras étaient coincés le long de son corps.

Une ombre épaisse se profila dans le ciel.

Le garçon fouilla sa mémoire. D'une voix hésitante, il se mit à marmonner le charme.

L'ombre passa comme une flèche et les battements d'ailes s'évanouirent dans la nuit. Il tendit l'oreille. Il savait qu'elle serait bientôt de retour.

Les Furieux pourchassent ceux qui ont assassiné les leurs, or Hylas n'avait tué personne ; il était cependant conscient que cela ne le sauverait pas. Les Furieux ne se soucient pas de ceux qui peuvent se mettre en travers de leur route. Si vous vous retrouvez à proximité de leur proie – ou si vous portez la marque de cette dernière – ils vous traqueront vous aussi.

Akastos avait agi en connaissance de cause. Il avait ligoté Hylas avec des nœuds difficiles à défaire et tracé sa marque par deux fois, sur son front et sur son torse, afin qu'il n'y ait nulle erreur possible. Le garçon était aussi vulnérable qu'une chèvre attachée à un piquet, condamnée à appâter un lion.

Une énorme masse sombre masqua le ciel. Elle atterrit soudain sur la crête du défilé. Replia ses ailes avec un bruit sec, cinglant.

Hylas sentit tout courage l'abandonner.

De nouveaux battements d'ailes. Une deuxième ombre se posa près de la première. Le garçon entendit des serres racler les cendres. Il huma une odeur de chair carbonisée. Vit les ténèbres palpiter.

Un silence terrible, comme aux aguets.

Hylas crut distinguer une silhouette obscure qui se figeait, puis qui se mettait à ramper lentement en ondulant dans sa direction. À sa recherche.

Au fond de lui, il perçut leur présence. Leurs chairs calcinées par les feux du Chaos. Leurs bouches rouges, à vif, pareilles à des plaies béantes.

Les Furieux étaient-ils capables de voir dans le noir ? D'entendre son souffle saccadé ou la transpiration qui coulait le long de ses flancs ? Étaient-ils capables de flairer sa terreur ?

Hylas n'avait pas de nerprun pour les repousser. Il pouvait seulement prononcer le charme – mais dans un murmure, afin de ne pas les alerter, espérait-il.

Du coin de l'œil, il vit quelque chose bouger, tout près du sol.

Oui, là-bas. À l'entrée du défilé. Il plissa les yeux pour scruter les ténèbres, mais celles-ci étaient trop profondes.

Au-dessus de lui, sur la crête, l'obscurité parut s'agiter. De longs cous se tendaient, en quête d'Hylas.

Un autre mouvement, plus proche cette fois. Une ombre se faufilait vers lui. Les mots du charme se coincèrent dans sa gorge. L'épouvante s'empara de son cœur…

— Hylas, chuchota l'ombre. C'est moi ! Pirra !

◆◆◆

Il faisait si noir qu'elle avait dû ramper à tâtons jusqu'à Hylas. Sans ses cheveux blonds, jamais elle ne l'aurait repéré dans la pénombre.

— Tu n'es pas blessé ? chuchota-t-elle en tirant sur les liens de cuir rêche qui le retenaient à l'arbre.

Ils étaient aussi solides que du granit. Impossibles à défaire.

— Tu as le poignard ? demanda-t-il d'une voix haletante. Vite ! Coupe les cordes !

Pirra s'y essaya, sans succès.

— Dépêche-toi ! Ils sont juste au-dessus de nous !

Elle leva les yeux. La terreur l'envahit.

Une masse sombre descendit en tournoyant et se posa dans un cyprès, à l'entrée du défilé. Pirra entendit des serres racler le sol. Un claquement d'ailes.

Elle se remit à la tâche. Ses mains tremblaient. La lame dérapait sans arrêt sur le cuir.

— Il m'a marqué de son signe, siffla Hylas. Voilà ce qui les attire. Je n'arrive pas à l'atteindre. Tu le peux, toi ?

— Où ça ?

— Sur mon front et ma poitrine. Il a aussi noué une mèche de ses cheveux autour de mon cou.

Avec frénésie, Pirra chercha le visage d'Hylas dans l'obscurité ; du bout des doigts, elle frotta son front pour effacer la marque. Elle fit de même sur son torse. Mais la mèche nouée autour de son cou ne cessait de lui glisser entre les doigts et elle ne parvint pas à l'ôter. Elle tenta alors de la couper. Jamais elle n'aurait imaginé que des cheveux puissent être aussi résistants. Elle finit par les trancher et les jeta à terre. Alors qu'elle recommençait à taillader les cordes, elle se souvint des feuilles de nerprun glissées dans sa ceinture.

— Pourquoi t'arrêtes-tu ? murmura Hylas.

— J'ai du nerprun et…

— Ça ne marchera pas ! Ils sont trop près !

À trente pas de là, une masse obscure bondit du cyprès et heurta le sol avec un bruit sourd, sinistre.

Hylas et Pirra se figèrent.

Puis elle se remit à couper les liens.

— Je n'y arrive pas, grommela-t-elle. Cela prend trop de temps.

— Prends un bout de charbon de bois et une pierre, chuchota Hylas. Trace sa marque dessus et… enroule ses cheveux autour.

Elle comprit d'emblée ce qu'il avait en tête.

— Un leurre ? demanda-t-elle.

— Oui, fais-le maintenant. Tu me libéreras ensuite.

— Mais…

— Pirra, si tu n'agis pas tout de suite, jamais nous n'aurons le temps de nous enfuir !

Elle ramassa un caillou et cassa une branche noircie du peuplier.

— Sa marque, souffla-t-elle, à quoi ressemblait-elle ?

— Je… je ne l'ai pas vue.

Elle réfléchit à toute allure.

— T'a-t-il dit comment il s'appelait ?

— Akastos.

— Et les traits qu'il a dessinés, à quoi t'ont-ils fait penser ?

À l'entrée du défilé, l'ombre ondula. Pirra perçut un reniflement terrifiant. La peur obscurcit son esprit.

— J'ai senti comme… un couteau pointé vers le bas et… des barres à chaque extrémité du manche, je crois.

— Je sais ce que c'est : le premier son de son nom.

À l'aveuglette, elle griffonna le signe sur le caillou – en espérant ne pas se tromper. Mais où était passée la mèche de cheveux ? Elle fouilla dans la poussière. Ne la trouva pas. La panique la gagna.

Je l'ai. Tremblante, elle s'efforça de la nouer autour du caillou.

— Vite ! la pressait Hylas.

Le reniflement cessa. L'ombre s'immobilisa. Elle avait flairé l'odeur qu'elle cherchait.

Comme en réponse à un signal muet, une deuxième masse sombre descendit de la crête, tournoyant dans une rafale de vent nauséabonde, et se posa dans les cyprès. Une troisième suivit.

Dès qu'elle eut terminé, Pirra leva le bras et lança le caillou vers l'entrée du défilé, aussi loin qu'elle put.

— Maintenant, détache-moi ! dit Hylas, pantelant.

L'ombre tapie sur le sol parut se dresser, oscilla, puis, comme titubante, s'élança en direction du caillou.

Fiévreusement, Pirra se mit à taillader la corde.

— Pas comme ça, recommanda le garçon. Fais comme si tu sciais du bois.

De toute sa vie, Pirra n'avait jamais scié le moindre petit bout de bois. Elle tâcha cependant d'écouter le conseil d'Hylas. Celui-ci se tortilla et força sur les liens. Ils finirent par lâcher.

Hylas bondit sur ses pieds, s'empara du poignard et attrapa le poignet de Pirra. Ils s'enfuirent du seul côté possible : dans le défilé, vers l'inconnu.

Tout en courant, Pirra jeta un coup d'œil en arrière. Elle aperçut des créatures ailées qui bondissaient des arbres et se rassemblaient à l'endroit où elle avait lancé le caillou. Celles-ci peupleraient ses cauchemars, à jamais.

◇◇◇

— Est-ce que ça va ? demanda Pirra.

Hylas hocha la tête.

— Tu n'en as pas l'air, ajouta-t-elle.

— Merci.

— Ne le prends pas mal, je voulais simplement...

— Non, je veux te remercier d'être venue à mon secours, voilà tout.

— Oh, dit-elle, surprise, en remuant la poussière avec son talon. Si je t'avais abandonné, je n'aurais pas survécu bien longtemps, tu sais.

Les bras serrés autour des genoux, Hylas se demanda quand il allait cesser de trembler. Il gardait un souvenir horrible de leur course chancelante dans le défilé. À chaque pas, ils avaient craint d'entendre les Furieux les prendre en chasse. Ils s'étaient tout à coup retrouvés devant un cul-de-sac ; puis les nuages avaient dérivé dans le ciel et, à la lueur des étoiles, le garçon avait découvert un ravin sinueux menant vers l'ouest. Après une marche difficile, presque interminable, ils avaient entrevu la Mer, telle une plaque d'argent terne dans le silence précédant l'aube.

Lorsque le Soleil s'était réveillé, ils s'étaient abrités sous un buisson épineux ; là, ils avaient partagé l'eau restant dans l'outre – que Pirra avait réussi à ne pas perdre, chose qui étonna le garçon.

— Allons-y, lui dit-elle, ramenant brutalement Hylas à l'instant présent.

— Pars la première, marmonna-t-il. Je te rattraperai.

Elle parut comprendre qu'il avait besoin d'être seul et s'engagea dans la pente.

Tout engourdi, il contempla les abeilles se cognant de-ci de-là parmi des touffes de thym pourpre, et les syrphes qui bourdonnaient autour de chardons jaunes. Rien de tout cela ne lui semblait réel. Comment ce monde pouvait-il exister alors que les Furieux existaient, eux aussi ? Où partaient les Ténèbres lorsque le Soleil se levait ? Et où se trouvaient à présent les Furieux ?

Il avait encore l'impression de les sentir près de lui, comme une souillure sur son esprit. Il songea à Akastos, à son regard hanté. *Bien avant ta naissance, j'étais déjà en fuite*... lui avait-il dit.

Le dauphin lui manquait. Hylas aurait tant voulu plonger avec lui dans la Mer chatoyante, laquelle aurait pu le purifier de la noirceur qui s'était insinuée en lui. Esprit comprendrait, sans qu'il soit besoin de lui expliquer.

Pirra était de retour. Il la vit gravir la pente avec difficulté. Visiblement, quelque chose n'allait pas. Hylas se redressa.

— Baisse-toi ! chuchota-t-elle.

— Qu'est-ce qu'il y a ?

— Un navire ! Ils viennent de débarquer. J'ai préféré revenir aussitôt et je ne me suis pas arrêtée pour les épier, mais je crois que ce sont des Corbeaux !

Les pensées d'Hylas se bousculèrent.

— Où sont-ils ?

— Sur le rivage, je viens de te le dire !

— Oui, mais où ?

Elle indiqua le sud.

— Ça vaut mieux. Notre campement doit se trouver au nord. Au moins, nous n'aurons pas à passer de leur côté.

Ils descendirent discrètement à flanc de colline.

Tout à coup, Pirra entraîna Hylas derrière une grosse roche.

— Regarde, souffla-t-elle.

À une centaine de pas vers le sud, le navire avait été tiré sur la plage de galets. Hylas avisa sa voile serrée, de la couleur du sang séché, et les hommes qui sautaient à terre, avec leurs longues capes noires et leurs casques en défenses de sanglier. Il vit l'armure de bronze, luisante, de leur chef. Il vit leurs visages.

Oui, leurs visages.

Il vacilla. Un grondement emplit ses oreilles. Il eut l'impression de basculer dans un précipice.

L'un d'eux était Telamon.

CHAPITRE TRENTE-DEUX

Les Corbeaux passèrent juste au-dessous d'eux. Pirra dénombra cinq hommes et un garçon. Tous portaient un poignard de bronze à la ceinture.

Ils marchaient d'un pas décidé, tête baissée. Pirra, qui avait d'abord cru qu'ils cherchaient une piste sur le sol, poussa un soupir de soulagement en constatant qu'ils ramassaient du bois flotté.

Près d'elle, Hylas s'était figé.

— C'est Telamon, annonça-t-il dans un chuchotement rauque.

— Quoi ?

— Telamon. Lui aussi est un Corbeau.

Elle scruta le groupe qui s'éloignait le long du rivage. C'était donc lui, le garçon qu'elle était censée épouser.

— Un Corbeau, répéta Hylas. Telamon est un Corbeau.

— Évidemment, répondit-elle, intriguée. Il appartient à la Maison de Koronos. Allez, viens, il faut partir ! Tu crois qu'on arrivera à atteindre ce promontoire ?

— Pourquoi ne m'as-tu rien dit ? demanda-t-il tout bas.

— Te dire quoi ?

— Qu'il était un Corbeau.

— Hylas, il faut filer d'ici !

— Pourquoi ne m'as-tu rien dit ? Réponds ! s'exclama-t-il avec virulence.

Pirra, troublée, regarda le garçon. Sous la cendre et la saleté, ses lèvres avaient viré au gris. Ses yeux fauves étaient presque noirs.

Un jour, dans la Grande Cour de la Maison de la Déesse, elle avait vu un acrobate voltigeant au-dessus d'un taureau se faire encorner par la bête ; l'homme avait été emporté, encore en vie, mais elle se souvenait de son visage, aussi blême et choqué que celui d'Hylas.

— Pourquoi ?

— Je croyais que tu étais au courant, voilà tout ! Maintenant, viens !

La côte était très boisée et ils réussirent à se frayer un passage vers le promontoire à l'insu des nouveaux arrivants. Rien n'indiquait qu'ils avaient été repérés. Cependant, à chaque instant, Pirra craignait de voir les guerriers fondre sur eux.

Ils se réfugièrent brièvement dans un bosquet de châtaigniers et de sycomores rempli de moineaux bruyants. L'endroit leur offrait un abri sûr et Pirra put respirer plus librement. Toujours aucun signe de poursuite.

Un peu plus tard, ils tombèrent sur une source. Alors qu'elle s'agenouillait sur le sol moussu pour se désaltérer, Pirra comprit qu'elle ne pouvait plus faire un pas.

— Je suis éreintée, avoua-t-elle, à bout de souffle. Je ne me rappelle même plus la dernière fois que j'ai dormi. Notre camp est-il encore loin ?

— Oui, je crois que la route est longue. Une demi-journée de marche, peut-être.

— Tu penses que ce serait risqué de s'arrêter ici un moment ?

— Aucun endroit n'est sûr, grommela Hylas.

Elle hésita, puis ajouta :

— À propos de Telamon... je croyais sincèrement que tu savais. Après tout, c'est ton meilleur ami.

— *C'était*, répliqua le garçon. Il n'est plus mon ami.

◇◇◇

Ils dénichèrent un abri sous des arbrisseaux, qu'Hylas masqua avec des branches afin que personne ne puisse les voir. Pirra alla chercher de quoi manger ; elle revint peu après en annonçant que les arbres descendaient jusqu'au rivage et qu'elle s'était donc aventurée dans la Mer. Elle rapportait, enveloppés dans sa tunique, plusieurs oursins qu'ils avalèrent crus en s'aidant de leurs doigts pour récupérer la chair visqueuse et nourrissante. Pirra lui jetait sans cesse des coups d'œil curieux, ce qui irritait le garçon. Il n'avait pas envie qu'elle le voie ainsi.

— J'ai toujours trouvé bizarre que Telamon soit ton ami, finit-elle par dire. Du moins parce qu'il est un Corbeau.

Hylas lui lança un regard noir.

— Quand tu m'as annoncé que vous étiez amis, reprit-elle, je me suis demandé si je pouvais te faire confiance. Je ne savais pas quoi penser. C'est pour cette raison que je n'ai rien dit. Évidemment, plus tard, dans les grottes, je t'ai fait confiance. Mais je n'ai jamais eu le temps d'en reparler avec toi.

Hylas planta violemment la lame du poignard dans la terre. L'arme vibra, puis s'immobilisa. Il avait la nausée. Il bouillait de rage, à laquelle se mêlaient chagrin et incrédulité. Telamon et lui avaient-ils jamais été amis ? Ou bien tout n'avait-il été qu'un mensonge ? Mais pourquoi ?

Il songea au lendemain de l'attaque des Corbeaux, quand Telamon était venu le chercher dans le char de son père. Il ignorait pourquoi les Corbeaux s'en prenaient aux Parias, avait-il affirmé. *Dès que j'ai appris la nouvelle, je suis venu t'avertir. J'ai trouvé Ouste... je l'ai enterré.*

Avait-il dit la vérité ? Quel intérêt Telamon aurait-il eu à lui mentir ?

Pirra repartit vers le rivage pour aller porter le dernier oursin en offrande à la Mer.

— Aucun signe d'eux, annonça-t-elle quand elle fut de retour. Mais je crois que j'ai aperçu l'épave dans le lointain. Tu as raison : elle est au moins à une demi-journée de marche. Est-ce qu'on peut se reposer ici jusqu'à la nuit ?

Hylas ne répondit pas. Du bout du doigt, il suivit le symbole gravé sur le manche du poignard. *Une roue de char*, avait précisé Akastos, *pour écraser l'ennemi*.

Il lui semblait impossible que cette arme, un simple couteau de bronze, puisse renfermer le pouvoir de la Maison de Koronos. Pourtant, au fond de lui, il se doutait que c'était vrai.

Il repensa aux paroles d'Akastos : les Corbeaux avaient perdu leur poignard et voulaient le récupérer, ce qui expliquait peut-être pourquoi ils traquaient les Parias. S'imaginaient-ils, pour une raison obscure, qu'un Paria l'avait volé ? Lui, Hylas ?

— Pourquoi gardes-tu les yeux ainsi fixés sur ton couteau ? demanda Pirra d'un ton posé.

Elle avait les traits tirés, mais ses yeux noirs l'observaient attentivement.

Il lui raconta tout. Le Keftien rencontré dans le tombeau. Le poignard qu'il lui avait donné. Comment l'arme l'avait aidé à rester en vie alors qu'il dérivait sur la Mer. Et, pour finir, ce qu'Akastos lui avait appris.

Quand il eut terminé, un silence s'installa entre eux. Les arbres étaient muets, comme abasourdis par la chaleur du milieu de journée. Même les moineaux s'étaient tus. Seul le chant des cigales continuait de vibrer dans les airs, inlassablement.

Pirra fut la première à reprendre la parole :

— Tu es certain qu'il s'agit de ce poignard ?

— Il porte le signe de la roue de char, exactement comme Akastos l'a décrit. L'homme que j'ai croisé dans le tombeau, le Keftien... sais-tu qui il était ?

— Aucune idée. J'ignore aussi pourquoi il aurait volé le poignard. Et je suppose que les Corbeaux conservaient cette arme à Mycènes. Comment ce Keftien aurait-il pu l'emporter jusqu'en Lykonia ? Et pour quelle raison ?

Perdue dans ses pensées, Pirra se mordilla la lèvre.

— Jusqu'à maintenant, je n'avais jamais entendu parler de ce poignard. Et je crois que personne ne connaît son existence à Keftiu. Ce qui semble logique. Les Corbeaux ne voudraient pas que tout le monde sache...

Elle s'interrompit, le souffle coupé, avant de reprendre :

— Je viens de me rappeler une chose ! Cela explique probablement pourquoi ils ont interrogé l'Oracle.

— Quel Oracle ?

— Quand nous sommes arrivés en Lykonia, nous avons appris que Thestor et Kratos étaient allés consulter leur Oracle. J'ignore la réponse qui leur a été faite... mais, quelle qu'elle soit, celle-ci avait peut-être à voir avec un Paria qui aurait volé le poignard.

— Je te l'ai déjà dit, je ne l'ai pas volé ! protesta Hylas.

— Oui, mais il est maintenant en ta possession, c'est tout ce qui compte. Il se peut que... L'Oracle a pu mentionner les Parias. Et, lorsque Kratos a su que tu étais le dernier qui restait en Lykonia, il a dû supposer que tu étais le voleur.

— Je ne suis jamais allé à Mycènes, ni même dans ses environs !

— Je le sais. Mais celui qui s'en est emparé – certainement ce Keftien que tu as croisé dans le tombeau – s'y est rendu, lui, avant d'emporter le poignard jusqu'en Lykonia. Ensuite, l'arme s'est retrouvée entre tes mains. Cela revient donc au même.

Hylas reprit le couteau fiché dans le sol et l'examina. Nul grain de poussière ne souillait la lame. Elle était parfaite. Splendide.

Le garçon avait fini par se persuader que le poignard était un ami. Celui-ci lui avait tenu compagnie quand il dérivait sur la Mer et, pendant la tempête, la lanière s'était enroulée autour de la planche, ce qui lui avait permis de ne pas se noyer. Hylas avait cru que l'arme avait voulu l'aider. À présent, il comprenait qu'elle avait seulement cherché à se protéger pour ne pas sombrer. *Encore un ami qui n'en est pas vraiment un*, songea-t-il.

Le garçon reposa le poignard et s'essuya les doigts sur sa cuisse.

— Je vais m'en débarrasser, déclara-t-il. Le jeter à la Mer. Ainsi, jamais les Corbeaux ne le récupéreront.

Pirra fronça les sourcils.

— Je ne pense pas que ça marchera. D'après moi, il est parfaitement capable de veiller sur lui-même.

— Comment ça ?

— Tu te souviens, dans la caverne, quand le serpent t'a attaqué et que le poignard est resté coincé dans ton fourreau ? Il voulait peut-être que tu sois mordu afin de pouvoir s'échapper. Et la fois où tu étais sur la pente de la clairière, parmi les arbres couchés ? Comme par hasard, le couteau est tombé juste avant qu'Akastos ne t'attrape. Si celui-ci l'avait vu sur toi, il te l'aurait pris. Je crois que le poignard, encore une fois, cherchait à s'échapper. Par conséquent, si tu le jetais dans la Mer, il trouverait certainement le moyen d'être découvert et rendu aux Corbeaux.

En dépit de la chaleur, Hylas frissonna. Il regarda la lumière changeante du Soleil jouer sur la lame de bronze. Il avait la sensation, perturbante, que l'arme était à l'écoute.

— Je viens de penser à quelque chose, reprit Pirra. Je parie que Kratos n'a pas révélé à ses hommes que le poignard a disparu.

— Pourquoi pas ?

— Ce serait un signe de faiblesse. Or, si tu veux garder le pouvoir, il ne faut jamais montrer tes faiblesses. Ma mère m'a appris cela. Oui, j'en suis sûre : Kratos n'a dû le dire qu'à ses parents les plus proches. Peut-être à Thestor et à Telamon. À personne d'autre.

Hylas la dévisagea fixement.

— Quoi ? Telamon appartient à la famille de cet homme ?

— Oui, acquiesça-t-elle. Thestor et Kratos sont frères. Leur père est Koronos, le Haut Gouverneur de Mycènes. Telamon est donc son petit-fils. Et le neveu de Kratos. Ce qui fait de lui un Corbeau. Il en est un depuis le jour de sa naissance. Hylas… est-ce que ça va ?

Hylas était de retour en Lykonia : caché sous un surplomb rocheux, il se raccrochait à la vie, tandis qu'un monstre vêtu de cuir noir et de bronze se penchait vers la gorge. Il vit une main vigoureuse, maculée de cendre. Sentit un regard acéré parcourir les pentes, à sa recherche…

C'était à cause de Kratos qu'Ouste avait été tué. Qu'Issi errait, perdue dans la Montagne. Kratos, fils de Koronos. L'oncle de Telamon.

— Hylas ?

— Laisse-moi tranquille ! s'écria-t-il d'un ton abrupt. Je… j'ai besoin d'être seul !

Sans réfléchir, il s'enfuit en courant entre les arbres. Les explications de Telamon lui revenaient en mémoire.

Ils ne s'appellent pas les « Corbeaux ». Ils appartiennent à un clan important, celui de la Maison de Koronos… Mon père n'a rien à leur reprocher… Il est le Gouverneur. Ce qui signifie qu'il ne peut pas toujours choisir… ses alliés.

C'était donc la vérité. Mais tant de mensonges étaient restés enfouis sous les paroles que Telamon n'avait jamais prononcées !

Les questions continuaient pourtant de se bousculer dans l'esprit d'Hylas. Si Telamon faisait réellement partie de la Maison de Koronos, pourquoi l'avait-il aidé à s'échapper ? Pourquoi voler le char de son père et lui apporter des provisions ? Le foie de mouton séché. Le brou de noix pour teindre ses cheveux. *Pourquoi ?*

Sans s'en rendre compte, Hylas était arrivé à la lisière des arbres. La Mer était étale sous un ciel d'un jaune menaçant. L'éclat des galets éblouissait.

Hylas avait toujours espéré que le jour viendrait où il pourrait raconter à son ami les épreuves qu'il avait traversées. *Bientôt, je pourrai tout confier à Telamon,* s'était-il répété. Mais à présent, il n'y avait plus personne à qui confier quoi que ce soit.

Il se rappela les paroles que la Déesse avait prononcées dans la caverne. Il lui avait demandé pourquoi les Corbeaux le traquaient. Elle avait répondu *La vérité est une morsure.* Sur le moment, il avait pensé qu'Elle voulait parler du serpent. Il savait désormais qu'Elle lui avait lancé un avertissement à propos de ce qu'il ne manquerait pas de découvrir.

Et la vérité était effectivement une morsure. Profonde. Il avait l'impression que quelqu'un lui avait planté un couteau dans la poitrine et remuait la lame dans la plaie.

Il ne pouvait retourner vers Pirra. Il avait réellement besoin d'être seul.

Non. Pas seul. Il avait besoin du dauphin. Esprit, lui, comprendrait.

Aucun Corbeau sur la plage. Il se précipita dans l'eau peu profonde du rivage, parsemée de rochers derrière lesquels il se cacha. Là, il frappa les vagues du plat de la main. Voyant que cela ne servait à rien, il plongea la tête sous l'eau et, auréolé de bulles d'air, cria le nom du dauphin.

Mais il eut beau s'acharner, Esprit ne vint pas.

CHAPITRE TRENTE-TROIS

Le dauphin était soulagé d'être de retour dans la vaste Mer, mais il s'inquiétait terriblement pour sa bande – ainsi que pour le garçon et la fille. Il avait l'impression d'être resté dans les cavernes pendant une éternité, même si ce qui s'y était passé n'était plus qu'un souvenir un peu flou, s'estompant déjà dans le bleu des flots.

Il se rappelait pourtant avoir été piégé dans le cours d'eau, où il s'était tortillé avec frénésie pour se dégager. Il se rappelait aussi la douleur qui irradiait ses flancs écorchés. Il se rappelait les nageoires des fantômes lui effleurant le dos, le rire pareil à un gargouillis qui s'était approché de lui. Puis ce rire avait cessé, et le dauphin s'était arrêté de se débattre, frappé d'une terreur mystérieuse qui s'était déversée sur lui : la Lumineuse était venue le trouver.

Elle avait nagé de plus en plus près. Le dauphin s'était retrouvé baigné de Son feu bleu et froid. La Lumineuse était aussi immense et parfaite que la Mer. Sur Ses nageoires, ni taches, ni imperfections. Aucune trace de morsure, aucune cicatrice sur Ses flancs. Sa queue était plus puissante que la tempête, Son œil plus insondable que le Noir-Profond.

D'un petit coup de nageoire, Elle l'avait libéré des roches qui le retenaient. Elle avait guéri ses égratignures et, comme par miracle, avait dissipé toute douleur. Elle lui avait parlé à la manière des dauphins, lesquels n'ont pas besoin de voix pour se faire entendre. Et il l'avait comprise.

Soumis à Sa volonté, il avait nagé jusqu'à l'Endroit des Échos Chantants. Là, Elle lui avait désigné le coquillage qui n'était pas un coquillage, mais une pierre. Précautionneusement, le dauphin l'avait fait glisser sur son museau et la Lumineuse lui avait ordonné de repartir d'où il venait, en empruntant les cours d'eau sinueux ; une fois à l'extérieur, il avait déposé le non-coquillage à l'endroit qui lui était destiné.

À présent, tout cela lui paraissait s'être déroulé il y a longtemps, et très loin d'ici. Il avait obéi à la volonté de la Lumineuse, et Elle lui avait rendu sa liberté.

Mais où étaient les autres ?

Des vaguelettes angoissées frémirent le long de ses flancs tandis qu'il lançait son appel strident, cliquait, puis appelait de nouveau.

Rien.

Il se dirigea à toute allure vers le lieu où il avait distingué les sons étranges, étouffés, de sa bande, qui lui avaient semblé traverser la terre. Il frappa les flots de sa queue et cria leurs noms-sifflements. Il ne parvenait pas à les entendre. Que leur était-il arrivé ?

Le dauphin longea vivement la côte, à la recherche du garçon. Rien non plus. Il nagea jusque dans les eaux peu profondes du rivage, sans se soucier de s'égratigner le ventre sur les galets. Il appela, battit l'eau de sa queue, mais le garçon ne vint pas.

S'enfonçant de nouveau dans les profondeurs, il écouta, anxieux, la voix de la Mer. Elle gémissait continuellement, mais il ne comprenait pas ce qu'elle disait et, tandis qu'il roulait dans l'écume, les courants étaient si forts qu'il dut nager plus énergiquement pour éviter d'être emporté vers le large.

Il pointa le museau hors des vagues. La Surface était chaude. Il sentit sa peau sur le point de le tirailler. Et le ciel n'était pas bleu, mais jaune.

Le dauphin plongea avec l'espoir de percevoir la forme familière d'une sardine, ou même d'un requin. Mais les poissons avaient disparu. Ils avaient quitté les eaux peu profondes pour aller se réfugier dans le Bleu-Profond. Pourquoi étaient-ils effrayés ?

Le courage du dauphin vacilla. Pour la première fois de sa vie, la Mer lui paraissait trop vaste, trop puissante. Que n'aurait-il donné pour sentir une nageoire amicale le toucher, le flanc d'un autre dauphin se frotter contre le sien ?

Il s'éloigna et suivit le rivage en cliquant vite et fort afin que ses cris puissent se répercuter sur une forme vivante. Il entendit les collines et les vallées sous-marines qu'il connaissait bien, de même que les grandes forêts d'algues, mais ni poissons ni dauphins.

Il perçut alors autre chose : l'une de ces grosses piles d'arbres flottants, lourdes et maladroites, que les humains utilisaient pour traverser la Mer. Celle-ci avait flotté jusque dans une crique et reposait maintenant dans les eaux peu profondes, pareille à une baleine endormie.

Le dauphin s'en approcha. Sur le Dessus, il vit des humains qui s'affairaient comme des crabes autour de leurs petits feux rouges. Tous des hommes. Ils lui déplurent d'emblée. Le dauphin sentait la violence qui les habitait.

Puis il aperçut une petite forme sombre, accroupie sur un rocher qui empiétait sur la Mer. S'il n'y avait pas eu les hommes sur le rivage, il aurait exécuté, de joie, un saut périlleux. Il avait retrouvé le garçon !

Plongeant sous les vagues, le dauphin fila à toute allure vers la silhouette blottie sur le rocher.

CHAPITRE TRENTE-QUATRE

Quelque chose de luisant surgit de la Mer. Telamon sursauta.

Un bref instant, les yeux du dauphin croisèrent les siens. Puis l'animal roula sur le côté et disparut sous les flots.

Le cœur de Telamon s'emballa. Était-ce un bon présage ? Cela voulait-il dire qu'Hylas était encore en vie ?

Dans le lointain, il repéra le dos arqué, étincelant, du dauphin. Celui-ci se dirigeait vers le nord, le long de la côte. Pendant un moment, Telamon alla même jusqu'à se demander si la créature sacrée ne lui avait pas envoyé quelque signe : se pouvait-il qu'elle cherche à lui indiquer où se trouvait son ami ?

Deux guerriers armés de lances arrivèrent en courant sur les rochers.

— Nous avons vu une nageoire ! Est-ce que c'était un requin ?

— Non, un dauphin, répondit le garçon.

Ils baissèrent leurs armes. L'un d'eux passa une main sur son visage.

— Une chance que je n'aie pas tenté de le tuer, marmonna-t-il.

— Une chance, en effet, commenta froidement Telamon.

Le garçon attendit qu'ils rebroussent chemin pour poser de nouveau les yeux sur les flots. Il les fouilla du regard. Le dauphin était bel et bien parti. La Mer était une plaque de bronze martelé.

Une vague de désespoir déferla sur lui. Il enfouit son visage entre ses mains. Rien ne s'était passé comme il l'avait souhaité. Comment arranger la situation, à présent ? Il l'ignorait. Il avait promis à Hylas qu'il retrouverait Issi, mais il avait échoué. L'idée qu'elle puisse errer, seule, dans les montagnes, le remplissait d'horreur. Et il s'en voulait de n'avoir pas fait assez pour la rejoindre. Il avait abandonné Issi, de même qu'il avait abandonné Hylas. Il n'était parvenu qu'à irriter et à décevoir son propre père – et à berner son oncle.

Cependant, comment Telamon aurait-il pu agir autrement ? Kratos se trompait : Hylas n'avait rien à voir avec le vol du poignard, c'était impossible. Il ne pouvait pas être le Paria que l'Oracle avait mentionné.

Mais cela n'a peut-être plus aucune importance maintenant, songea-t-il tristement. *Le pire est sans doute déjà arrivé, et Hylas est mort.*

Telamon ne cessait de repenser au moment où, durant la traversée depuis la Lykonia, le timonier avait découvert les débris de la barque flottant sur la Mer. Après les avoir examinés, le pêcheur qu'ils avaient emmené avec eux avait reconnu le mât de son bateau ; puis celui-ci avait remarqué un requin qui nageait à la hauteur du navire.

— Celui-ci a dû faire son repas de ce garçon ! avait-il dit en riant. Ça lui aura servi de leçon !

Comme si la scène s'était déroulée sous ses yeux, Telamon avait alors imaginé le requin attaquant son ami. La Mer virant au rouge tandis qu'Hylas se débattait entre les mâchoires du monstre...

Il s'était penché par-dessus le bastingage et avait vomi encore et encore, jusqu'à en avoir mal au ventre.

Les hommes avaient mis cela sur le compte du mal de mer. En revanche, son oncle lui avait lancé un regard pensif, comme s'il se demandait si le comportement de son neveu ne dissimulait pas autre chose.

— Il est encore en vie, affirma une voix derrière lui.

Une voix paisible, mais si glaciale que Telamon ne put réprimer un frisson.

Kratos avait ôté son armure de bronze ; néanmoins, à la différence des autres guerriers, le fait qu'il soit désarmé ne le rendait pas d'un abord plus facile. Son torse et son pagne de cuir noir étaient maculés de cendre, ses yeux injectés de sang à force de scruter les braises pour y déchiffrer des présages. Le visage impénétrable, il fixait Telamon.

— Que... que dis-tu ? balbutia le garçon.

— Le Paria est encore en vie, répondit Kratos. Je l'ai lu dans les cendres. Il est ici, sur cette île.

Telamon déglutit.

— Mais... même si cela était vrai, il ne peut être celui que tu recherches. Il ne peut avoir le poignard, j'en suis convaincu.

— Tu te trompes.

— Ce garçon n'est qu'un simple pâtre, comment connaîtrait-il l'existence de...

Il s'interrompit. Il ne fallait surtout pas donner l'impression qu'il prenait la défense d'Hylas.

Son oncle laissa un long silence embarrassé s'installer entre eux.

Pour le rompre, Telamon lui parla du dauphin.

— C'est peut-être de bon augure, se risqua-t-il à suggérer.

— Possible, répliqua Kratos. Ou bien notre sacrifice aura porté ses fruits et nous serons bientôt récompensés.

— Je... je l'espère, mentit Telamon.

Kratos sourit d'un air carnassier. Il était inquiétant de voir à quel point il ressemblait à Thestor : les mêmes traits anguleux, la même barbe noire et drue. Mais, chez Kratos, toute bonté avait été anéantie.

Il est pourtant mon parent, se rappela Telamon. *Il faut que je lui sois loyal, comme je le suis envers mon père.*

Il avait beau le savoir, il ne parvenait pas à l'éprouver. Comment pouvait-il être loyal envers un homme qui voulait la mort de son meilleur ami ?

— Nous retrouverons aussi la fille, reprit Kratos sans détacher son regard de Telamon.

— Qui ça ?

— La Keftienne. La fille de la Grande Prêtresse. Celle qui t'est destinée, ajouta-t-il avec une moue moqueuse.

— Ah oui. Le pêcheur affirme qu'il l'a laissée ici. J'imagine qu'il dit vrai.

— Oh, je ne crois pas qu'il se serait avisé de me mentir, répliqua Kratos avec insistance.

Cette remarque mit Telamon mal à l'aise. Personne n'aurait osé mentir à Kratos. *Personne, à l'exception de son propre neveu,* songea le garçon.

Jusqu'à présent, il avait eu de la chance. Même si son père et Kratos étaient frères, ils se détestaient cordialement et Thestor n'avait pas révélé à Kratos que le Paria était l'ami de Telamon, ni que ce dernier l'avait aidé à s'enfuir.

Mais maintenant, les yeux levés vers son oncle, le garçon s'interrogeait : si Kratos venait à découvrir ce que Thestor lui avait caché, ses liens de parenté suffiraient-ils à le protéger ? Un coup d'œil aux contours cruels de cette bouche indiquait le contraire.

— J'emmène quelques hommes vers le sud, reprit Kratos. Je veux explorer la côte avant la tombée de la nuit. Souhaites-tu nous accompagner ?

Telamon s'humecta les lèvres.

— Non, je préfère rester ici. Au cas où le dauphin reviendrait.

Il s'efforça de croiser le regard de son oncle, en priant pour que celui-ci ne détecte pas son mensonge.

— Très bien, c'est ton choix, répliqua Kratos.

Il souriait toujours, mais, au ton de sa voix, Telamon devina qu'il n'avait pas fait, justement, le bon choix.

Dès que son oncle se fut éloigné, le garçon se mit en route vers le nord. Il avait peu de temps devant lui – le crépuscule tomberait bientôt et il lui fallait être de retour au campement avant Kratos. Toutefois, il ne pouvait se débarrasser de l'idée que le dauphin lui avait indiqué le chemin à suivre. Et, même s'il se trompait, il n'allait pas rester assis sur ces rochers, à ne rien faire, pendant que les autres traquaient son ami.

La chaleur était étouffante et, lorsqu'il eut franchi le promontoire, il transpirait déjà à grosses gouttes. En contrebas, la pente était couverte de sycomores – exactement le genre d'endroit où Hylas aimait à se cacher.

Avec un regain d'espoir, Telamon entama la descente. Il faisait encore plus chaud sous les arbres. Le chant des cigales vibrait dans ses tempes.

— Hylas ? chuchota-t-il. Es-tu là ?

Seules les cigales lui répondirent.

Un peu plus loin, il essaya de nouveau.

— Hylas ! C'est moi, je suis seul. Je suis venu t'aider !

Toujours rien.

Il se fraya un passage à travers un bosquet de genévriers hérissés de piquants, pour déboucher dans une petite clairière où des papillons pâles voletaient parmi des chardons aussi hauts qu'un homme.

Il trouva une empreinte de talon dans la poussière. S'agenouilla pour l'examiner. Était-ce réellement une empreinte ou juste une légère dépression laissée par un caillou ? Il aurait suffi à Hylas d'un seul coup d'œil pour le savoir.

La tristesse envahit Telamon. Son ami lui manquait. Il se souvenait de toutes les fois où il s'était éclipsé de Lapithos pour aller le rejoindre dans la Montagne ; il grimpait jusqu'au col afin de vérifier si le garçon lui avait laissé un message près du tas de pierres habituel, puis entendait le rire saccadé d'Hylas, lequel sortait brusquement des buissons et le renversait ; ils roulaient tous deux à terre et luttaient dans les broussailles...

Debout parmi les chardons, Telamon prit conscience que cette époque était révolue. Même s'il parvenait à retrouver son ami, les choses ne seraient plus jamais comme avant. Au mieux, que pouvait-il espérer ? Aider Hylas à s'enfuir vers quelque île lointaine et l'obliger à jurer qu'il ne remettrait plus les pieds en Lykonia ? Cela signifierait qu'il faudrait lui dire adieu, se résigner à ne plus jamais le revoir.

La trace laissée dans la poussière, finalement, ne ressemblait à rien. Ce n'était pas une empreinte de talon. Il l'effaça, furieux. Que faisait-il donc dans ces fourrés ?

Un bras s'enroula autour de son cou et le fit basculer brutalement vers l'arrière.

CHAPITRE TRENTE-CINQ

— Pourquoi ? demanda Hylas en appuyant la pointe du silex contre la gorge de son ami. Explique-moi pourquoi !

— Quoi donc ? répondit Telamon d'une voix étouffée.

— Pourquoi m'as-tu menti ?

— Je ne t'ai pas menti… je t'ai sauvé la vie !

— Tu es un Corbeau et tu ne me l'as jamais dit !

— Je t'ai sauvé la vie ! insista Telamon. J'ai volé le char de mon père. Il m'a fouetté jusqu'au sang. Si tu ne me crois pas, regarde mon dos !

Sans relâcher son étreinte, Hylas obligea l'autre garçon à se tourner sur le ventre. Ses épaules étaient couvertes de zébrures.

En un éclair, Telamon pivota, donna un coup de coude dans les côtes d'Hylas, serra la tête de celui-ci entre ses jambes, puis le fit basculer vers l'arrière. Hylas retomba violemment sur le sol, le souffle coupé, et roula sur le côté pour esquiver l'attaque suivante.

Celle-ci ne vint pas.

— Je ne suis pas ici pour me battre, annonça Telamon en se relevant, pantelant.

— C'est ce que tu prétends, gronda Hylas. Comment savoir si tu ne cherches pas à me tendre un piège ?

— Parce que c'est *moi*, Telamon ! rugit celui-ci.

Hylas essuya son visage trempé de sueur.

Telamon n'avait pas changé. Il portait la même tunique qu'à l'ordinaire, ses cheveux étaient tressés de la même façon, à la manière des guerriers, avec aux extrémités de petits disques d'argile. Comment se pouvait-il qu'il soit devenu son ennemi ? songea Hylas.

— Je suis heureux de te savoir en vie, reprit tristement Telamon en se frottant le cou. Nous avons trouvé les débris de la barque que tu avais volée, et nous avons vu un requin. J'ai cru que tu étais mort, c'était horrible.

— Qui ça, « nous » ? siffla Hylas entre ses dents. Tu veux parler de ton oncle et de ses hommes ?

Telamon cilla.

— Comment sais-tu qu'il s'agit de mon oncle ?

Hylas balaya sa question d'un geste.

— Et Ouste ? poursuivit-il. L'as-tu réellement enterré, ou était-ce un autre de tes mensonges ?

— Je l'ai enterré, évidemment !

— Et Issi ? As-tu pris la peine de partir à sa recherche ?

— Oui, mais...

— C'est comme ton plan ! Longer le rivage pour contourner les montagnes et arriver de l'autre côté ? Était-ce en réalité une ruse pour te débarrasser de moi ? Tu pensais peut-être que la Mer m'emporterait et que jamais je ne reviendrais !

— Non, Hylas. Le lendemain, après que tu es parti avec le char, je me suis mis en route pour me rendre au col. Mais mon père a envoyé des hommes sur mes traces, ajouta le garçon en s'empourprant. Ils m'ont ramené de force à Lapithos.

— Pourquoi devrais-je te croire ? Tu es un Corbeau et jamais tu ne me l'as dit !

— Arrête de les appeler ainsi ! cria soudain Telamon. Je savais seulement que j'avais de la famille à Mycènes. Je les ai rencontrés pour la première fois il y a quelques jours ! Mais, quand je t'ai rejoint dans la Montagne, je n'ai pas eu le temps de t'expliquer, il fallait d'abord que je t'aide à t'échapper avant qu'ils puissent te retrouver !

— Non, tu as eu tout le temps que tu voulais pour me l'expliquer : cela fait quatre ans que nous nous connaissons !

— Et quand as-tu montré le moindre intérêt pour la vie que je mène à Lapithos ? rétorqua Telamon. Tu es bien comme les villageois : tu ne voulais rien savoir du monde extérieur !

— C'est donc ma faute, maintenant, ironisa Hylas. Toi, en revanche, tu ne cherchais qu'à me porter secours.

— Pourquoi est-ce si difficile à croire ?

Telamon s'assit lourdement sur un arbre couché à terre.

— J'ai l'impression d'être écartelé, murmura-t-il. Par ma seule présence en ce lieu, je me déshonore et je trahis les miens.

— Je devrais sans doute te plaindre ? dit froidement Hylas.

Telamon lui jeta un coup d'œil étrange.

— Tu ne comprends pas. Il y a quelques jours, je savais que j'avais de la famille à Mycènes, rien d'autre. Père nous avait tenus à l'écart, pensant agir pour le mieux. Tous les membres de la Maison de Koronos ne sont pas mauvais, Hylas, ajouta-t-il en serrant les poings. Mon père ne l'est pas. Moi non plus.

— Thestor n'a pourtant rien fait pour les arrêter quand ils se sont mis à traquer les Parias.

— Cela lui a été insupportable. Mais il lui était impossible d'intervenir. Tu ne connais pas Kratos.

— Et pourquoi Kratos pourchasse-t-il les Parias ?

— À Mycènes, des présages ont annoncé que la Maison de Koronos serait menacée par un danger venant de la Lykonia, sans plus de précisions, expliqua Telamon en se massant le front. C'est alors qu'un objet précieux appartenant au clan a été volé. Koronos, mon grand-père, a envoyé deux de ses fils ici, sur cette île, pour accomplir un grand sacrifice et requérir l'aide des dieux afin de le récupérer. Dans le même temps, il a ordonné à Kratos de se rendre en Lykonia. Kratos et mon père ont consulté l'Oracle. Sa réponse a été tellement énigmatique... Elle a déclaré : *Qu'un Paria brandisse la lame, et la Maison de Koronos brûlera.* Selon Kratos, cela signifiait qu'un Paria avait volé le... l'objet en question.

— Voilà pourquoi il s'est mis à nous traquer et à tuer certains d'entre nous.

— La dernière fois que je t'ai vu, j'ignorais encore tout ça ! s'exclama Telamon d'un ton farouche. Mais, après que tu t'es enfui avec le char, Père m'a donné une correction pour me punir de t'avoir aidé – oui, Hylas, il a découvert que nous étions amis –, avant de m'expliquer la raison pour laquelle il nous avait tenus à l'écart de Mycènes ; puis il m'a parlé de la réponse de l'Oracle et de l'objet qui a disparu. À ce moment-là, tu étais le seul Paria que Kratos pourchassait encore, car les autres étaient déjà morts en Lykonia.

— Tu oublies Issi.

— C'est une fille. Aux yeux de mon oncle, elle ne compte pas, répondit Telamon en se frottant de nouveau le front. Quand les hommes de mon père m'ont rattrapé et ramené à Lapithos, Kratos s'y trouvait. Il avait reçu des nouvelles de la côte : un jeune Paria avait volé une barque et s'était enfui sur la Mer. Les guerriers l'avaient perdu dans le brouillard. J'ai compris qu'il s'agissait de toi. J'ai supplié mon père de m'autoriser à embarquer sur le navire de mon oncle afin de te retrouver. J'ai affirmé que j'avais besoin de prouver ma loyauté... de me faire pardonner pour t'avoir porté secours.

Hylas resta muet, attendant qu'il poursuive.

— Mon père m'a laissé partir. Sans révéler à Kratos que toi et moi étions amis. Et il m'a cru quand je lui ai dit que j'essayais de réparer mes torts envers lui. Est-ce que tu te rends compte ? Je lui ai de nouveau menti. Et, si Kratos découvre que je tente de t'aider, il me tuera !

Hylas n'avait aucune réponse à lui offrir. Il avait envie de croire Telamon, mais pouvait-il prendre un tel risque ?

— Comment puis-je te faire confiance alors que tu m'as caché tant de choses ? Jamais tu ne m'avais parlé de ta famille, ni du poignard, ni de...

Il s'interrompit.

Un silence plana entre eux. Des libellules volaient comme des flèches parmi les chardons. De très haut dans le ciel, leur parvenaient les cris stridents de martinets.

Telamon s'était figé.

— Jamais je ne t'ai dit que c'était un poignard. Comment le sais-tu ?

Hylas ne répondit pas. Il sut, à l'expression de son ami, que celui-ci avait compris.

— Et moi qui ai juré que ce ne pouvait pas être toi ! reprit Telamon. J'ai affirmé à mon père que tu n'étais pas le voleur qu'ils recherchaient. Que tu ne connaissais même pas l'existence de ce poignard.

— Je ne l'ai pas volé.

— Mais tu connais son existence. Et tu... l'as ?

— Oui.

Telamon recula d'un pas. Secoua la tête.

— Dire que, pendant tout ce temps, je te défendais...

— Je ne l'ai pas volé, je te le répète.

Mais Telamon ne l'écoutait pas.

— Où est-il ? s'enquit-il d'un ton autoritaire.

— Tu crois que j'aurais pris le risque de l'apporter avec moi ? grommela Hylas.

Telamon voulut répondre, puis se ravisa et resta silencieux un instant.

— Comment m'assurer que tu ne mens pas, qu'il s'agit du même poignard ? finit-il par demander.

Hylas hésitait à en révéler davantage. Cependant, il en avait déjà trop dit. Il ne servait plus à rien de nier que l'arme était en sa possession.

— Un cercle divisé en quarts est gravé sur le manche. Une roue de char pour écraser vos ennemis.

— Ce n'est pas une preuve. Quelqu'un d'autre aurait pu te le décrire.

Hylas réfléchit un instant.

— À l'aube, quand le Soleil se pose sur lui, le tranchant de la lame se teinte de rouge, comme si elle venait de faire couler le sang. Et, quand tu le serres dans ton poing, tu te sens plus puissant que jamais.

Telamon resta bouche bée.

— Tout ce temps... c'était donc toi.

— Je ne l'ai pas volé, Telamon. C'est la stricte vérité. C'est seulement hier que j'ai appris ce qu'il représentait réellement.

Telamon s'empara d'un bâton et se mit à marcher de long en large dans la clairière en fouettant les chardons. Lorsqu'il se retourna vers Hylas, il paraissait plus mûr : il avait l'allure d'un fils de Gouverneur.

— Apporte-le-moi, ordonna-t-il sèchement.

— Quoi ?

— Donne-le-moi. Je raconterai que je l'ai trouvé. Ils cesseront de te pourchasser.

— Mais, une fois que les Corbeaux l'auront récupéré, ils seront de nouveau invulnérables. Pourquoi est-ce que je laisserais une telle chose arriver ?

— Tous les « Corbeaux », ainsi que tu les appelles, ne sont pas mauvais. Mon père et moi, nous trouverons peut-être le moyen de restaurer l'honneur de notre Maison et...

Hylas eut un grognement de mépris.

— Très bien, puisque cela ne suffit pas à te convaincre, écoute plutôt ceci : la seule manière pour toi de t'en tirer est de me donner le poignard.

— Non, je refuse.

— Tu ne mesures donc pas l'étendue de leur puissance ? s'exclama Telamon. Oh, toi, tu t'en moques bien ! Tu n'as jamais vu Kratos quand il est en colère ! Sans parler de ses frères et... de Koronos lui-même !

Hylas le fixa attentivement.

— Tu as peur d'eux. Tu as peur de ta propre famille.

— Évidemment ! cria Telamon. Tout comme mon père ! Oui, Thestor, Gouverneur de la Lykonia ! Et toi aussi, tu les craindrais davantage si tu avais la moindre idée de ce dont ils sont capables ! Hylas, c'est ta dernière chance. Je leur raconterai que j'ai retrouvé la dague dans les vagues et vu ton corps flotter près du rivage, mais que je n'ai pas pu le repêcher. Je t'aiderai à t'enfuir. Tu seras en sécurité !

— Et Issi ?

Un silence. Telamon se passa le pouce sur les lèvres.

— Je... je sais où elle est.

Hylas se raidit.

— Où ?

— Hylas…

— Dis-moi où elle est ! L'ont-ils attrapée ? Est-elle saine et sauve ?

Il s'avança. Telamon recula d'un pas.

— Elle va bien, ils ne l'ont pas trouvée, mais… Je te dirai où elle est à condition que tu me donnes le poignard.

Hylas le scruta, avec la sensation de ne plus le reconnaître.

— Tu ferais une chose pareille ? Tu serais prêt à marchander la vie de ma sœur ?

— Mais non ! Simplement, je ne te dirai rien tant que je n'aurai pas le poignard entre les mains. Tu ne comprends donc pas, Hylas ? S'ils ne le récupèrent pas, jamais ils ne renonceront à te traquer. En revanche, si je te dis maintenant où est Issi, jamais tu n'accepteras de me rendre cet objet !

Hylas avait envie de hurler. Pourtant, Telamon n'avait pas tort.

— Demain, à la pointe du jour, cracha-t-il. Dirige-toi vers le nord. Tu atteindras une épave échouée sur les rochers. J'y serai. Avec le poignard.

Telamon lui lança un regard pénétrant.

— Je peux vraiment te faire confiance ?

— D'après toi ?

— J'aurai du mal à échapper à la surveillance de Kratos…

— Ce n'est pas mon problème. Sois là à l'aube. Sinon tu ne nous reverras plus jamais, ni moi, ni le poignard.

CHAPITRE TRENTE-SIX

— Mais c'est un piège ! chuchota Pirra d'une voix rauque.

— Si c'était le cas, il me l'aurait déjà tendu. D'ailleurs, il ne ferait pas une chose pareille.

— Ah, c'est ce que tu crois ? J'en ai rencontré, des garçons de son genre dans la Maison de la Déesse. Ils ont sans cesse le mot « honneur » à la bouche, mais ce ne sont que des paroles creuses.

— Tu ne connais pas Telamon.

— Parce que toi, tu penses vraiment le connaître ?

Hylas ne répondit pas.

C'était le milieu de la nuit et leur campement était noir comme de la poix. Furieuse, Pirra se rendit à tâtons vers la source pour se laver de la suie dont elle était maculée depuis qu'ils avaient traversé la vallée calcinée ; elle peigna ses cheveux avec ses doigts. Elle était fâchée contre Hylas. De plus, elle s'en voulait d'avoir été ébranlée lorsque, en se réveillant, elle avait découvert qu'il s'était absenté.

L'eau froide lui piqua d'abord la joue, puis lui fit du bien ; quand Hylas vint la rejoindre pour se débarbouiller à son tour, elle était de meilleure humeur. Elle s'écarta afin de lui laisser un peu de place. Visiblement, jamais il ne s'était peigné. Elle lui montra comment démêler les nœuds, mais il fut obligé de couper la plupart d'entre eux.

Avec une pointe d'inquiétude, Pirra le regarda nouer ce qui restait avec un brin d'herbe. *Les guerriers se purifient avant une bataille*, songea-t-elle. Visiblement, Hylas s'apprêtait à livrer combat.

Il était impatient de se mettre en route. Il voulait, précisa-t-il, atteindre l'épave avant Telamon, au cas où ce dernier ne viendrait pas seul.

— Tu vois, toi aussi tu penses qu'il s'agit peut-être d'un piège, constata Pirra.

Le garçon resta muet.

Ils avancèrent en restant sous le couvert des arbres – Pirra ne cessant de se cogner aux troncs, Hylas se déplaçant aussi discrètement qu'une ombre. Au bout d'un moment, il s'immobilisa devant un groupe de rochers inclinés dans la même direction, comme s'ils partageaient un secret.

— Pourquoi t'arrêtes-tu ? s'enquit Pirra, hors d'haleine.

En guise de réponse, il lui demanda s'il pouvait découper une bande dans le bas de sa tunique. Quand elle voulut savoir pourquoi, il marmonna qu'elle verrait bien. Il se servit du morceau de lin pour envelopper un bâton de la taille du poignard. Puis il tendit le véritable poignard à Pirra et garda le bâton.

— Cet endroit fera une bonne cachette. Ne te montre pas et attends mon retour.

— Mais... je veux venir avec toi, dit-elle, étonnée.

— Non. Cette fois, tu ne me serais d'aucune aide. Et j'ai besoin que tu veilles sur le poignard.

Elle s'apprêtait à protester. Hylas la devança.

— Si tu ne me vois pas revenir, reste cachée jusqu'à ce qu'ils quittent l'île. Et, quoi qu'il arrive, fais en sorte qu'ils ne récupèrent pas le poignard.

Il s'éloignait déjà entre les arbres. Pirra courut derrière lui.

— Ne sois pas bête, Hylas. Je t'accompagne ! Hylas ?

Il s'était évanoui dans l'obscurité. Elle savait qu'il aurait été inutile de partir à sa recherche – elle ne l'aurait pas retrouvé.

Elle resta donc blottie derrière les grosses roches, dans une position très inconfortable, et attendit l'aurore. Des oiseaux dont elle ne reconnut pas le cri faisaient du tapage dans les arbres ; un peu plus tard, une énorme créature vint renifler le sol, si près de Pirra que celle-ci flaira son odeur poivrée. Les doigts serrés autour du poignard, elle lui grogna de partir – à son grand étonnement, la bête s'enfuit bruyamment dans la pente. Elle se demanda si elle ne venait pas de croiser son premier sanglier...

Elle se réveilla courbatue. Des insectes grimpaient le long de ses jambes. Le ciel commençait tout juste à virer au gris.

Jetant un coup d'œil entre les arbres, elle distingua la Mer houleuse et une bande de plage couverte de galets. Un garçon la longeait. Elle reconnut Telamon, le fils du Gouverneur. Il était seul, comme il l'avait promis.

Et alors ? songea Pirra avec aigreur. Hylas était futé, mais, contrairement à elle, il n'avait pas grandi parmi les puissants, lesquels ne cessaient d'intriguer et d'user de ruses. Hylas pensait-il vraiment que Telamon allait lui révéler où se trouvait sa sœur, qu'il lui remette ou non le poignard ?

Une brise fit frissonner la Mer, formant sur les vagues des plaques larges et sombres : celles-ci ressemblaient aux traces qu'aurait laissées quelque immense créature invisible.

Pirra frémit. C'étaient les empreintes de pas de la Déesse qui marchait sur l'eau pour réveiller le Soleil. Elle eut soudain le sentiment désagréable que la Lumineuse quittait l'île. Que ces mortels se battent et règlent cela entre eux, se disait-Elle sans doute.

Pirra repensa à Hylas, qui devait attendre près de l'épave. La Déesse avait-Elle même conscience de son existence ? Se souciait-Elle de lui ?

En contrebas, dans la pente, Pirra entrevit un mouvement.

Elle se figea.

Le guerrier était à vingt pas. Il marchait lentement. Sa tête casquée était baissée. Il suivait une piste.

En l'espace d'un battement de cœur, Pirra avisa, horrifiée, son armure de bronze, le glaive accroché à sa taille et la lourde lance qu'il avait à la main. Celle-ci était maculée de cendre. Les ongles tachés de noir.

Kratos.

Sans relever les yeux, il s'éloigna.

Les pensées défilèrent à toute vitesse dans l'esprit de Pirra. Si le guerrier atteignait l'épave, Hylas était perdu. Mais, si elle le suivait, il lui faudrait alors laisser le poignard derrière elle – elle devait à tout prix éviter que Kratos s'en empare. Cependant, sans l'arme, comment pourrait-elle porter secours à Hylas ?

Le Corbeau lança un regard par-dessus son épaule. Et s'immobilisa. Pirra, qui ne pouvait distinguer son visage, sentit pourtant qu'il avait repéré quelque chose.

Sans oser respirer, elle continua de l'épier. Il rebroussa chemin. Dans la direction de Pirra.

Il était à présent juste au-dessous d'elle.

Il se pencha et ramassa quelque chose. Se redressa. Pirra perçut le changement qui s'opérait en lui : la tension du chasseur qui a flairé une proie.

Il leva la tête. Balaya la pente des yeux.

Il ne peut pas me voir, se dit-elle. *Comment saurait-il que je suis là ?*

Elle aperçut alors ce qui luisait dans la paume du guerrier. Et son estomac se souleva.

Une minuscule hache d'or.

◆◆◆

Lorsque le Soleil, d'un rouge courroucé, apparut au-dessus du bord du monde, il embrasa le ciel.

Hylas, debout dans l'écume du rivage, tendait le cou vers l'épave.

Quelque chose lui paraissait bizarre. De loin, il n'avait rien remarqué ; mais, de plus près, il prenait conscience de son erreur. Le navire échoué qu'il avait exploré avec Pirra n'était pas perché sur une colline de roches noires ; il n'était pas non plus situé sous un promontoire qui se dressait, menaçant, pareil à une lame sur le point de se briser.

Ce n'était pas leur épave.

Que cela signifiait-il ? Il parcourut les rochers du regard, en quête d'un chemin. Que Telamon vienne seul ou non, Hylas voulait disposer d'une position avantageuse afin de pouvoir s'échapper facilement si nécessaire.

Il bondit le plus loin possible, atterrit au milieu de la pente où il se raccrocha à un genévrier et, après une ascension brève mais ardue, il arriva au sommet. Il comprit alors qu'il avait perdu du temps – s'il avait poursuivi sa route en restant à flanc de colline, plutôt que de descendre vers le rivage, il se serait retrouvé directement sur le promontoire ; il aurait ainsi eu moins de mal à atteindre l'épave.

La Mer avait projeté le navire en travers des rochers. Il était penché, tel un ivrogne, battu par les vagues. Hylas avança précautionneusement sur les planches glissantes. Un faux pas manqua de le faire basculer dans la cale : elle était remplie d'une mare d'eau noire, sous l'ombre du mât. Celui-ci, presque cassé en deux, oscillait dangereusement au-dessus de la cale, grinçant et gémissant à mesure que la Mer s'écrasait contre la coque.

Hylas chercha en vain quelque chose qui puisse lui servir d'arme. Il ne dénicha qu'une longueur de cordage qu'il garda serrée dans une main, tout en tenant dans l'autre le bâton enveloppé dans le lambeau de tunique. Puis il s'installa derrière une pile de jarres brisées.

Il n'eut pas à attendre longtemps.

Telamon avait tenu parole : il était venu seul. Il s'immobilisa aux pieds des rochers.

— Hylas ? Es-tu là ? appela-t-il d'une voix assez forte pour couvrir le vacarme des vagues.

Hylas ne répondit pas.

— Je suis seul. Sans arme. J'ai... j'ai enfoui des provisions à l'extérieur de notre campement, près d'un gros sycomore dont l'une des branches est cassée.

— Pour quelle raison ? demanda Hylas en s'avançant à découvert.

Telamon, les yeux plissés, le scruta. Il vit la corde dans son poing, mais ne fit aucune remarque à ce sujet.

— Dès que j'aurai le poignard, nous quitterons l'île, expliqua-t-il. Tu pourras aller chercher ces provisions quand nous serons partis.

Il parcourut les rochers du regard.

— Reste où tu es, l'avertit Hylas.

Telamon fronça les sourcils.

— Comme tu veux. As-tu apporté le poignard ?

Hylas brandit le petit ballot.

Telamon eut un bref hochement de tête.

Il avait bien fait de prendre un morceau de tissu teint en pourpre keftien, songea Hylas. Cela faisait illusion. Pourtant, il s'en voulait terriblement à l'idée de berner son ami.

— Montre-le-moi, lança ce dernier.

— Toi d'abord, dis-moi où est Issi.

— Pas avant d'avoir le poignard.

Hylas fit non de la tête.

— Pas avant de savoir où elle est.

Le Soleil se leva : une explosion muette alluma un feu rouge sous les nuages sombres, qui se déployaient peu à peu dans le ciel. Et, pendant ce temps, inlassablement, la Mer donnait des coups de griffe à l'épave.

Telamon n'avait jamais su mentir.

— Tu ignores où elle est, déclara Hylas.

L'autre garçon hésita avant de répondre :

— J'ai découvert ses traces près du lieu de rendez-vous habituel. Ainsi qu'un caillou sur lequel elle avait dessiné une grenouille. Sa piste partait en direction de la Messenia. Je n'ai pu la suivre longtemps, car les hommes de mon père m'ont très vite rejoint.

— Quand tu prétendais savoir où elle se trouvait, tu mentais donc ?

Telamon releva le menton d'un air de défi.

— Tu en sais davantage à présent !

— Tu m'as menti. Tiens, prends.

Hylas lui jeta le ballot.

Telamon l'attrapa d'une main et arracha le linge pourpre. Le bâton tomba à ses pieds.

— Toi aussi, tu m'as menti, répliqua-t-il.

Ils échangèrent un long regard. À cet instant, Hylas comprit que leur amitié venait de prendre fin.

— Tu t'imaginais peut-être que j'allais te remettre le poignard ?

— Je croyais que tu tiendrais parole.

— Comme toi ?

Telamon s'apprêtait à répondre quand ses yeux s'écarquillèrent, horrifiés.

— Hylas, attention !

Le garçon fit volte-face. Une lance arrivait droit sur lui. Il bondit de côté. Dans un sifflement, l'arme passa près de son oreille avant d'aller s'écraser sur le rivage.

Telamon courut la ramasser.

— Je ne savais pas que les choses se dérouleraient ainsi ! cria-t-il.

Hylas resta silencieux. Un guerrier descendait du promontoire et se dirigeait vers lui. Dans le Soleil levant, son armure étincelait, rouge sombre. Son visage était dissimulé derrière un protège-cou de bronze et un casque en défenses de sanglier d'un noir sans éclat.

C'était Kratos. Et, dans son poing, il tenait le poignard de la Maison de Koronos.

CHAPITRE TRENTE-SEPT

En dépit de son armure, Kratos se déplaçait avec agilité, mais sans se presser, car Hylas n'avait nulle part où aller : il était bel et bien pris au piège. Derrière lui, il y avait l'épave et la Mer houleuse ; en contrebas, Telamon, armé de la lance.

Il recula d'un pas.

— Où est Pirra ? cria-t-il pour se faire entendre par-dessus le bruit des vagues.

Kratos ouvrit la main et lâcha un petit objet qui rebondit sur les roches.

Une minuscule hache d'or à double tranchant.

Le garçon sentit son sang bourdonner à ses oreilles.

— Qu'as-tu fait d'elle ? demanda-t-il au guerrier.

Celui-ci atteignit le pied du promontoire. Ôta son casque, le posa sur le sol. Fit de même avec son protège-cou. Sa moue méprisante suffisait à expliquer ces gestes : contre un garçon aussi jeune qu'Hylas, il lui était inutile de rester lourdement équipé.

— Telamon ! appela Kratos. Jette-moi ma lance.

Sur le rivage, son neveu hésitait.

— Tu n'en as pas besoin ! répondit-il. Tu as le poignard ! Ce pâtre ne peut rien contre nous !

— C'est un Paria. Et, tant qu'il est en vie, il représente une menace.

— Une menace ? hurla Hylas. Laquelle ? Mon chien en était peut-être une ? Et ma sœur, était-elle une menace elle aussi ?

— Telamon, répéta Kratos. Ma lance.

— Je ne peux pas ! cria son neveu, avec dans la voix une note implorante. Je ne te laisserai pas agir ainsi !

Kratos l'ignora. Il n'avait pas besoin de cette arme. Il avait un glaive à la ceinture et le poignard de Koronos dans son poing.

Il s'avança sur l'épave. Le bois gémit sous son poids. Sa carapace de bronze étincela au Soleil. Il était invincible.

Hylas s'empara d'un tesson de poterie, le plus tranchant qu'il put trouver, avant de le jeter, sachant qu'il ne lui servirait à rien : il n'était qu'un jeune garçon armé d'une corde, face à un guerrier chevronné de trois fois sa taille. S'ils en venaient à un combat singulier, Hylas était certain de mourir en l'espace d'un battement de cœur.

Je n'ai pas cessé de m'enfuir, de me cacher et de lutter pour survivre... Était-ce pour que les choses se terminent ainsi ? se dit-il alors qu'il regardait de tous côtés, en quête d'un refuge.

Kratos continuait d'avancer sur lui. Hylas entendait les cliquetis de son armure. Il flaira la puanteur âcre des cendres. Au Soleil levant, le visage du Corbeau paraissait gravé dans le bronze. Ses yeux sombres luisaient. Il semblait prendre plaisir à la situation. Tout comme il avait dû prendre plaisir à tuer Ouste. À effrayer Issi. Et à débusquer Pirra.

— Où est-elle ? s'enflamma le garçon, sans plus savoir s'il voulait parler de la Keftienne ou de sa sœur.

Il avait besoin de hurler, de faire quelque chose, n'importe quoi plutôt que de rester immobile et de se résigner à son sort.

— Où est-elle ? Qu'as-tu fait d'elle ? cria-t-il de nouveau.

◇◇◇

Pirra se releva difficilement, puis s'écroula encore une fois en gémissant. Elle avait la tête qui tournait. Elle était sur le point de vomir.

Elle n'arrivait toujours pas à croire que quelqu'un d'aussi imposant ait pu se déplacer aussi vite. Kratos avait gravi la pente comme une flèche et, comme dans un cauchemar, les pieds de Pirra avaient glissé ; des branches s'étaient accrochées à sa tunique, l'empêchant d'avancer. Elle avait senti une poigne vigoureuse s'emparer de son épaule, soudain traversée d'une douleur foudroyante. Elle avait poussé un hurlement avant de lui mordre la main. Avec un rugissement, le guerrier lui avait donné un coup violent qui l'avait projetée à terre. Ensuite, plus rien. Il avait dû penser qu'elle était morte, car, lorsqu'elle était revenue à elle, il était déjà parti et le poignard avait disparu.

Après avoir vomi, elle s'essuya la bouche du revers de la main. Sa joue était en feu. Son épaule lui faisait mal. Elle avait encore dans les narines la puanteur de la cendre qui avait bu la sueur du guerrier et, dans la bouche, le goût de son sang qui se mêlait à celui de ses propres vomissures.

En s'agrippant à un arbrisseau, elle réussit à se mettre debout, puis partit sur les traces du Corbeau.

Chercher des empreintes entre les arbres s'avéra encore plus compliqué qu'elle ne l'avait cru et, bientôt, elle perdit sa piste. Peu importait. Si elle marchait en gardant la Mer à sa gauche, elle parviendrait certainement à rejoindre l'épave.

Dépêche-toi, se disait-elle en se reprochant sa lenteur, tandis qu'elle courait tant bien que mal le long de la pente. Si elle se dirigeait vers le rivage, sa progression en serait facilitée, pensa-t-elle soudain. Mais alors, Kratos risquait de l'apercevoir et elle préféra ne pas s'appesantir sur les conséquences que cela pourrait entraîner.

Tout à coup, les arbres se clairsemèrent et Pirra se retrouva sur une crête balayée par le vent, avec une vue imprenable sur ce qui se déroulait en contrebas.

Elle vit que la Mer avait détruit non pas un seul, mais deux navires. L'épave qu'Hylas et elle avaient explorée était située au nord, dans le lointain, tandis qu'une seconde gisait au sud, juste au-dessous d'elle. Entre les deux bateaux échoués, elle aperçut une crique étroite, pareille à une entaille turquoise, dont l'embouchure était obstruée par des roches tombées des falaises. À la surface de l'eau, elle remarqua de gros corps argentés, scintillants.

En un battement de cœur, elle comprit qu'il s'agissait de la bande d'Esprit, laquelle avait bel et bien disparu. Les dauphins avaient dû pénétrer dans la crique quelques jours plus tôt, sans doute pour se frotter le ventre sur le fond sablonneux ; puis un tremblement de terre – peut-être celui même qu'elle avait senti durant sa première nuit sur l'île – les avait piégés dans cette petite baie. Les animaux s'y trouvaient depuis, affamés, incapables de repartir.

Ces pensées lui traversèrent brièvement l'esprit.

Elle vit alors Hylas.

Dos à la Mer, campé sur l'épave. Kratos avançait vers lui. Telamon était sur la plage, au pied des rochers, une lance à la main, coupant toute retraite possible. Hylas tournait la tête d'un côté et de l'autre, mais il ne pouvait s'enfuir. Il était sans défense. Et Kratos s'approchait d'un pas déterminé.

Les dents serrées, Pirra se mit à dévaler la pente, se frayant un passage dans un fourré d'arbustes épineux.

Elle se perdit. Furieuse, elle gâcha un temps précieux à retrouver son chemin. Quand enfin elle y parvint, elle découvrit, horrifiée, qu'elle n'était pas arrivée sur le promontoire, comme elle l'avait prévu, mais plus bas, sur le rivage.

Quelle idiote je suis, se répétait-elle en courant sur les galets d'un pas trébuchant, le souffle saccadé. Ses sandales n'arrêtaient pas de glisser. Elle les enleva et reprit sa course.

Telamon ne l'avait pas encore vue. Il criait, essayant de trouver un moyen de gravir les rochers pour rejoindre l'épave. Si seulement Pirra arrivait à se faufiler derrière lui et à l'assommer avec une pierre, elle s'emparerait de cette lance, monterait sur le navire échoué et...

Telamon bondit sur les rochers, s'agrippa à un buisson de genévriers situé au milieu de la pente et se mit à grimper.

— Hé, toi ! l'appela Pirra.

Le garçon jeta un regard derrière lui et, stupéfait de la voir là, faillit tomber.

— Tu ne crois pas que tu en as assez fait comme ça ? hurla-t-elle. Espèce de sale petite fouine !

— Reste en dehors de ça ! répliqua Telamon, le visage déformé par la rage. Tu ne sais rien de la situation !

Avec un grondement, elle s'élança vers lui. Cependant, il lui fut impossible d'atteindre les genévriers ou de gravir la roche glissante.

Au-dessus d'elle, Pirra entendit Hylas pousser un cri perçant. Que lui était-il arrivé ?

Telamon continuait son ascension, certes maladroitement car il avait gardé la lance à la main, mais il serait bientôt sur l'épave. Pirra ramassa une poignée de cailloux et les fit pleuvoir dans sa direction.

— Traître ! hurla-t-elle.

— J'essaie de lui venir en aide ! tonna-t-il.

— Menteur !

Alors qu'elle reculait pour mieux le viser, elle marcha sur une pierre qui roula sous son pied. Elle chancela. Tomba brutalement sur les galets. La Mer lui éclaboussa le visage.

À genoux dans l'eau, elle se figea soudain, les yeux rivés sur la pierre qui lui avait fait perdre l'équilibre. Elle n'entendait plus les cris de Telamon, ni le vacarme des vagues et du vent.

Ce n'était pas une pierre.

Incroyable, pensa Pirra.

L'objet gisait pourtant là, baigné par l'écume qui le portait d'avant en arrière.

Une coquille de triton, sculptée dans du marbre blanc, pur.

C'était la coquille qu'elle avait trouvée dans les cavernes.

CHAPITRE TRENTE-HUIT

Kratos, le glaive dans une main, le poignard dans l'autre, avança sur Hylas. Celui-ci, sans lâcher sa corde pourtant inutile, se déplaça sur le côté pour contourner le trou qui donnait sur la cale.

Il entendit soudain des cris sur le rivage et distingua la voix de Telamon, ainsi qu'une autre. Était-ce Pirra ? Hylas en doutait.

Kratos fit mine d'attaquer sur la droite. Hylas bondit sur la gauche. C'était une feinte : le guerrier s'élança aussitôt vers la gauche. Le garçon esquiva de nouveau le coup. La lame du poignard passa à un cheveu de lui. Soudain, une rame roula sous ses talons. Il dérapa. S'agrippa au mât. Celui-ci s'inclina davantage et Hylas chancela au bord de la cale. Tout en retrouvant l'équilibre, il s'affola à la vue de l'eau noire qui stagnait en contrebas. Jetant un coup d'œil derrière lui, il s'aperçut qu'il avait atteint le bout de l'épave. Un pas de plus, et c'était la chute assurée dans les vagues voraces.

Kratos, obstiné, continuait d'approcher.

Au loin, une silhouette lumineuse bondit au-dessus des flots.

Tu ne peux plus m'aider, maintenant, pensa Hylas, s'adressant au dauphin. *Fuis aussi vite que tu pourras, avant d'être blessé.*

Esprit jaillit de nouveau de la Mer. Cette fois, il retomba sur les vagues avec fracas. En un éclair, Hylas comprit ce que l'animal essayait de lui dire. *Saute ! Je te conduirai en lieu sûr !*

C'était sa seule chance de s'en sortir – mais quelque chose le retenait encore.

— Où est ma sœur ? hurla-t-il au chef des Corbeaux. Que lui as-tu fait ? Tu as de toute façon l'intention de me tuer... Alors réponds-moi !

Les yeux sombres de Kratos étincelaient. Il fit un pas en avant. Hylas lança la corde dans sa direction. Celle-ci s'enroula autour de la main du guerrier qui, de surprise, lâcha son glaivc. Hylas n'en revenait pas. Il poussa un cri de triomphe tandis que l'arme tombait dans la cale.

Kratos ramassa une rame et donna de petits coups vers Hylas, comme un pêcheur cherchant à déloger un crabe réfugié sous un rocher. Le garçon s'empara de l'extrémité de la rame. Une erreur. Le guerrier le repoussa brusquement ; il faillit basculer dans la Mer.

À bout de souffle, Hylas s'écarta en titubant, hors d'atteinte. Il avait perdu sa corde. Et ne trouva, à portée de main, aucun objet dont il aurait pu se servir.

Kratos se débarrassa de la rame. Dans sa main étincelait le poignard de Koronos. Pourquoi aurait-il eu besoin d'une autre arme que celle-ci ? Hylas remarqua que le guerrier l'avait attachée à son poignet à l'aide d'une cordelette – il était donc inutile d'essayer de la faire tomber dans la cale.

Malgré la chaleur, le corps musclé du Corbeau se déplaçait toujours avec la même aisance ; en revanche, le garçon, pantelant, était trempé de sueur. Il ne tiendrait pas bien longtemps.

Soudain, Hylas s'aperçut qu'il s'était placé du mauvais côté de la cale. En contrebas, les rochers se dressaient, tels des crocs géants surgis de la Mer. Il avait laissé échapper sa dernière chance de s'en sortir. Même s'il sautait maintenant, il se fracasserait sur les brisants et le dauphin ne pourrait le sauver.

Kratos s'avança.

◇◇◇

Des nuages s'amoncelaient. Le vent se leva. Les cheveux de Pirra lui fouettaient le visage. Il fallait agir vite, ou Hylas ne survivrait pas à ce combat. Cependant, elle ne parvenait pas à bouger, incapable de détacher son regard du coquillage de marbre blanc ballotté par l'écume.

Un objet sacré. Dangereux. Elle craignait même de le toucher. Comment savoir ce qui arriverait si…

Des hurlements retentirent derrière elle. Horrifiée, Pirra vit une marée sombre de Corbeaux courir sur le rivage, arrivant vers elle. Leurs capes noires flottaient dans le vent. Ils étaient armés d'une forêt de lances.

Un autre cri. Cette fois, il venait de l'épave. Était-ce Hylas ?

Pirra s'empara du coquillage et s'enfuit, à l'aveuglette, en direction des arbres. Sous ses doigts, le marbre était froid, lisse, et son pouvoir vibrait déjà en elle. Ses oreilles bourdonnaient. Elle n'entendait plus les Corbeaux. C'était le coquillage sacré qu'elle avait trouvé dans les cavernes, elle en était persuadée. Elle avait reconnu la minuscule encoche.

Les guerriers se rapprochaient.

Pirra s'immobilisa. Prit une profonde inspiration. Puis porta l'extrémité du coquillage à ses lèvres. Et souffla.

CHAPITRE TRENTE-NEUF

Hylas crut d'abord qu'on soufflait dans une corne de bélier – mais le son qu'il percevait était plus grave : un mugissement qui résonnait de toutes parts, semblable au flux et au reflux de la Mer.

Il se figea sur place. Kratos l'imita. Sur la plage, les Corbeaux s'immobilisèrent à leur tour.

Le mugissement s'interrompit de manière abrupte. Son écho s'évanouit.

Comme si un sortilège venait d'être rompu, les Corbeaux s'élancèrent de nouveau, lances brandies. Kratos se remit à avancer. Hylas n'avait nulle part où s'enfuir. L'onde sonore ne l'avait pas sauvé. Elle n'avait fait que retarder, brièvement, l'inévitable.

Soudain, il en eut assez d'avoir peur. Une envie féroce le prit – se jeter dans le vide, les bras grand ouverts, en hurlant : *Allons-y, qu'on en finisse !*

Au même instant, un craquement assourdissant retentit sur le promontoire. Hylas vit une grosse roche basculer et s'écraser sur les brisants. La terre se mit à gronder. L'épave vibra. Le garçon tâcha de rester debout. Même Kratos avait du mal à ne pas perdre l'équilibre.

Les grondements se firent alors rugissements et une large fissure s'ouvrit au pied du promontoire, comme si une hache invisible martelait les rochers ; elle s'élargit, pareille à un éclair noir qui zigzaguait en direction du navire échoué. Celui-ci tangua, secoué par la rage du Taureau-qui-vit-sous-la-Mer. Hylas luttait pour ne pas tomber, tandis que l'épave s'agitait sous lui, prête à céder ; elle s'effondra si soudainement que le garçon fut projeté dans la cale.

Il revint à la surface en crachotant, de l'eau jusqu'à la taille. Où était passé Kratos ?

Au-dessus de sa tête, le mât se balançait. Rames et cordages s'écrasaient tout autour de lui. Les parois de la cale penchaient dangereusement : le navire quittait les rochers et glissait vers la Mer. C'est alors que les vagues s'engouffrèrent dans la cale, renversant Hylas.

Il se cogna le crâne contre une poutre. Il s'y raccrocha désespérément, pendant que la Mer, en refluant, cherchait à l'aspirer. Quand elle revint, elle le frappa de plein fouet et il fut projeté contre l'un des côtés de la cale.

À cet instant, Kratos jaillit de l'eau, tout près d'Hylas. Celui-ci se tourna sur le côté. Il ne fut pas assez rapide : le poignard lui érafla le bras. Il poussa un cri de douleur. Le guerrier l'attrapa par les cheveux. Hylas se débattit, mais ses doigts ne rencontrèrent que du bronze. Kratos l'obligea à rejeter la tête en arrière et leva son arme, prêt à lui trancher la gorge.

Avec un grognement de surprise, le Corbeau bascula tout à coup vers l'avant. Hylas, qui se tortillait pour se dégager du poids du guerrier, entrevit une silhouette argentée qui disparaissait dans les ténèbres. C'était Esprit : il avait dû heurter Kratos par l'arrière. À présent, il s'éloignait afin de prendre de la vitesse et préparer une autre attaque.

Alors que le garçon fendait la surface, il vit la nageoire du dauphin filer comme une flèche en direction de Kratos – mais, cette fois, le Corbeau était prêt. Esprit voulut éviter la lame. L'eau se teinta de rouge.

Était-ce le sang de Kratos ou celui du dauphin ? Où était passé ce dernier ?

Hylas profita de la distraction du Corbeau pour remonter vers le pont. Des deux mains, il s'empara de l'extrémité du mât et se balança de toutes ses forces pour le faire ployer. Pendant un instant, l'énorme barre de bois ne bougea pas d'un pouce. Puis elle s'inclina en gémissant, pour finir par se briser. Le garçon s'écarta au dernier moment et se jeta dans l'eau alors que le mât s'effondrait sur Kratos.

Les rugissements du Trembleur-de-Terre diminuèrent. Ses grondements se firent grognements, puis finirent par se taire. Hylas n'entendait plus que le clapotis des vagues et sa propre respiration hachée. Il vit quelques derniers cailloux dégringoler du promontoire. Pas le moindre signe du guerrier. Le mât l'avait-il tué sur le coup ?

Aucun signe du dauphin non plus. Était-il reparti vers le large ?

L'épave sombrait. Hylas avait à présent de l'eau jusqu'à la taille. Il était épuisé. Aurait-il la force de se hisser hors de la cale ? Ou même de nager jusqu'au rivage ? Il en doutait. Et si le dauphin ne venait pas le chercher… s'il était…

Un peu de courage, se reprocha Hylas. *Tu ne vas pas baisser les bras maintenant.*

Les parois de la cale se dressaient autour de lui. À bout de souffle, il s'accrocha à des cordages enchevêtrés et essaya d'y grimper.

Une main de granit se referma autour de sa cheville. Le tira vers le bas.

Affolé, Hylas lança des coups de pied, mais Kratos le tenait fermement. Pareil à une anguille, le garçon se tortillait et se débattait, redoutant la morsure du poignard.

Elle ne vint pas. Kratos l'entraîna sous l'eau et, dans la pénombre qui tourbillonnait autour de lui, Hylas comprit alors pourquoi : le guerrier avait perdu l'usage d'une de ses mains ; le mât, en tombant, l'avait transpercée et la maintenait plaquée contre la paroi de la cale, coinçant par la même occasion le poignard.

Le navire vibra et s'enfonça davantage. Hylas avait de l'eau jusqu'à la poitrine. Les cheveux noirs du Corbeau ondulaient, tels des serpents, tandis qu'il essayait de garder la tête au-dessus de la surface et dc libérer sa main prise au piège.

En pure perte. Hylas croisa son regard : le guerrier savait ce qui l'attendait. Kratos le fixait d'un air mauvais. Le garçon ne lut aucune peur dans ses yeux. *Oui, je vais mourir noyé – mais je t'emmène avec moi*, semblaient-ils dire.

De son pied libre, Hylas lui donna un coup violent. Le Corbeau lâcha prise un bref instant. Le garçon en profita pour se dégager.

Alors qu'il pataugeait péniblement vers l'autre bout de la cale, Kratos se mit à chanter dans une langue étrange et discordante. Il y eut un grondement de tonnerre assourdissant. Puis les nuages éclatèrent et la pluie commença à marteler la Mer.

Kratos laissa échapper un rire horrible, semblable à un gargouillis.

— Les dieux m'ont entendu ! lança-t-il dans un souffle. À présent, tu n'y parviendras pas !

Rassemblant ses dernières forces, Hylas attrapa les cordages et grimpa. Par-dessus son épaule, il vit le guerrier avaler des goulées d'air. Il vit aussi une lueur de triomphe sauvage briller dans ses yeux sombres : Kratos mourait, mais il avait récupéré le poignard de Koronos.

Hylas entendit son rire atroce fuser une dernière fois. Puis la Mer s'abattit sur le Corbeau et le fit taire pour toujours.

◊◊◊

Le Taureau-qui-vit-sous-la-Mer avait cessé de trépigner et la grosse averse était passée. Pirra se releva, titubante. Une partie du promontoire s'était effondrée et une large fissure dentelée divisait maintenant la plage en deux. Telamon, assis sur les galets, se frottait le front, l'air hébété. Pendant le tremblement de terre, il était tombé des rochers et s'était cogné la tête.

Comme dans un rêve, Pirra regarda les guerriers passer en courant devant elle et envahir les rochers, tandis que d'autres pataugeaient dans l'eau peu profonde du rivage. Ce n'était pas elle qu'ils pourchassaient, mais Hylas. Celui-ci, battu par les vagues, était blotti sur le dernier morceau de l'épave qui surnageait encore. Avant que Pirra ne puisse l'avertir, le garçon aperçut les Corbeaux qui le visaient de leurs lances. Il plongea dans la Mer.

Ce geste n'allait pas suffire à le sauver. Les guerriers étaient trop près. Et les cheveux blonds d'Hylas, qui étincelaient au Soleil, faisaient de lui une cible facile dans l'eau noire.

Pirra s'avança dans les vagues et attaqua le Corbeau le plus proche. L'homme la repoussa avec une facilité humiliante. Elle vit Telamon qui sautait sur place en ordonnant aux guerriers de ne pas tirer. Il aurait tout aussi bien pu lancer des ordres au vent. Les Corbeaux plantaient leurs lances dans la Mer. Ils allaient embrocher Hylas, comme un pêcheur transperce un brochet.

Mais, soudain, ils parurent hésiter. Avec des cris de surprise, ils reculèrent. Baissèrent leurs armes.

Telamon scrutait la Mer, la main en visière.

Les dauphins jaillirent du Soleil. Bondissant, sautant, se cambrant au-dessus des flots, filant vers Hylas.

Tant de dauphins rassemblés ici, songea Pirra en contemplant les corps luisants qui fendaient l'eau et tissaient un cercle d'argent lumineux autour du garçon. Le Trembleur-de-Terre avait libéré la bande d'Esprit de la crique – et maintenant tous venaient porter secours à Hylas.

En poussant un hurlement de triomphe, Pirra vit les Corbeaux sortir de la Mer. Nul d'entre eux n'aurait risqué de s'attirer les foudres de la Déesse ; il était hors de question de s'en prendre à l'une de Ses créatures.

Esprit jaillit des vagues et bondit au-dessus d'Hylas. Puis le dauphin plongea, réapparut et nagea à côté du garçon, qui attrapa sa nageoire des deux mains.

Sous les yeux frappés de terreur des guerriers, Esprit exécuta un autre bond dans les airs, Hylas volant dans son sillage.

Le dauphin et le garçon retombèrent ensemble dans une grande gerbe d'eau et disparurent dans les profondeurs.

CHAPITRE QUARANTE

Le dauphin était *heureux*. Celui-du-Dessous avait cessé de frapper avec sa queue, et sa bande était libre !

Au début, transporté de bonheur, il les avait accueillis en virevoltant dans l'eau, frottant son nez contre celui de sa mère, de sa petite sœur et de tous les autres, frôlant leurs flancs de ses nageoires. Ils avaient piqué ensemble vers le Bleu-Profond en criant tant et si bien que la Mer s'était mise à résonner du joyeux chant des dauphins ; il avait senti la solitude se détacher de lui et flotter au loin, comme un agaçant morceau d'algue.

Puis, accompagné par la bande au complet, il s'était élancé vers la Surface afin d'aller protéger le garçon qui affrontait les méchants humains ; et, à présent, ils plongeaient de nouveau dans le Bleu-Profond en quête de poissons.

Mieux encore, le dauphin avait emmené le garçon avec lui. Il allait enfin pouvoir lui montrer sa Mer si belle ! Ils poursuivraient des bancs scintillants et le garçon saurait ce que c'était que d'être un dauphin en chasse : le frisson qui parcourt le corps lorsqu'on piège des anchois dans une nuée de bulles argentées, le délice que l'on éprouve à croquer dans la chair, les nageoires et les arêtes qui se tortillent dans votre bouche.

Et ensuite, le garçon et le dauphin joueraient dans l'eau et plongeraient de plus en plus loin dans le Noir-Profond.

◇◇◇

En un battement de cœur, toute menace des Corbeaux se dissipa. Hylas était sain et sauf. Il s'envolait avec Esprit dans un monde nimbé d'une douce lumière verte.

Agrippé à la nageoire du dauphin, il pressa la joue contre le dos lisse et solide, puis sentit Esprit enserrer ses chevilles de ses nageoires pour lui éviter de tomber. Des dauphins vert argenté passèrent à toute allure devant eux. Un bref instant, leurs yeux sombres et bienveillants croisèrent ceux du garçon avant de s'évanouir dans les flots bleus. Dans la Mer emplie de clics et de sifflements, le bonheur des dauphins se communiqua aussi à Hylas, lui picotant la peau et le traversant dans un long frisson.

Un moment plus tard, Esprit entreprit de descendre comme une flèche le long d'une falaise sous-marine. Hylas entrevit une forêt ondoyante d'algues et des poissons, pareils à des éclats rouges et dorés. Puis la montagne disparut. Le bleu se fit plus sombre. Le garçon eut subitement très froid.

Ça suffit, dit-il en s'adressant au dauphin par la pensée. *J'ai besoin de remonter.*

Esprit, qui cliquait en s'en donnant à cœur joie, ne l'entendit pas.

Hylas frappa du poing le flanc robuste de l'animal, mais celui-ci parut prendre ce geste pour une petite tape affectueuse. Le garçon eut beau se débattre pour dégager ses chevilles, les nageoires du dauphin, qui croyait le protéger en le tenant ainsi, étaient trop vigoureuses.

Les ténèbres enveloppèrent Hylas. Les clics de la bande s'accélérèrent et se modifièrent en une plainte stridente et vrombissante, enfermant le garçon dans un enchevêtrement de sons. Tandis qu'ils s'enfonçaient, une douleur fulgurante lui transperça le crâne. Elle se dissipa quelque peu lorsqu'il se boucha les narines d'une main, mais elle ne tarda pas à revenir.

Hylas donna un autre coup dans le flanc d'Esprit. Aucune réponse.

Il sentit un poids écrasant sur sa poitrine. La tête lui tournait. Il lutta contre l'envie irrépressible de respirer.

J'ai besoin d'air ! hurla-t-il par la pensée. *Esprit ! Il me faut de l'air !*

Comme s'il avait perçu son appel, le dauphin releva soudain le museau et, d'un puissant coup de queue, les propulsa vers le haut avec une rapidité inouïe.

Les clics des autres membres de la bande s'évanouirent brusquement. Au-dessus d'eux, Hylas entrevit une faible lueur encore lointaine. Celle-ci se fit bientôt plus vive. La sensation de vertige et la douleur s'estompèrent, mais il continuait de réprimer une terrible envie de respirer.

Alors qu'ils prenaient de la vitesse, le garçon entendit un mugissement, puis distingua des vagues blanches qui s'écrasaient à la surface. Ils jaillirent tout à coup dans la lumière et Hylas inspira de grandes goulées d'air.

Pantelant, frissonnant, il s'effondra sur le dos du dauphin, qui le porta gentiment vers l'île en l'apaisant de son *pfft !* serein et régulier. Le cœur serré, Hylas comprit que cette épreuve qui avait failli lui coûter la vie n'avait été, pour Esprit, qu'une brève plongée.

Ils finirent par atteindre le rivage. Hylas glissa dans l'eau peu profonde et s'étendit sur un tapis d'algues où il se laissa bercer par les vaguelettes. Ses yeux, pleins de sel, le brûlaient. Il avait mal à la tête.

Tandis qu'il reprenait ses esprits, il se souvint des Corbeaux. Encore faible, il se redressa sur un coude.

Le dauphin l'avait mené dans une crique étroite surplombée de genévriers. Hylas ne se rappelait pas y être déjà venu, mais l'endroit lui parut assez discret. Aucun signe des guerriers. Il pensa à Kratos, à Telamon et au poignard. Il avait l'impression que tout cela était arrivé à quelqu'un d'autre.

Il sentit Esprit lui donner de petits coups de museau dans les orteils et devina que c'était sa manière à lui de lui demander pardon. *Je ne savais pas que tu ne pouvais pas rester sous l'eau. Excuse-moi.*

Gauchement, Hylas tendit le pied et lui répondit par un mouvement semblable.

Il voulait expliquer au dauphin qu'il comprenait. Que lui aussi s'excusait. *Pardon de ne pas pouvoir t'accompagner sous la Mer.*

Mais il n'en eut pas le temps. Esprit était déjà reparti.

◇◇◇

Sois en paix, pensa Telamon en s'adressant à Hylas, tandis qu'il jetait une branche de peuplier noir sur le bûcher funéraire de Kratos.

Cela comptait-il si l'on faisait semblant de porter le deuil d'un oncle alors qu'en réalité on éprouvait du chagrin pour un ami ? Les dieux acceptaient-ils malgré tout de vous écouter ?

Il avait continué d'espérer qu'Hylas était encore en vie, jusqu'au moment où la fille et lui avaient trouvé le lambeau de tunique ensanglanté sur le rivage. Même ensuite, il avait eu beaucoup de mal à y croire : Hylas, mort ? Ne le reverrait-il donc jamais ?

Le feu crépita, dévorant les morceaux de bois flottant imbibés d'huile avant d'attaquer le cadavre.

Après la grosse averse de la veille, le ciel était de nouveau dégagé, la Mer aussi lisse qu'une flaque de lait. Telamon se tenait là, clignant des yeux dans la lumière du Soleil. L'odeur graisseuse de chair brûlée s'insinuait dans sa gorge. Il tourna la tête et contempla les vaguelettes qui léchaient tristement les galets. Il pensa au corps d'Hylas, qui flottait quelque part au fond de la Mer, sans qu'aucun rite ne puisse être pratiqué pour aider son esprit à passer dans l'au-delà.

Il ramassa une poignée de cendre chaude, en macula son visage. Cela lui piqua la peau, mais il en avait besoin. Il avait besoin de s'infliger cette punition. Tout était de sa faute. S'il n'était pas allé retrouver Hylas sur l'épave, Kratos serait encore vivant. De même que son ami.

Postés un peu plus loin, les guerriers l'observaient avec un respect nouveau. Ils avaient vu Telamon arracher le poignard de Koronos des doigts froids et raides de son oncle. Et, à présent, ils le voyaient frotter de la cendre sur son visage. Ils approuvaient ces gestes. C'était ainsi que les choses devaient se dérouler : maintenant que l'oncle n'était plus, son jeune neveu prenait la relève.

Telamon savait qu'il aurait dû en éprouver de la fierté. Après tout, il avait récupéré le poignard, l'objet appartenant à sa Maison. Cependant, il se sentait honteux.

Il y avait plus difficile encore : jusqu'au retour en Lykonia, il était censé prendre la tête de cette expédition. Il savait qu'il n'était pas à la hauteur de cette tâche et se doutait que les guerriers partageaient cette opinion. Comment un garçon de treize étés aurait-il pu diriger des hommes qui avaient deux fois son âge ?

Le jour précédent, Ilarkos, le second de Kratos, lui avait demandé s'ils devaient brûler le corps de Kratos selon les rites auxquels ce dernier s'était conformé, ou bien le ramener en Lykonia, où il serait enterré de façon traditionnelle, dans le Lieu des Ancêtres. Telamon n'avait su que faire. La perspective d'incinérer la dépouille l'avait horrifié, tout comme il avait en horreur les rites qu'avait pratiqués son oncle – mais il n'avait osé le dire à Ilarkos. Et, finalement, ce dernier avait décidé à sa place.

— Tu es donc un héros, à présent, déclara derrière lui une voix méprisante.

Telamon se hérissa.

La Keftienne, crasseuse, ressemblait à un petit épervier dépenaillé. Elle avait été ravie de retrouver son esclave égyptien – sur l'ordre de la Grande Prêtresse, celui-ci les avait accompagnés par bateau –, mais avait toutefois refusé la tunique propre qu'il lui avait proposée. De même, elle avait tiré ses cheveux vers l'arrière, comme pour attirer davantage l'attention sur la cicatrice qui barrait sa joue, pareille à un croissant de Lune.

— Fiche le camp, gronda le garçon.

— Qu'éprouves-tu, au juste ? reprit-elle d'une voix mielleuse. Tu as récupéré ton précieux poignard et Hylas est mort. Tu es fier de toi ?

— Fier ? s'exclama-t-il avant de lancer des coups d'œil autour de lui afin de s'assurer que personne ne pouvait les entendre. Hylas était mon meilleur ami !

Le bûcher s'effondra dans une gerbe d'étincelles. La fille le dévisagea avec insistance.

— Tu dois certainement savoir que des membres de ta famille ont incendié une vallée entière ?

— Tais-toi !

— J'ai envoyé mon esclave explorer l'endroit. D'après lui, les arbres ont déjà commencé à reverdir. Bientôt, toute trace de ce sacrifice aura disparu.

Telamon se dirigea d'un pas décidé vers le rivage. Avec colère, il s'aperçut que la Keftienne le suivait.

— Que va-t-il m'arriver ? demanda-t-elle.

— Nous allons te ramener en Lykonia, grommela-t-il. Ta mère s'y trouve. À elle de se débrouiller avec toi.

— Non, je voulais dire...

— J'ai compris. Je me moque bien du marché que ta mère a pu conclure avec mon père : il n'est pas question que je t'épouse.

Il scruta la joue brûlée de Pirra – un regard qui en disait long.

— Tu es trop laide, précisa-t-il.

Elle laissa échapper un rire rauque.

— Ça, au moins, je suppose que c'est une bonne nouvelle, affirma-t-elle.

Il ramassa une pierre et la jeta dans la Mer.

Près du navire, Ilarkos était occupé à immoler un cochon pour le Trembleur-de-Terre avec l'espoir que leur voyage vers la Lykonia serait paisible. Cela rappela à Telamon le premier sacrifice auquel il avait assisté, alors qu'il n'était âgé que de quatre étés. La quantité de sang qui avait giclé de la gorge laineuse du bélier l'avait stupéfié. « Est-ce que ça va marcher ? » avait-il demandé à Thestor. Celui-ci, en lui serrant plus fort la main, avait répondu : « C'est aux dieux d'en décider. »

À présent, tandis que Telamon contemplait la fumée noire et grasse qui montait en volutes vers le ciel, les paroles de son père le frappèrent de plein fouet, comme s'il venait d'avoir une révélation. *Évidemment*, songea-t-il. *Tout dépend de la volonté des dieux. Pourquoi ne m'en suis-je pas rendu compte plus tôt ? C'est à cause d'eux que j'ai été tiraillé entre Hylas et les miens. Ce sont eux qui l'ont voulu ainsi. Ils ne m'ont pas laissé le choix.*

C'est vrai, je n'ai pas eu le choix, se répéta-t-il. Il se sentait un peu plus serein. Cela signifiait que rien de ce qui était arrivé n'était de sa faute.

Il se fit alors une promesse. *Dès que je serai rentré chez moi, je me rendrai dans la Montagne, au lieu de rendez-vous habituel, et là, j'immolerai un veau pour Hylas et Issi.*

— Oui, dit-il. C'est la meilleure chose à faire.

Comme il avait parlé à voix haute, il s'attendait à une autre remarque cinglante de la fille, mais celle-ci ne l'écoutait pas. La main en visière pour se protéger les yeux, elle observait les eaux proches du rivage, là où le navire avait jeté l'ancre.

— Regarde, murmura-t-elle. Le dauphin est de retour.

Ilarkos vint les rejoindre, accompagné de quelques hommes.

— C'est celui qui est venu chercher le Paria, dit-il à Telamon. Nous ignorons comment interpréter sa présence ici.

— Je vais aller voir, déclara froidement la Keftienne.

Telamon eut un rire de mépris.

— Sûrement pas ! Si je t'autorisais à t'approcher de la Mer, tu en profiterais pour essayer de t'échapper…

— Dans ce cas, attache-moi ! rétorqua-t-elle. Attache-moi donc à cet arbre, sur le promontoire, et poste des sentinelles qui me surveilleront du navire, si tu as tellement peur que je m'enfuie !

Le garçon s'empourpra.

— Je n'ai pas peur. Je ne te fais pas confiance, voilà tout.

Pirra se redressa ; il émanait de cette fillette maigrichonne, vêtue d'une tunique crasseuse, une autorité qui obligea les guerriers à prêter attention à elle.

— Tu ne peux m'empêcher de m'adresser à une créature appartenant à la Déesse, reprit-elle en s'adressant à Telamon. Je suis Keftienne. Et les Keftiens connaissent la langue des dauphins.

Voyant qu'il ne répondait pas, elle se tourna vers les hommes.

— Si vous ne me laissez pas parler à ce dauphin, et seule, la Déesse sera mécontente. Et alors, jamais vous ne rentrerez chez vous.

CHAPITRE QUARANTE ET UN

— Hylas ! chuchota Pirra. Es-tu là ?

Se penchant au-dessus des rochers aussi loin que le lui permettait la corde, elle vit le dauphin passer au large. Non loin, le garde resté sur le navire observait lui aussi l'animal. Il tripota son amulette et marmonna un charme. Pirra lui jeta un regard glacial avant de lui tourner le dos.

En contrebas, sur le flanc du promontoire que le guerrier ne pouvait voir, une tête blonde émergea d'un bosquet de genévriers.

— Tu es vivant ! murmura Pirra sans cacher son soulagement. J'ai trouvé un caillou sur lequel il y avait une marque, et, sans en être certaine, j'ai deviné que tu m'avais laissé un message. Est-ce que ça va ?

— Et toi ? Ils t'ont attachée à un arbre ! Pour quelle raison ?

— Seulement pour m'empêcher de fuir.

Il s'apprêtait à grimper vers elle, mais elle l'arrêta.

— Reste où tu es, il y a une sentinelle sur le bateau.

— Elle ne me verra pas, je peux…

— Je suis sérieuse ! Ne prends pas de risques inutiles.

Hylas fronça les sourcils. Il était torse nu. Il avait noué sa tunique en haillons autour de ses hanches. Il paraissait épuisé. Pirra se demanda ce qui avait pu se passer dans l'épave, entre Kratos et lui. Si elle lui posait la question, Hylas accepterait-il de lui répondre ?

Ils échangèrent un long regard. Elle sentit un certain malaise s'installer entre eux. Comme si tout ce qu'ils avaient vécu ensemble n'avait pas réellement eu lieu.

Me voilà revenue à mon point de départ, pensa-t-elle, non sans amertume. *Un objet que ma mère peut déplacer à sa guise, comme un pion sur un plateau de jeu.*

Hylas comprendrait-il si elle le lui expliquait, ou bien lui rétorquerait-il qu'elle devait s'estimer heureuse d'avoir assez à manger ? Soudain, elle eut l'impression d'être face à un inconnu : un Lykonien aux yeux acérés, qui se souciait uniquement de sa propre survie.

— Tu étais seule quand tu as trouvé le caillou ?

— Non.

Pirra lui raconta alors comment Telamon et elle avaient découvert le lambeau de tunique ensanglanté ; comment elle avait deviné qu'Hylas l'avait laissé traîner exprès ; elle expliqua qu'elle avait ensuite repéré le caillou sur lequel était griffonné un petit signe hérissé de piquants.

— Tu as pris un risque : j'aurais pu ne pas comprendre qu'il s'agissait d'un hérisson, ajouta-t-elle.

— Telamon l'a-t-il vu ?

— Non, je suis restée discrète.

— Il me croit donc mort.

Elle acquiesça.

— Dès qu'il a remarqué le morceau de tissu, il s'est assis et s'est mis à pleurer. Le plus étrange, c'est qu'il m'a paru sincère.

Le visage d'Hylas s'assombrit davantage.

— C'est toi qui as réveillé le Trembleur-de-Terre, pas vrai ? demanda-t-il.

Elle hésita avant de répondre :

— Au début, je n'ai pas compris de quelle façon la coquille de triton avait pu quitter les cavernes pour arriver jusqu'à la plage. Et puis, j'ai saisi que le dauphin devait y être pour quelque chose.

Ils regardèrent Esprit passer non loin et se diriger vers le navire, où des hommes, penchés par-dessus le bastingage, lui tendaient des poissons en guise d'offrande. Pirra se souvint du jour où elle s'était agrippée à la nageoire du dauphin pour voler avec lui sur la Mer. *Tout est fini, maintenant*, songea-t-elle. Elle se sentit soudain nauséeuse.

— Ils ont récupéré leur poignard, marmonna Hylas entre ses dents.

— Mais toi, ils ne t'ont pas attrapé. Tant que tu es en vie, tu représentes une menace pour les Corbeaux. L'Oracle a affirmé...

— Je me fiche de cette prédiction. Tout ce qui m'importe, c'est de retrouver Issi.

— Non, Hylas, tu ne peux pas l'ignorer. Ce sont les paroles de la Déesse que l'Oracle a rapportées. Tout revient toujours à Elle. Si Elle t'a envoyé ici...

— Pourquoi ? s'enflamma-t-il, avec une violence telle que Pirra lui siffla de se taire.

Mais les guerriers étaient trop occupés à jeter des maquereaux au dauphin, qui les engloutissait aussitôt.

— Pourquoi ? répéta Hylas, cette fois en chuchotant d'un air farouche. Je suis revenu à mon point de départ. Je n'ai plus d'ami, plus de sœur, plus rien du tout ! Et, même si j'arrive à quitter cette île, que se passera-t-il ensuite ? Je serai seul sur mon radeau, au milieu de la Mer, exactement comme la première fois !

Pirra ôta son dernier bracelet d'or et le lui lança.

— Tiens, dit-elle avec mauvaise humeur. Si un bateau fait escale sur l'île, tu pourras demander à embarquer, et tu payeras ton voyage avec ça ; ainsi, tu n'auras pas besoin de ton maudit radeau.

Indécis, Hylas fit tourner le bijou entre ses doigts.

— Est-ce que cela suffira à m'emmener jusqu'en Lykonia ?

— C'est de l'or, Hylas ! Si tu en avais envie, tu pourrais aller jusqu'en Égypte, et même acheter le navire entier ! Coupe-le en petits morceaux, conseilla-t-elle. Un bout de la taille d'une olive suffira à payer ta traversée jusqu'en Lykonia.

— Oh… merci.

— De rien, rétorqua-t-elle sèchement.

Que lui importait cet or ? Elle ne pouvait s'en servir pour acheter sa liberté. Le découragement la submergea.

Elle vit non loin deux guerriers qui gravissaient le promontoire. Ils se dirigeaient vers elle, accompagnés d'Userref. Ce dernier venait de s'apercevoir que sa maîtresse avait été attachée et il avait l'air outré.

— Ils seront là dans un instant, prévint Pirra. Tu ferais mieux de te cacher.

— Que vas-tu faire ? demanda Hylas.

— J'ignore quel sort me réserve ma mère, répondit-elle, anxieuse. Mais je vais tâcher d'y échapper. De m'enfuir de nouveau. Et toi ?

— Je trouverai le moyen de retourner en Lykonia. De rejoindre Issi et de l'emmener dans un endroit où les Corbeaux nous laisseront en paix.

— De nombreuses choses en perspective, commenta Pirra.

— Pour toi aussi, ajouta-t-il avec un sourire en coin.

— Cache-toi, le pressa-t-elle.

Mais, plutôt que de lui obéir, Hylas se mit à grimper vers elle.

— J'avais oublié, j'ai ça pour toi. Vite, prends !

Tirant sur la corde qui la retenait à l'arbre, Pirra s'empara de ce qu'Hylas lui tendait : une petite plume gris ardoise, bordée de gris-bleu.

— C'est une plume de faucon, précisa-t-il. Je l'ai trouvée dans une crique. J'ai pensé que ça ferait une bonne amulette.

— C'est la plus belle chose que j'aie jamais possédée, murmura-t-elle. Dire que je n'ai rien à te donner...

Il lui décocha un grand sourire.

— Pirra, tu viens juste de m'offrir un bracelet d'or !

— Non, je veux parler d'une amulette, d'un objet qui te protège.

Le pire, c'est qu'elle avait un présent pour lui, mais elle l'avait laissé au campement. Userref avait rapporté l'une des griffes du lion qui était mort dans la vallée calcinée. Pirra avait eu l'intention de la garder pour Hylas. À présent, il était trop tard pour aller la chercher.

Elle baissa les yeux vers le garçon. Il l'observait derrière ses cheveux blonds, emmêlés.

— Tu as réussi à t'échapper une première fois, tu y parviendras une seconde fois, affirma-t-il.

Elle voulut lui répondre, mais sa gorge se serra.

— Tu es courageuse, Pirra, poursuivit-il. Et jamais tu ne renonces. Tu y arriveras, j'en suis certain.

Elle s'efforça de lui sourire.

— Bonne chance, Hylas.

— Bonne chance.

Elle avait envie de lui demander si, selon lui, ils se reverraient un jour, mais Userref et les guerriers étaient tout près ; et, lorsqu'elle risqua un coup d'œil derrière elle, Hylas avait disparu.

◊◊◊

Hylas resta sur le rivage, les yeux rivés sur la Mer, longtemps après que le navire eut emporté Telamon, Pirra et les Corbeaux.

Un vent vif les avait poussés à toute allure vers le large ; mais celui-ci était à présent retombé et l'île était plongée dans le silence. Nulle mouette ne glissait sur les flots. Nul signe du dauphin, probablement parti chasser avec sa bande.

Hylas se dit que c'était une bonne chose. Cela voulait dire qu'Esprit était heureux ; il ne parvenait toutefois pas à s'en réjouir. Il savait désormais que le dauphin et lui ne pouvaient vivre côte à côte. Leur plongée dans les profondeurs l'avait prouvé. Esprit avait essayé de lui faire découvrir sa Mer bien-aimée. Hylas avait failli en mourir.

Le dauphin l'avait-il compris lui aussi ? Impossible de le savoir. À l'exception du bref instant où il s'était approché du navire, Esprit n'était pas revenu vers l'île, encore moins vers Hylas.

Ce dernier trouva les provisions de Telamon à l'endroit exact que celui-ci lui avait indiqué, sous un sycomore dont l'une des branches était cassée. Une outre remplie d'eau, une tunique, une ceinture et même un simple couteau de bronze ; il lui avait aussi laissé un sac en peau de chèvre plein d'olives, du fromage bien dur et du maquereau salé. Telamon avait tenu parole, après tout. Mais Hylas n'avait pas envie d'y penser.

Il prit la direction du nord et arriva bientôt à la fissure que le Trembleur-de-Terre avait ouverte sur le rivage. Aucune trace de l'épave. À l'endroit où celle-ci s'était échouée ne restaient plus que les rochers, sur lesquels la Mer s'écrasait sans relâche.

Hylas entendit de nouveau le rire atroce de Kratos. Quel était donc ce chant qu'il avait entonné dans cette langue discordante, étrange ? Pourquoi avait-il crié : *À présent, tu n'y parviendras pas !*

Après avoir placé du bois flottant sur la fissure afin de la franchir, Hylas se dirigea vers le promontoire, puis passa devant la première épave que Pirra et lui avaient découverte. Il n'avait pas non plus envie de penser à elle, ni à ce qui l'attendait lorsqu'il lui faudrait partir seul sur le radeau et faire ses adieux à Esprit.

Il comprit soudain qu'il était inutile d'aller plus loin : son radeau s'éloignait déjà sur les flots. Celui qui l'avait volé y avait ajouté un mât, muni d'un lambeau de voile qui pendait pour l'instant mollement, car il n'y avait pas un souffle de vent. Campé sur l'embarcation, l'homme était au gouvernail ; il laissait le courant l'emporter au-delà des brisants. Il avait coupé ses cheveux, sans doute pour éviter que les Furieux sachent qui il était, mais Hylas le reconnut d'emblée.

— Akastos ! hurla-t-il en se précipitant dans l'eau.

L'homme se retourna et, l'espace d'un instant, son visage se figea. Puis il poussa un cri qui aurait pu passer pour un rire.

— Puce ! Tu as donc survécu !

Hylas était furieux.

— Certainement pas grâce à toi ! C'est mon radeau ! Reviens ici tout de suite !

Akastos laissa échapper un autre rire forcé et fit non de la tête.

— C'est le mien ! protesta le garçon. C'est moi qui l'ai construit !

— C'est vrai. Mais tu t'es servi de mon navire ! Et tu t'en es plutôt bien tiré, pour un garçon des montagnes, même si tu as oublié d'y mettre une voile.

Parce qu'il voulait le retenir encore un peu, Hylas lui demanda comment il avait réussi à rester à l'écart des Corbeaux.

Akastos parut se raidir.

— Les Corbeaux ? Ils étaient donc sur l'île ?

— Oui, un peu plus loin le long de cette côte ! Il y a eu un combat sur le rivage. Et puis Pirra... a réveillé le Trembleur-de-Terre. Mais ils sont repartis.

— Dire que je n'en ai rien su... À croire que les dieux m'ont encore joué un tour. Pourtant, tu te trompes à propos du Trembleur-de-Terre, Puce, ajouta-t-il. Il ne s'est pas réveillé. Ce que tu as senti n'était qu'un minuscule mouvement de Sa queue qu'il a agitée dans Son sommeil. Quand le Trembleur-de-Terre se réveille pour de bon, des rivières de feu jaillissent des montagnes écartelées, la Mer attaque les terres... Quand le Trembleur-de-Terre se réveillera vraiment, tu le sauras.

Sur ces mots, il reporta son attention sur le gouvernail.

— Emmène-moi avec toi ! hurla Hylas.

Akastos avait beau être impitoyable, il n'était pas un Corbeau ; et mieux valait supporter la compagnie d'un homme pourchassé par les Furieux que de se retrouver seul sur cette île.

— Je t'en supplie !

— C'est impossible, Puce. Tu portes malheur. Et j'en ai déjà eu ma part !

Comme venu de nulle part, le vent se leva et gonfla la petite voile.

— En voilà une surprise ! s'exclama Akastos, dont la voix continuait d'être audible au-dessus des flots. Finalement, cette bourse à vents est efficace. Et moi qui pensais qu'elle n'était qu'une tromperie. Bonne chance, Puce ! lança-t-il. Et ne te fais pas attraper par les Corbeaux !

Hylas plongea dans les vagues et se mit à nager, mais le vent poussait déjà le radeau vers le large.

— Je m'appelle Hylas, pas Puce ! cria-t-il.

Akastos était cependant trop loin et le garçon devina qu'il ne l'avait pas entendu.

Tandis que la petite embarcation s'éloignait, Hylas crut entrevoir une ombre ténébreuse dans son sillage, comme une tache sombre sur la Mer. Il se demanda si Akastos se savait suivi et s'il parviendrait à fuir encore longtemps ceux qui le pourchassaient.

◇◇◇

Le crépuscule tomba. Hylas, solitaire, fit un repas d'olives et de fromage.

L'égratignure que le serpent avait laissée sur son mollet ne le faisait plus souffrir ; de même, la blessure qu'il avait au bras commençait à cicatriser. Une demi-Lune était passée depuis l'attaque des Corbeaux. Issi lui paraissait tellement loin.

Ne parvenant pas à trouver le sommeil, il alla s'asseoir au bord de l'eau et contempla la nouvelle Lune qui se levait. La Mer était lisse comme de l'obsidienne. Le sentier argenté que traçait le clair de Lune à sa surface était pareil à un fil tremblotant.

Dans le lointain, une flèche noire traversait la baie à toute allure.

— Esprit ! cria Hylas.

Plutôt que de s'approcher, le dauphin resta à distance, comme par prudence, et Hylas eut beau siffler et frapper l'eau du plat de la main, il ne réussit pas à convaincre l'animal de venir le rejoindre.

Le garçon se dit alors que le dauphin s'en voulait peut-être encore de l'avoir entraîné dans les profondeurs.

— Ce n'est pas grave ! lança-t-il, même s'il se doutait qu'Esprit ne pouvait le comprendre. Tu essayais seulement de me faire découvrir ton monde ! Je le sais bien !

Mais il ne s'adressait qu'aux seules vagues. Le dauphin disparaissait déjà le long du sentier argenté du clair de Lune.

◇◇◇

Le dauphin était malheureux. Encore une fois, il avait commis une grave erreur, et il ne savait comment la réparer.

Il avait seulement eu envie de montrer au garçon sa Mer si belle, mais, en réalité, il avait failli le tuer. Le garçon s'était affaissé sur lui. Le dauphin, horrifié, s'était demandé ce qu'il avait fait de mal. Quel soulagement ça avait été de le ramener vers le Dessus ; pourtant, quand le dauphin avait voulu lui demander pardon, le garçon lui avait donné un coup de patte.

Ensuite, à plusieurs reprises, le dauphin avait essayé de se réconcilier, mais chaque fois, il avait perdu courage et s'était éloigné du Dessus.

Les membres de sa bande, percevant sa tristesse, firent de leur mieux pour le réconforter en frottant leurs museaux et leurs nageoires contre lui ; sa petite sœur lui apporta des cadeaux – des algues et un crabe.

Mais le dauphin réagit avec indifférence : il n'avait pas le cœur à jouer, ni même à chasser.

Le garçon était son ami. Ils ne pouvaient nager ensemble que tout près de la Surface et ne parvenaient pas à se parler à la manière des dauphins ; cependant, chacun d'eux était capable de percevoir les émotions de l'autre, et cela leur avait suffi.

Le garçon lui manquait terriblement. Le dauphin craignait qu'il parte bientôt de l'autre côté de la Mer, très loin, comme la fille. Et alors, il ne serait plus possible d'arranger les choses entre eux. Plus jamais.

◊◊◊

Deux jours plus tard, Hylas, debout à la poupe du navire des étrangers, contemplait l'île du Peuple des Nageoires qui disparaissait lentement dans le lointain.

Il ne cessait de scruter la Mer dans l'espoir d'apercevoir les dauphins. Mais, jusqu'à présent, il n'avait rien vu. Au fond de lui, il ressentait un grand vide glacial. Et si Esprit ne venait pas lui dire au revoir ?

Le capitaine vint le rejoindre et lui offrit une poignée d'anchois séchés. Hylas les accepta avec un hochement de tête, sans pouvoir se résoudre à les manger.

Près de lui, l'homme observait les vagues de son œil aiguisé de marin. Il portait un pagne ajusté à la taille, comme les Keftiens, mais sa peau était plus foncée et un minuscule poisson volant sculpté dans de l'os poli pendait à chacune de ses oreilles. Hylas ignorait d'où il était originaire et ne savait rien de la destination de son navire, hormis qu'il naviguait vers le nord. Vers la Lykonia. Cela suffisait au garçon.

Le capitaine prononça quelques mots incompréhensibles et porta ses doigts à ses lèvres. Hylas, devinant qu'il l'incitait à manger, se contenta d'acquiescer. Aussi l'homme, avec un haussement d'épaules, s'éloigna-t-il.

Un murmure d'excitation parcourut l'équipage – et, tout à coup, Hylas les vit. Leurs dos luisants s'arquant au-dessus des vagues, comme mystérieusement unis. Leurs corps argentés fendant l'eau verte telles des flèches. Hylas sentit ses yeux le piquer. La bande tout entière était venue lui faire ses adieux. Où qu'il se tourne, il voyait des dauphins glisser sur la vague que le navire laissait dans son sillage, prendre le bateau en course et l'emporter avec aisance. Soudain, le cœur d'Hylas bondit dans sa poitrine. Esprit était là !

Indifférent aux regards curieux des marins, le garçon se pencha par-dessus bord. Le dauphin se dirigea vers lui, nageant sans mal à la hauteur du navire. Ses yeux sombres croisèrent ceux d'Hylas, puis se détournèrent, comme si Esprit cherchait à savoir si le garçon lui pardonnait.

Hylas essaya d'abord de lui répondre muettement, à la manière des dauphins. *Il n'y a rien à pardonner.*

— Il n'y a rien à pardonner ! cria ensuite le garçon. Je n'ai jamais été en colère contre toi ! Seulement, je... je ne peux pas vivre dans ton monde. Et, dans le mien, tu mourrais. Les choses sont ainsi faites. Nous n'y pouvons rien, ajouta-t-il, la gorge nouée.

Esprit s'approcha davantage. Hylas entendit le doux *pfft !* de son souffle de dauphin. Il se baissa vers l'eau autant qu'il put et, l'espace d'un battement de cœur, ses doigts effleurèrent le dos lisse et froid du dauphin. *Est-ce que je te reverrai un jour ?*

L'animal s'écarta brusquement. Disparut dans les profondeurs. Et rejaillit en bondissant très haut au-dessus des vagues. Il exécuta une pirouette dans les airs avant de retomber brutalement sur le flanc, dans un grand vacarme. Hylas, trempé de la tête aux pieds, secoua ses cheveux. Un grand sourire fendit son visage. Le saut du dauphin signifiait-il que celui-ci lui répondait par l'affirmative ? Hylas n'en était pas certain, mais il était prêt à le croire.

Pour lui montrer qu'il l'avait compris, il lança un anchois à Esprit, qui l'attrapa dans sa mâchoire et l'avala aussitôt.

Tu seras toujours mon ami, pensa Hylas.

Les yeux sombres croisèrent de nouveau les siens. Le garçon, sentant que l'animal l'avait entendu, s'en réjouit.

Déjà la bande commençait à rebrousser chemin.

Pendant un petit moment, Esprit nagea près du navire, puis lui aussi finit par faire demi-tour pour aller rejoindre les siens. Une dernière fois, son regard rencontra celui d'Hylas. Il cambra le dos, agita vivement la queue et s'enfonça dans son monde bleu foncé, où Hylas ne pourrait jamais le suivre.

La voile verte se gonfla et le bateau grinçant continua de glisser sur les flots. Les larmes séchèrent sur les joues d'Hylas.

Le capitaine vint le trouver avec une jarre de terre cuite. Hylas le remercia d'un signe de tête et porta le récipient à ses lèvres. C'était du vin mélangé à de l'eau, du miel et de la farine d'orge grillée – une boisson épaisse, capiteuse et fortifiante.

Lorsqu'il rendit la jarre au capitaine, celui-ci lui montra les vagues, puis décrivit un demi-cercle de la main, plaça le poing contre son cœur et pointa le doigt sur Hylas.

— Oui, répondit le garçon. Le dauphin est mon ami.

L'homme retourna à son gouvernail, laissant Hylas pensif. Celui-ci finit par manger ce qui lui restait d'anchois, en garda un seul qu'il jeta en offrande à la Mer et se sentit un peu mieux.

Il se dit que Pirra avait peut-être raison, que tout revenait toujours à la Déesse. Des jours plus tôt, sur le mont Lykas, Ses paroles – à travers la bouche de l'Oracle – avaient été l'étincelle qui avait tout déclenché, poussant les Corbeaux à les attaquer, sa sœur et lui. Hylas avait alors entamé le périple qui l'avait conduit jusqu'à l'île. Là-bas, il avait fait la connaissance d'Esprit. À présent, le dauphin était de nouveau réuni avec les siens, grâce entre autres à Pirra et à Hylas. Tout cela signifiait-il qu'un jour, peut-être, il finirait par retrouver Issi ?

L'île n'était plus qu'une tache sombre et floue à l'horizon, sur laquelle Hylas entrevit un éclair argenté se découper. Au fond de lui, il savait que c'était Esprit, qui exécutait l'un de ses sauts périlleux.

Une main levée, Hylas lui cria adieu. Puis il éclata de rire, car le Soleil qui se reflétait sur l'eau était éblouissant. Parce qu'il était libre et vivant, et que rien ne lui semblait impossible.

Les voiles vertes se gonflèrent et le navire se dressa sur l'écume scintillante avant de redescendre dans le creux d'une vague. Hylas contempla l'île du Peuple des Nageoires, qui sombrait lentement sous la Mer.

Note de l'auteur

L'histoire d'Hylas et de Pirra se déroule il y a trois mille cinq cents ans, à une époque que nous désignons à présent comme l'âge du Bronze, dans une aire géographique que nous appelons la Grèce antique, ainsi que vous l'avez certainement compris. La Grèce de l'âge du Bronze était néanmoins fort différente de la Grèce antique des sculptures classiques et des temples de marbre qui vous sont sans doute familiers. L'âge du Bronze se situe bien avant cette période. Et même bien avant que les Grecs ne commencent à placer leurs dieux et leurs déesses – Zeus, Héra, Hadès et tous les autres – dans un panthéon très organisé.

Nous savons moins de choses de la Grèce de l'âge du Bronze que des époques qui lui ont succédé, car il subsiste très peu de sources écrites datant de cette période ; nous connaissons malgré tout de nombreux aspects des cultures étonnantes qui se sont épanouies à cette époque, en particulier les civilisations mycénienne et minoenne, lesquelles forment la toile de fond du *Temps des héros*.

Il me faut ici apporter quelques brèves précisions à propos des noms de lieux rencontrés au fil du récit.

Ce qu'Hylas appelle l'Akea (ou Achaïe, ainsi qu'on l'orthographie habituellement) désigne une région de la Grèce antique située au nord-ouest du Péloponnèse ; la Lykonia est le nom que j'ai choisi d'employer pour parler de la Laconie, une province du sud-est de la Grèce actuelle. En revanche, j'ai conservé tel quel le nom de Mycènes, lequel est bien connu. Quant au peuple de Pirra, j'ai adopté le terme de « Keftien » pour désigner la grande civilisation crétoise que nous appelons minoenne. Ce monde antique recèle cependant nombre de mystères, dont celui-ci : nous ignorons comment les membres de ce peuple se désignaient réellement, leur appellation variant d'un ouvrage à un autre ; peut-être les Keftiens, à moins que seuls les Égyptiens aient employé ce terme. Quant à ces derniers, bien que le terme « Égyptiens » soit à l'origine le nom que leur donnaient les Grecs, je l'ai conservé dans mon récit ; en effet, comme pour Mycènes, il aurait semblé maladroit et artificiel de le modifier.

Afin de recréer le monde d'Hylas et de Pirra, j'ai étudié l'archéologie de l'âge du Bronze, plus particulièrement ses tombeaux et ses forteresses, ses armes et ses objets usuels. Mais, pour me faire une idée plus juste des croyances et de la manière de penser de ces gens, je me suis aussi inspirée des croyances de peuples qui vivent encore selon un mode traditionnel, ainsi que j'avais procédé lorsque j'ai imaginé le monde de l'âge de la Pierre des *Chroniques des Temps Obscurs*. Et même si, à l'époque d'Hylas, la plupart des gens vivaient de leur production agricole ou de la pêche plutôt que de la chasse et de la cueillette, je suis convaincue que nombre de pratiques et de croyances des anciens chasseurs-cueilleurs de l'âge de la Pierre ont perduré à l'âge du Bronze, surtout parmi les populations les plus pauvres et les plus isolées, auxquelles Hylas lui-même appartient.

En ce qui concerne l'arrière-plan géographique du récit, on estime généralement que la Grèce de l'âge du Bronze était un territoire composé de chefferies éparpillées, séparées les unes des autres par de vastes massifs montagneux et des forêts. L'on pense aussi que ces régions étaient plus humides et plus verdoyantes que de nos jours, peuplées d'un nombre plus important d'animaux sauvages, sur terre comme dans la mer. En imaginant l'île de la Déesse, je n'avais pas d'île grecque spécifique en tête ; je me suis appuyée sur les séjours que j'avais pu faire au fil des décennies à Ithaque, à Céphalonie et à Alonissos. Plus récemment, afin de chercher l'inspiration pour décrire la Lykonia, j'ai visité la Laconie, dont l'Acropole de Sparte, le fleuve Eurotas et les ruines désertes et immensément évocatrices du site archéologique de Menelaion, non loin de Sparte. Pour me faire une idée de l'habitat montagneux d'Hylas, j'ai exploré la gorge de Langada qui serpente à travers la chaîne de montagnes du Taygète et j'ai séjourné plusieurs jours au sommet du col du Langada. Des sangliers sauvages continuent de vivre dans ces forêts ; un matin, j'y ai même croisé cinq marcassins et leur mère vigilante – une rencontre quelque peu déconcertante.

Dans le but de m'imprégner de l'atmosphère des cavernes où se réfugient Hylas et Pirra, j'ai parcouru le réseau étendu de grottes marines de Vlychada, dans la baie de Diros, en Laconie du Sud-Ouest, et visité son petit musée fort instructif. J'y ai appris quel sort effroyable avaient connu certains habitants de ces grottes, et les restes calcifiés de l'un d'eux ont fait germer dans mon esprit le moment où Pirra découvre les corps des Disparus. Pour me former une idée de Keftiu, j'ai visité la Crète ; les ruines de Cnossos et de Phaistos, de même que les musées d'Héraklion et d'Archanes, m'ont largement inspirée pour imaginer la terre natale de Pirra.

Esprit, bien évidemment, est l'un des personnages les plus importants de ce récit et, afin de mieux le connaître, je me suis rendue en Floride où j'ai nagé avec des dauphins apprivoisés ; l'un d'eux m'a gentiment offert de m'accrocher à sa nageoire dorsale pour nager près de lui, comme Esprit le ſait avec Hylas et Pirra. J'ai également voyagé jusqu'aux îles des Açores, dans l'océan Atlantique, où j'ai passé des journées entières à observer des dauphins sauvages d'espèces variées : dauphins bleus, dauphins tachetés de l'Atlantique, dauphins communs, dauphins de Risso et grands dauphins, espèce à laquelle Esprit appartient. Il a fallu que je découvre des dauphins dans leur milieu naturel pour réellement apprécier la singularité de leur nage, si mystérieusement synchronisée. C'est en plongeant en leur compagnie que j'ai pu me familiariser de façon prodigieuse avec leur nature presque irréelle, ce qui m'a permis d'imaginer sans mal ce qu'éprouve Hylas quand il voit les dauphins nager dans la phosphorescence qu'il appelle « le feu bleu ». Mais, avant toute chose, l'observation de ces dauphins m'a permis de percevoir, par le biais de l'imagination, la manière dont Esprit appréhende le monde bleu des profondeurs.

◇◇◇

Je souhaite remercier tous ceux – trop nombreux pour être nommés ici – qui m'ont offert leurs précieux conseils et leur assistance tandis que j'explorais la Laconie et la Crète, de même que les biologistes marins de Ponta Delgada dans les Açores, qui non seulement m'ont aidée à m'approcher autant que possible des dauphins sauvages sans avoir à déranger ces derniers, mais encore ont généreusement partagé avec moi leurs connaissances dans les domaines de l'anatomie et du comportement de ces animaux. Je suis aussi extrêmement reconnaissante à Todd Whitelaw, professeur d'archéologie égéenne à l'Institut d'Archéologie de l'UCL (University College London), lequel m'a donné de son temps avec tant de générosité pour répondre à mes questions sur la préhistoire des régions égéennes. Comme toujours, je tiens également à remercier mon merveilleux et infatigable agent, Peter Cox, pour son investissement dans ce projet et son soutien ; de même que mes deux talentueuses éditrices chez Puffin Books, Elv Moody et Sarah Hughes, pour leur enthousiasme sans bornes, pour l'originalité et le dynamisme de leurs réactions et pour l'accueil qu'elles ont réservé à l'histoire d'Hylas et de Pirra.

Michelle Paver, 2012

REJOINS LE CLAN

LE TEMPS DES HEROS

Discute avec tes amis,
remporte des défis
et donne ton avis sur

www.TIXMEE.com

Si tu as aimé les aventures d'Hylas,
découvre l'autre série épique
de Michelle Paver

Chroniques des Temps Obscurs

Lis tout de suite un extrait du tome I

Frère de Loup

Torak se réveilla en sursaut. Il n'avait jamais voulu s'endormir.

Devant lui, le feu était presque éteint. Le garçon s'accroupit dans la faible lumière et scruta l'obscurité menaçante de la Forêt. Il ne voyait rien. N'entendait rien. Était-Il revenu ? Était-Il dehors, en ce moment, en train de le fixer de ses yeux brûlants de tueur ?

Torak se sentait vide. Il avait froid. Il savait qu'il avait besoin de se nourrir. Que son bras lui faisait mal. Que ses yeux fatigués le piquaient. Mais il n'éprouvait rien de tout cela. La nuit durant, il avait regardé les épicéas se consumer et son père se vider de son sang. Comment était-ce possible ?

La veille – la veille seulement... –, ils avaient dressé le camp. Le crépuscule bleu de l'automne tombait. Torak avait lancé une plaisanterie ; son père avait éclaté de rire. Et la Forêt avait explosé. Les corbeaux avaient hurlé, les pins craqué. Derrière les arbres, dans l'obscurité, une forme encore plus sombre s'était découpée. Une menace énorme. Déchaînée. Une menace qui avait l'apparence d'un ours.

L'instant d'après, la mort était sur eux. Une frénésie de griffes. Un tonnerre assourdissant, à faire saigner les oreilles. En un éclair, la Créature avait réduit leur abri en morceaux. Puis elle s'était fondue dans la Forêt et s'était dissipée comme un brouillard qui se lève.

Mais quel ours traquait des hommes... puis disparaissait sans même les tuer ? Quel ours jouait avec ses proies ?

Et... où était-Il, à présent ?

Torak ne parvenait pas à voir au-delà de ce qu'éclairait le feu. Cependant, il savait que la clairière était remplie d'arbres brisés et de bruyère piétinée. Il sentait l'odeur de résine de pin. Il sentait l'odeur de la terre retournée. Il entendait le glougloutement doux et triste du ruisseau qui coulait à trente pas de là.

L'Ours pouvait être n'importe où.

*
* *

À côté de Torak, P'pa grogna. Lentement, il ouvrit les yeux et regarda son fils sans le reconnaître.

Le cœur du garçon se serra.

— C'est moi, P'pa..., murmura-t-il. Comment ça va ?

Le visage de son père, maigre et buriné, était convulsé par la douleur. Sur ses joues grisâtres, les tatouages du clan se voyaient à peine. De la sueur maculait sa longue chevelure sombre.

La blessure était si profonde que, lorsque Torak nettoya le ventre de son père avec un peu de mousse, il aperçut une partie de ses entrailles qui brillaient à la lueur des flammes. Il dut serrer les dents pour retenir un haut-le-cœur. Il espéra que P'pa n'avait rien remarqué. Mais P'pa avait remarqué. Évidemment. C'était un chasseur. Il remarquait tout.

— Torak..., lâcha-t-il dans un souffle.

Il tendit la main. Ses doigts chauds agrippèrent ceux de Torak. Il avait réagi comme un enfant. Le garçon déglutit. C'était aux fils de prendre la main de leurs pères. Pas l'inverse.

Il essaya d'être logique : puisque son père se comportait en enfant, lui allait se comporter comme un homme. Pas comme un petit garçon.

— J'ai encore des feuilles d'achillée, déclara-t-il en fouillant dans son sac à remèdes avec sa main libre. Peut-être réussiront-elles à arrêter le...

— Garde-les. Tu saignes, toi aussi.

— Mais je n'ai pas mal, moi, affirma Torak.

Il mentait. L'Ours l'avait projeté contre un bouleau. Ses côtes étaient touchées. Son avant-bras gauche était largement entaillé.

— Torak... Pars. Maintenant. Avant qu'Il ne revienne.

Torak fixa son père. Il ouvrit la bouche. Aucun son n'en sortit.

— Il le faut, insista P'pa.

Non. NON ! Je ne peux pas te...

— Je me meurs, Torak. Quand le soleil se lèvera, je ne serai plus là.

Torak serra son sac à remèdes contre lui. Un rugissement s'éleva en lui.

— P'pa...

— Donne-moi ce dont j'ai besoin pour le Voyage mortuaire. Puis prends tes affaires. Et va-t'en.

— Le Voyage mortuaire... Non ! NON !

Mais le visage de l'homme était sévère.

— Mon arc, dit-il. Trois flèches. Garde le reste pour toi. Là où je vais... la chasse est facile.

Les jambières en peau de daim que portait Torak étaient déchirées au niveau des genoux. Le garçon planta un ongle dans sa chair. C'était douloureux. Il se força à se concentrer sur cette souffrance.

— Pour la nourriture..., continua son père. Tu... Tu emportes tout.

Le genou de Torak s'était mis à saigner ; et le garçon continuait d'y enfoncer son ongle. Il essayait de ne pas imaginer son père lors du Voyage mortuaire. Il essayait de ne pas s'imaginer seul dans la Forêt. Il n'avait que douze étés[1]. Il ne survivrait pas tout seul. Il ne savait pas comment on survivait seul.

— Dépêche-toi, Torak ! lança P'pa.

Le garçon cligna des yeux avec vigueur pour ne pas pleurer. Il saisit les armes de son père et les déposa à son côté. Il divisa les flèches. Passa les doigts sur les pointes acérées en silex. Puis glissa son arc et son carquois sur son dos et inspecta les débris, à la recherche de sa petite hache noire en basalte. Son paquetage en bois de noisetier avait été détruit dans l'attaque. Il devrait porter le reste dans son gilet – ou alors l'attacher à sa ceinture.

1. Un été équivaut à un an.

Il tendait la main vers son sac de couchage en peau de daim quand son père l'arrêta :

— Prends le mien. Tu n'as jamais... réparé le tien... Et prends... prends plutôt mon couteau...

Torak était horrifié :

— Pas ton couteau ! Tu vas en avoir besoin !

— Moins que toi. Laisse-moi le tien. Comme ça je... j'aurai quelque chose de toi... pour le Voyage...

— P'pa... S'il te plaît... Ne p...

Dans la Forêt, une branche craqua.

Torak se retourna d'un bond.

L'obscurité était complète. Où qu'il regardât, il voyait des silhouettes d'ours se détacher dans la pénombre.

Pas un souffle de vent.

Pas un chant d'oiseau.

Juste le crépitement du feu et le tambour de son cœur.

La Forêt elle-même retenait sa respiration.

Le père de Torak lécha la sueur sur ses lèvres.

— Il n'est pas là. Pas encore. Bientôt, Il... Il reviendra me chercher... Vite ! Les couteaux !

Le garçon ne voulait pas échanger leurs couteaux. Ce serait le début de la fin. Mais son père le regardait avec une intensité qui ne lui permit pas de refuser.

Torak serra la mâchoire si fort qu'elle lui fit mal. Il se décida, saisit son couteau et le plaça dans la main de P'pa. Ensuite, il ôta le fourreau en peau de daim attaché à la ceinture de son père.

Le couteau de P'pa était magnifique et redoutable. La lame était en ardoise bleue et avait la forme d'une feuille de saule. Le manche était taillé dans la ramure d'un élaphe, qu'on avait recouverte d'un tendon d'élan afin d'assurer une meilleure prise.

Lorsque Torak le regarda, la vérité le frappa de plein fouet. Il se préparait à vivre sans P'pa.

— Je ne te quitterai pas ! s'écria-t-il. Je Le combattrai, je...

— NON ! Personne ne peut combattre cet Ours.

Des corbeaux fendirent l'air.

Torak en oublia de respirer.

— Écoute-moi, lâcha son père. Un ours… n'importe quel ours… c'est le plus terrible chasseur de la Forêt… Tu le sais… Mais cet Ours-ci… est beaucoup, beaucoup plus fort…

Torak eut la chair de poule. Il plongea ses yeux dans ceux de son père ; vit les veinules écarlates sur les bords, et, au centre, le noir insondable de l'iris.

— Que veux-tu dire ? chuchota-t-il. Que…

— Il est… possédé…, souffla P'pa.

Son visage était grimaçant. Il ne lui ressemblait plus.

Pourtant, P'pa poursuivit :

— Un démon… qui vient de l'Autremonde… possède cet Ours… et il a fait de lui un tueur…

Une braise éclata. Les ombres des arbres semblèrent s'approcher pour écouter le mourant.

— Un *démon* ? répéta Torak.

P'pa ferma les yeux et rassembla ses forces. Enfin, il réussit à répondre :

— Oui, un démon… Son seul but, c'est tuer… Et, chaque fois qu'il tue, il devient plus fort… Il attaquera tout ce qu'il trouvera sur son chemin… Les proies… Les clans… Et tous mourront… La Forêt mourra, et…

Sa voix se brisa.

— Dans une lune…, parvint-il à émettre. Dans une lune, il sera trop tard… Le démon… sera trop fort…

— Une lune ? Mais qu'est-ce qui…

— Réfléchis, Torak… Quand le Grand Œil Rouge est au plus haut, la nuit, dans le ciel… c'est alors que les démons sont les plus puissants… Tu le sais, ça aussi… Et c'est alors que l'Ours deviendra… invincible…

L'homme était hors d'haleine. À la lueur des flammes, Torak voyait le sang battre faiblement dans sa gorge. Si faiblement qu'il semblait pouvoir s'arrêter n'importe quand.

P'pa reprit la parole :

— Je… je veux que tu me promettes… quelque chose…

— Tout ce que tu voudras !

— Va vers le nord… Loin… À des journées de marche… Trouve la Montagne de… de l'Esprit du Monde…

Torak fronça les sourcils. Son père ouvrit les paupières. Il scrutait les branchages au-dessus de lui et semblait voir des réalités invisibles aux autres humains.

— Trouve-la…, dit-il. C'est le seul espoir…

— Mais… mais personne ne l'a jamais trouvée… C'est impossible…

— Toi, tu peux le faire…

— Moi ? Comment ? Je ne…

— Ton guide…, le coupa P'pa. Ton guide te… te rejoindra…

Torak était stupéfait. Son père ne parlait pas comme ça, d'habitude ! Il s'exprimait simplement, en chasseur !

— Je ne comprends rien à ce que tu racontes ! protesta le garçon. Quel guide ? Pourquoi je dois trouver la Montagne ? Est-ce que je serai hors de danger, là-bas ? C'est pour ça ? J'y serai à l'abri de l'Ours ?

Lentement, le regard de son père descendit du ciel pour se poser sur le visage de son fils. Il paraissait évaluer ce que Torak était capable d'assumer.

— Ah… tu es trop jeune…, soupira-t-il. Je pensais que j'aurais plus de temps… Je… j'aurais eu tant à te dire, encore… Ne me déteste pas, plus tard… pas pour ça…

Torak ne le quittait pas des yeux, choqué. Puis il bondit sur ses pieds et cria :

— Je ne peux pas trouver la Montagne tout seul. Il vaudrait mieux que j'essaye de trouver des gens…

— NON ! tonna son père avec une force qui fit sursauter le garçon. Toute ta vie, je t'ai gardé à l'écart... Même à l'écart de... de notre Clan du Loup... Reste loin des hommes... S'ils découvrent ce que... ce que tu es capable de faire...

— Comment ça, ce que je suis capable de faire ?

— Pas le temps d'expliquer... Jure... maintenant... Jure sur mon couteau... Jure que tu trouveras la Montagne... Jure que tu la trouveras ou que tu périras en la cherchant...

Torak se mordit les lèvres. À l'est, derrière les arbres, une lumière grise poignait.

« Pas encore, pensa-t-il, paniqué. Pas encore, s'il vous plaît... »

— Jure ! insista P'pa.

Torak s'agenouilla et prit le couteau. Il était lourd. Un couteau d'homme. Trop grand pour lui. Il le posa maladroitement à l'endroit où son avant-bras saignait. Puis il le plaça sur son épaule, là où un morceau de fourrure de loup – le totem de son clan – était cousu à son gilet. Et, d'une voix mal assurée, il prononça son serment :

— Je jure, sur mon sang qui macule cette lame, et sur chacune de mes trois âmes, que je trouverai la Montagne de l'Esprit du Monde... ou que je périrai en la cherchant.

Son père souffla, soulagé :

— Bien... C'est bien... À présent, marque-moi des Signes mortuaires... Vite... L'Ours n'est... plus loin...

Le goût salé des larmes envahit la bouche de Torak.

Furieux, il les essuya.

— Je n'ai pas d'ocre, murmura-t-il.

— Prends le... le mien...

La vue brouillée, Torak tâtonna pour trouver le petit récipient en andouiller qui avait appartenu à sa mère. Le regard plus trouble que jamais, il ôta le bouchon noir en chêne et fit tomber un peu d'ocre rouge dans le creux de sa paume.

Soudain, il s'arrêta :

— Je ne peux pas.

— Si, répondit son père. Pour moi.

Torak cracha dans sa paume et réalisa une pâte collante avec l'ocre – ce sang rouge sombre de la terre. Puis il entreprit de dessiner les petits cercles qui permettraient aux trois âmes de se reconnaître parmi les autres et de rester ensemble après la mort.

Pour ce faire, il commença par ôter avec mille précautions les bottes en peau de castor que portait son père, avant de dessiner un cercle sur chaque talon pour marquer l'âme-du-nom.

Puis il dessina un autre cercle, sur le cœur, pour marquer l'âme-du-clan. Ce ne fut pas facile, car la poitrine de son père était barrée par la cicatrice d'une vieille blessure. Torak ne put tracer qu'un ovale. Il espérait que cela conviendrait.

Enfin, il dessina sur le front de son père la marque la plus importante – celle qui représentait le Nanuak, l'âme-du-monde.

Quand il eut fini, des torrents de larmes dévalaient ses joues.

— Mieux..., lâcha son père.

Mais Torak, terrorisé, vit que son pouls battait moins fort. Il éclata :

— Tu *ne* peux *pas* mourir !

Son père le regarda. Ses yeux disaient sa souffrance et sa tristesse.

— J'te quitt'rai pas, P'pa ! affirma le garçon. Je...

— Tu as juré, Torak...

De nouveau, l'homme ferma les yeux et dit :

— Pars... maintenant... Emporte la corne... Je n'en ai plus besoin... Prends tes affaires... Va me chercher de l'eau au ruisseau... Vite... Puis va-t'en...

« Je ne pleurerai plus », se jura Torak tout en roulant les affaires de couchage de son père.

Il passa la hache à sa ceinture et glissa le sac à remèdes dans son gilet. Ensuite, sautant sur ses pieds, il alla chercha la gourde en peau. Elle était déchirée. Il lui faudrait apporter de l'eau dans une feuille de patience.

Composition Nord Compo

Impression réalisée par
CPI BRODARD ET TAUPIN
La Flèche
en août 2012

« Pour l'éditeur, le principe est d'utiliser des papiers composés de fibres naturelles, renouvelables, recyclables et fabriquées à partir de bois issus de forêts qui adoptent un système d'aménagement durable. En outre, l'éditeur attend de ses fournisseurs de papier qu'ils s'inscrivent dans une démarche de certification environnementale reconnue. »

Imprimé en France
Dépôt légal 1ère publication septembre 2012
20.2681.3 – ISBN 978-2-01-202681-0
Edition 01 – septembre 2012
N° d'impression : 69896

Loi n° 49-956 du 16 juillet 1949 sur les publications destinées à la jeunesse.